# 文學群星會

## 從海明威到「今日世界」的現代主義

## Shining Stars of
## Modernism

王梅香、陳榮彬 主編

國立臺灣文學館 策畫

楊詠翔、馮卓健、謝伊柔、
馬　欣、朱嘉漢、陳夏民、
劉　霽、葉佳怡、單德興、
陳允元、王惠珍、李惠珍、
張錦忠、向　陽、朱和之、
黃儀冠、彭明偉、王鈺婷、
關首奇、蔣亞妮——合著
Gwennaël Gaffric

# 仰望文學群星的璀璨光芒

國立臺灣文學館館長　林巾力

　　現代主義是都市文明興起後，一股擴及思想、藝術與文學等範疇的思潮總匯。在這波以全球為規模的文藝思潮中，臺灣也未曾缺席。在 1930 年代的日治時期，現代主義思潮便已對臺灣知識界與文學界產生影響。到了戰後，因高壓政治而使得言論與思想受到壓抑的冷戰時期，透過美國所傳入的現代主義，為臺灣的青年作家與藝術家們開啟了一扇窗，進而觸發了戰後新一波的現代主義風潮，更因此而將臺灣文學的發展推向另一個高峰。

　　為了聚焦戰後現代主義思潮在臺灣的傳播，國立臺灣文學館在兩年前開始籌備南北串連的系列展覽。2023 年 8 月，我們與財團法人二二八事件紀念基金會共同主辦的「『現代』文青養成術——與美新處的超時空對話」特展，在臺北隆重登場。兩館的合作，也緣於二二八國家紀念館在過去是「美國在台新聞處」的所在地。冷戰期間，美新處積極推出文學經典譯本，其中也包括了許多美國重要作家的代表作品。這些出版物，對於當時相對封閉的臺灣文壇而

言，無疑是接收外來文學養分的重要來源。

與此同時，臺文館也在2023年12月於臺南的本館推出「群星閃耀：美國及臺灣現代主義文學」特展。內容除了展示美國現代主義思潮對臺灣文學與藝術的影響，同時也呈現當時的臺灣作家對於美國現代主義的回應。展覽共劃分八區：「何謂現代主義？」、「戰爭的年代：希望幻滅與信仰喪失」、「現代主義思潮：三大家的文學風格」、「經典美國：從好萊塢到文學桂冠」、「美國文學在臺灣」、「美新處與《文學雜誌》、《現代文學》」、「創意寫作班的始祖：愛荷華寫作班」、「用西方的技巧‧說自己的故事」。具體來說，是爬梳美國1920至1950年代如海明威（Ernest Hemingway）、福克納（William Faulkner）、費茲傑羅（F. Scott Fitzgerald）等作家與作品，並對應到1960年代臺灣作家如陳若曦、歐陽子、王文興、白先勇、鄭清文、王禎和等人如何透過西方現代主義的技巧而發展出臺灣現代主義獨特的樣貌。

本書在王梅香、陳榮彬教授雙主編下，不僅延續展覽的框架，深入分析海明威、福克納、費茲傑羅三位文學大師如何影響臺灣當代小說的多元書寫，也以專文論述臺灣現代主義文學自日治時期引介至臺灣的複線傳播過程，更延伸至出版面向，從社會學角度探討海明威作品如何成為臺灣盜版商的最愛，甚至邀來新世代譯者重新節譯作品原文，讓讀者真實領略上述三位文學大師不同的行文風格。相信無論是愛好文學或是單純對歷史文化感興趣的讀者，都可以在這本專書中找到閱讀的樂趣。

最後，謹代表國立臺灣文學館對所有參與本書創作的作者群致上最深謝意，希望這本書能夠帶領讀者進入這場文學與思想的奇幻旅程，仰望文學群星的璀璨光芒。

# 有些你以為煙消雲散的東西其實還堅固著

何致和　小說家

世上有什麼東西是你越深入它，就會發現你越不了解它？我猜，現代主義可能是其中之一。我很想在別人提到現代主義的時候，微笑說自己「略懂略懂」，但我沒膽子這麼講。我只敢說，現代主義和我關係密切，不只影響我的文學道路，在日常生活中也如影相隨無所不在。

可是，我一開始並不知道。

有好長一段時間，我以為「現代主義」是個已經過時死掉的東西。那是我開始對文學產生興趣的大學時期，正值「後現代主義」在臺灣流行起來的八、九○年代。當年許多人一開口就是「解構」、「去中心」與「後設」，經常把德里達（Jacques Derrida）、傅柯（Michel Foucault）、詹明信（Fredric Jameson）等人的名字掛在嘴邊像是自己朋友。那時不懂後現代主義好像是件很遜的事，所以我也買了好幾本相關書籍回家研讀，想弄清楚到底什麼是後現

代。但最後我放棄了，資質駑鈍的我不僅沒搞懂後現代主義，還留下了一個錯誤觀念，以為現代主義已經過去了，因此我處的時代才會叫作「後」現代。

也許是因為看不懂而生氣，大學時期的我變得很討厭那些後現代文學作品，於是我回頭去看十九世紀的寫實主義小說，覺得那種扎實精細的筆法，以及交流無礙的作者與讀者關係，才是我喜歡的調調。我開始模仿寫實主義小說創作，甚至想發動一場小說界復古運動，讓寫實主義復興起來趕走那虛無縹緲的後現代主義幽靈。我真的這麼做了，只是規模很小，僅限於學校的系刊。我寫了幾篇小說發表，刊頭除了有篇名和作者名字，我還很狂妄地要求編輯同學加上一行大字：「這是寫實主義小說！」

系刊出版不久，我收到一封匿名信，不知是哪位同學寫的。他讀了我的小說，寫了一封長信給我，內容主要是說我寫的不是寫實主義小說，信中還以海明威和福克納為例，證明我寫的是一篇「現代主義」的小說。

我驚訝極了，也有點不高興，覺得好像被「現代主義」這四個字汙辱了。我怎麼會是現代主義？我自己寫的是什麼我會不清楚？沒錯，我是看了一點海明威的短篇小說，可是我學的明明是契訶夫（Anton Chekhov）和托爾斯泰（Leo Tolstoy），怎麼會跟現代主義扯上關係？要講影響也應該是「後現代」還比較可能。

雖然不服氣，也沒辦法回應這位同學的批評，但我還是去研究了一下現代主義，而且很快就有了結論：現代主義就是二〇年代一些歐美作家搞出來的東西，當時的大咖作家像福克納、吳爾芙（Virginia Woolf）、喬伊斯（James Joyce）和艾略特（T. S. Eliot）等人，都寫過一些奇奇怪怪的作品，像實驗室

製造出來的一樣，非常難啃難消化。我寫的小說就算再爛，也不至於讓人看不懂，怎麼可能是現代主義小說？

　　事隔多年，今日的我不得不承認，當年那位同學的看法可能是對的，是我對現代主義、後現代主義還有自己的小說，都存有嚴重的錯誤認知和一廂情願的想像。慚愧的是，這個令人震驚的事實，竟遲至在我讀博士班的時候才發現。那年我在輔大唸比較文學，所上聘請旅美的張誦聖教授返臺開設一門名曰「現代主義、現代性與臺灣文學」的課程。張誦聖是美國德州大學著名的現代主義專家，可以想見這門課的熱門程度，就連當時還在師大唸翻譯所的石岱崙（Darryl Sterk），都跑來輔大旁聽。

　　修了張誦聖的課，我才總算明白以前為什麼一直搞不懂後現代主義。道理其實很簡單，想搞懂「後」現代，前提是得先知道什麼是「現代」主義。別誤會，我只是說知道了自己不懂的原因，並沒有說修完張誦聖的課，我就弄通了「現代主義」或「後現代主義」。我真的很用功上這門課，認真研讀了老師指定的全部材料，也交了報告順利拿到這門課的學分，但令人沮喪的是，我發現自己比以前更不了解現代主義了。我只知道現代主義非常複雜，有很多種不同的面貌，而且被運用到各個領域中，不太可能用幾句簡單的話語定義它。更重要的是，現代主義根本沒有被「後」掉，它還在進行中，我們都活在它的影響底下無法擺脫。

　　我曾誤解過現代主義，因此非常高興看到《文學群星會：從海明威到「今日世界」的現代主義》的出版。這本書談海明威、費茲傑羅和福克納，雖只是現代主義一部分的面向，但對臺灣的文學發展而言，這可能是影響最深、關係

最密切的一個面向。在陳榮彬與王梅香兩位教授精心策畫下，這本書收錄了相關論述、作家作品，以及許多和這三位大師有關的臺灣作家與編輯，一同拼湊還原和說明這段了不起的文藝活動，值得讓我們以此為起點來認識現代主義。從這本書開始，或許哪天當人說起現代主義，你就可以面露微笑說自己「略懂略懂」了。

# 定點與流動的寫作人生

鍾文音　作家

痛苦會過去，美麗會留下。

畫家雷諾瓦（Pierre-Auguste Renoir）留下的名言很適合送給海明威。

最深的印象是他總是站著寫作，在打字機前敲出一行又一行的字詞，彷彿以身體的靜力美學去抵抗時間的流逝，捕捉流動的虛無意識。

我也曾嘗試站著寫，卻無法落筆，我非硬漢，但喜歡硬漢（柔情），我深知身體會影響心靈（創作），這也是在海明威身上深刻體會到的。

海明威在我十幾歲時，印在腦海最深的是他的記者身分，讀的第一本海明威小說是《戰地鐘聲》（For Whom the Bell Tolls）。未料海明威的記者身分也使我在升大學填志願時竟把新聞與傳播科系填為前幾個志願，畢業後也像海明威當過記者，期望以生猛之姿闖進社會叢林。

眾所皆知海明威的文體簡練成熟，或許因他曾有過嚴格新聞體訓練的寫作

基礎：「文章要簡短。第一段要精短，文字要有力。要用肯定文，不要用否定文。」二十出頭的我甫去報社報到時，竟也收到了類似的新聞寫作守則，描述的大概就是金字塔寫作，頭尾很重要，尤其是第一段就要吸睛，不要有廢話。

一如海明威的冰山理論，至今依然是寫作的金鑰。

很多人也許會問我的作品幾乎都是如複眼般地層層堆疊，和精簡似乎背道而馳。尤其我的長篇小說都寫得很厚，有時還被戲稱是鍾太后（厚）。但其實寫得厚（頁數）不是問題，重要的是敘事。就像我心儀的馬奎斯（Gabriel García Márquez）也深愛海明威，但並不影響他寫盛景斑斕般的《百年孤寂》（*Cien años de soledad*）。

冰山要露出水面多寡，端視題材與風格，歌劇與小調呈現的自然是有異。

## 流動人生的召喚

有意思的是，我也和海明威一樣記者生涯十分短暫，海明威待了七個月，我待了約一年十個月。從此，我沒有再上過班，但這身分卻老幽魂不散地跟著我。其實，那只是前往遠方的過渡，使我能以一雙陌生化的眼光飛翔他方。

我在媒體的最大收穫就是知道自己想寫小說，而不是新聞。海明威也是在新聞路上才找到他的未來之路：決心作為一名作家。

社會就是海明威的大學，脫離家庭束縛，成了年輕時的渴望。中年海明威遙想他年輕的巴黎歲月，寫下《流動的饗宴》（*A Moveable Feast*），此書成了我的新聖經，我最嚮往的生活。旅行也席捲了我的世代，飛往異鄉的

七四七，使我們成了移動的世代。

很快的，我去了紐約兩年，滯留巴黎半年，在板塊之間移動，貧窮得很快樂。故里與他鄉，定點與流動，來回擺盪。

當年也是記者身分的馬奎斯在巴黎街頭遇到海明威時，曾隔著厚厚人牆朝海明威大喊著：「大師！」可惜我的年代的旅行不過是裝腔作勢的擬仿，甚且是觀光的獵奇、指南、打卡……到此一遊。

世界已然無空白之地了。

於是，很多年下來，在我年輕的流動歲月裡，我感覺自己才要進入現代就變成後現代，還沒結構完整轉眼就被後設的浪潮推得七葷八素。異鄉日久，流動的饗宴成了疲憊的反噬。

歸返母土，重返經典，成了寫作與人生的新入口。

## 如郵票般大小的南方小村

從廣大的世界返回我的南方，我一邊吐出旅地的經驗碎片，一邊重新閱讀福克納的作品。結束世紀末的華麗，我著手寫島嶼三部曲，耗上七年，用「歌行」寫長篇小說：《豔歌行》、《短歌行》、《傷歌行》。

若不是經歷海明威似的流動人生，我絕對無法從外部看見核心，就像在杯內的人無法看見杯子的形狀，得沿著邊緣才能抵達內陸。也因此我發覺自己對故里與歷史的隔閡，為此書寫南方要先泅泳到冰山下。為此，我倒反著時間寫，先寫我的青春之豔，接著才寫祖父輩的青春之短，一路滑向光復後女性守

寡的青春之傷。

　　青春臺北城，是青春對撞的浮華世界，彼時臺灣錢淹腳目的富貴列車日日行經視窗，我在頂樓加蓋的城市租窩，重讀費茲傑羅《大亨小傳》（*The Great Gatsby*）與亨利・米勒（Henry Valentine Miller），偶爾和骨董商或名流們在派對中喝紅酒，看他們的收藏與畫展。費茲傑羅的作品對我影響甚大的是如何把讀者帶到現場的能力，藉著描述與對話，從外圍再現內心世界，或許這也是自我的現代性變革。

　　我輩的青春正逢臺北城最蓬勃的學運社運年代，沸騰的盆地日日焚燒，時刻飛灰煙滅，蓋茲比隨時出現也隨時消殞，我必須重新長出將文字圖像化的能力，才能立體聚焦這不斷被更新的浮華景觀與虛晃的記憶。

## 聲音與憤怒

　　寫祖父輩的長篇小說，我在語詞風格上不能說沒有受到馬奎斯華麗想像的勾引，但在形式上我仍深愛著福克納。尤其是《聲音與憤怒》（*The Sound and the Fury*），福克納寫出美國南方康普生一家的點滴歲月，小說結構複雜、高度實驗性，打破傳統小說依時間而下的敘事，章節相互獨立，又相互映襯，跨越時間界限，交織交溶各種事件，再現大家族的榮衰之路。各種碎片的疊加，蒙太奇的交錯，氛圍的串流，內心歧路的迷宮……我輩駱以軍是箇中巨匠。

　　我的《短歌行》小說也以此展開，小說一開始就寫出祖父輩們面臨「現代性」撲面而來的歡愉與挫傷。我的島嶼三部曲後來的命運於我猶如「美好的

失敗」、「輝煌的失敗」。但是把一個在臺灣地圖看不見的南方小村的百年人物寫盡，也是我對福克納的某種致敬吧。

## 現代性的時差與初心叩問

一如陳榮彬在此書提到的「現代主義：何時？何地？如何？」他寫到許多城市現代性的時間差異。其他的許多作者也寫到臺灣的現代主義作家如七等生、王文興……作品的現代性。

這本書交織不同世代作者對美國三大巨擘的小說家與臺灣小說現代化的觀察，開展小說的現代性之路。寫出作家如何在虛構的小說世界裡，拼貼出失卻時間的層層記憶內裡。

這也讓我想到2015年我在愛荷華參與國際作家寫作坊遇到的各國作家，我在當時感受到各國作家現代性歷程的時間差異，比如非洲來的詩人所寫的城市景觀銜接的卻是臺灣的七〇年代，緬甸作家所寫的內容彷彿把我拉回祖父輩的白色恐怖年代，但他們卻是還不到三十歲的作家，他們如此年輕，但其現代性卻還沒展開。

時代，關乎創作。

每個作家都有不同的現代歷程。

但每個作家都有創作的初心，只是有的會轉彎，有的則永遠保鮮。

提到初心，海明威的《老人與海》（*The Old Man and the Sea*）往往會成了我寫作的提點。

五十一歲的海明威寫下千錘百鍊的《老人與海》，但此書對我影響最大的不是海明威在這本小說的完美技巧與藝術性，反而是他筆下的那名老人。

八十四天沒捕到一條魚的老人不是因為他捕不到，而是他看不上在近岸打魚，他要打魚就要到深海處，要到人跡罕至處，要越過安全領域。

在人生的沖刷下，泰半的創作者最終還是向時代繳械了，近海捕魚（寫作）容易，但要和大魚（大作品）搏鬥，則必須進入深海，必須不妥協，即使遍體麟傷。

近乎一生的身體都處在受傷狀態的海明威是如何降伏疼痛讓靈魂安頓於寫作？

這對我一直是未抵達的創作之謎。像老人望著深不可測的大海的強者海明威最後卻自殺了，硬漢老病，任性的強者可以被消滅卻斷不能被打敗？

如果海明威有機會讀老子的「上善若水」，或許硬漢也能柔軟？但如此一來就沒有《老人與海》問世了，老人就不會八十四天捕不到一條魚了。老人技術那麼高明，每天大可悠哉打點魚，終日吃得飽飽的，他為何非如此不可？

老人，可以說是海明威自我的再次宣說，與鯊魚的廝殺、勾心鬥智（志）是其一生寫作的自證之路。

在盛夏太陽的灼燒下，我看著不遠方的海，聽著機械船隻打擊潮水的聲響，想著要在近岸或深海打魚（寫作）？我兩端遊蕩，或許偶爾近岸，偶爾深海，偶爾只是看看大海。

海明威，又近又遠。

# 目錄

## 美國現代主義：
## 爵士年代，南方家園與失落一代的咆哮

# 美國現代主義散文選讀：
# 海明威、費茲傑羅、福克納

# 初相識與再邂逅：現代主義運動在臺灣

# 附錄

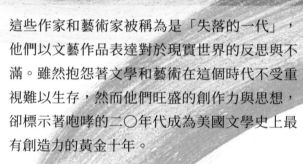

這些作家和藝術家被稱為是「失落的一代」，
他們以文藝作品表達對於現實世界的反思與不
滿。雖然抱怨著文學和藝術在這個時代不受重
視難以生存，然而他們旺盛的創作力與思想，
卻標示著咆哮的二〇年代成為美國文學史上最
有創造力的黃金十年。

──馮卓健，〈美國咆哮的二〇年代〉

第一部分

# 美國現代主義

爵士年代，南方家園與失落一代的咆哮

# 現代主義群星會：
# 三位美國文學大師的咆哮年代

陳榮彬

## 是「失落的一代」，也是「群星會」

　　看過美國小說家海明威（Ernest Hemingway，1899—1961年）回憶錄《流動的饗宴》（*A Moveable Feast*）的讀者肯定都記得書中一個故事：一個幫史坦女士（Gertrude Stein，曾是海明威在巴黎時期的文學導師）修車的法國小伙子工作態度懶散，被老闆罵了一句"You are all a génération perdue"（「你們都是打混的一代」），結果被史坦擴大解釋為「你們都是失落的一代」（"You are a lost generation"），「你們這些曾經參加（一次世界）大戰的年輕人都是」，「你們不尊重任何事物」，「你們喝酒喝到醉生夢死」。儘管海明威對這個名詞不以為然（因為他曾經參戰，所以也罵到他——他堅稱自己不常喝醉），這樁軼事過去一百年了，用「失落的一代」來指稱1920、30年代的英美現代主義陣

營，早已是文學史的慣例，只是沒讀過《流動的饗宴》的人恐怕很難想像「失落的一代」一詞原本有這等負面涵義。

　　海明威曾經寫過一個短篇小說叫做〈士兵返鄉〉（"Soldier's Home"），那位返鄉士兵因為遊手好閒而遭母親斥責，說上帝的國度裡每個人都該工作，但他竟說自己不在祂的國度裡。這種「不尊重任何事物」的態度的確反映出當時大多數文學的價值取向。不過，雖說這些作家叛逆不已，但畢竟文學成就斐然，所以凱文・傑克森（Kevin Jackson）在2012年出版的那本現代主義文學小史才會名為《一九二二年的群星會：現代主義元年》（Constellation of Genius, 1922: Modernism Year One）：意思是1922年彷彿文學星空，如過江之鯽的天才們像閃耀群星一樣匯聚，而這一年也因此堪稱「現代主義元年」。的確如此，詹姆斯・喬伊斯（James Joyce）的小說《尤利西斯》（Ulysses）與T・S・艾略特（Thomas Stearns Eliot）的經典長詩《荒原》（The Waste Land）都在這一年出版。現代主義人才輩出，如群星匯聚閃耀，這樣的意象在近年來已有普遍被接受之趨勢，例如：知名文評家瑪莉・安・考斯（Mary Ann Caws）出版的 Creative Gatherings: Meeting Places of Modernism（2019年）一書，在中國大陸出版譯本時，書名也很有創意地改寫為《現代主義群星閃耀：咖啡館、酒館及其他靈感聚集地》。

　　不過，我們可以追問的是：「現代主義」到底是什麼？

# 現代主義：何時？何地？如何？

1987年3月17日，英國馬克思主義文學與文化研究理論巨擘雷蒙・威廉斯（Raymond Williams）於英國布里斯托（Bristol）大學演講時曾提出「現代主義出現在何時？」（"When Was Modernism?"）這個問題。（講稿內容收錄於威廉斯 *The Politics of Modernism* 一書。）威廉斯固然提出了「1890年到1940年」這個答案；問題是，如果加上「地理」這個條件之後，不但答案變得非常具有爭議性，恐怕連問題本身是否有意義都會遭到質疑。正如文評家馬孔・布萊伯瑞（Malcolm Bradbury）指出的：現代主義作為一個國際性的運動，曾在許多不同國家的不同時間點達到其高峰，有些地方持續較久，有些地方卻如曇花一現；所以他在自己編的《現代主義：1890—1930年》（*Modernism:1890-1930*）一書裡面，就為不同城市與國家的現代主義提供了不同的時間表：柏林的現代主義是在1886—1896年之間興起的；維也納與布拉格是1890—1928年；俄國為1893—1917年；倫敦則是在1890—1920年之間。（相關細節可以參閱該書第一部分第三章〈現代主義的地理〉〔"A Geography of Modernism"〕）。

正因如此，「現代主義」從字面上看來，不管是英文（Modernism）、法文（Modernisme）、德文（Modernismus），乃至於中文，都可以看出其內涵與時間息息相關，而且因為是一種跨國的文學運動，觀察重點常常在於現代主義從一國移動、移植到另一國的「跨國文學影響現象」。但厄文・豪（Irving Howe）也藉由〈現代主義的文化〉（"The Culture of Modernism"）一文提醒我們：切記「現代」（modern）與「當代」（contemporary）的意義截然不同——

「現代」是某種感知能力（sensibility）與風格，「當代」只是指涉時間；「現代」是一種批判的態度與價值判斷標準，而「當代」則是中性的指涉框架。所以，正如蔡源煌教授所說，就主題而言，西方現代主義主要以城市生活為題材，此外則是個人的內心世界。（《從浪漫主義到後現代主義：文學術語新詮》）其實這兩個主題可說密不可分：正因為城市的過度商業化發展，作家才想往內心世界逃避。威廉斯曾在前述演講中論斷，現代主義者都是「反資產階級的」（anti-bourgeois），若非用貴族式的美學品味去超越金錢與商業，就是遵奉1848年以來的革命信仰[1]，把藝術當成解放大眾的手段。

　　不管是法國作家波特萊爾（Charles Baudelaire）詩集《惡之華》（*Les Fleurs du mal*）筆下的巴黎，或是艾略特《荒原》中的倫敦，兩者雖然相差半世紀以上，但學者理查・勒罕（Richard Lehan）主張他們皆認為「現代人都陷入了一種本質上具有毀滅性的都市化過程：商業化的城市跟但丁筆下的地獄無異。只有脫離這物質主義的循環才是唯一的救贖。」就因為這城市的世界太過醜陋，但身處在都市人群中的藝術家卻無力扭轉，所以他們才把創作目標轉往內心世界，他們所體驗與描繪的只是城市的「印象」（impressions）。（引自勒罕 *The City in Literature* 一書。）正因如此，布萊伯瑞才會說，現代主義是一種「都會的藝術」（"a metropolitan art"）；地理學者大衛・哈維（David Harvey）也表示，現代主義是「都市的藝術」（"the art of cities"）。布萊伯瑞

---

1. 普魯士革命家馬克思（Karl Marx）與恩格斯（Friedrich Engels）的《共產黨宣言》（*The Communist Manifesto*）就是在1848年發表的。

更是在"The Cities of Modernism"清楚地指出現代主義與先前各種文學流派的不同：

> 寫實主義提供人道關懷，自然主義以科學眼光看待一切，現代主義則從多元化與超寫實的角度描寫。在寫實主義的藝術中，城市大多是解放的陣線，希望與可能性的過渡站；至於自然主義的城市，則像一個龐大系統，人類意志在其中展現，但卻無法控制城市，因此城市就像一座叢林、一道深淵，或者一場戰爭；現代主義的城市則為個人的意識與閃爍印象提供了環境，是波特萊爾筆下充斥人群的城市，是杜斯妥也夫斯基小說中人際交往的地下世界……

以寫實主義的小說而言，發生在城市裡的故事往往對資本主義底下的悲劇進行客觀描寫，透過善惡分明的角色來提供道德教化，狄更斯（Charles Dickens）的作品可說是代表作。而自然主義則是在法國實證主義精神的影響下，寫小說仿如進行科學實驗，深刻刻畫人物於小說中的活動，但是人的意志並不能超越像自然法則一般的命運，許多英國小說家受到法國自然主義影響，創作時往往出現這種傾向——例如喬治‧摩爾（George Moore）。到了現代主義，無論勒罕或布萊伯瑞都認為，現代主義文學就是透過個人的主觀意識，以各種具有創意的「印象」來再現現實世界，尤其是都市空間。

最後，我們可以說現代主義影響時間長，且實踐現代主義精神者橫跨各

個領域，並且交互影響。以麥可‧列文森（Michael Levenson）為《劍橋文學指南：現代主義研究》（*The Cambridge Companion to Modernism*）所編的大事記（"Chronology"，頁 xi-xvii）為例，現代主義從 1890 年代初期延伸到 1930 年代末期，王爾德（Oscar Wilde）的唯一長篇小說《格雷的畫像》（*The Picture of Dorian Gray*）於 1891 年出版，其故事背景設定在倫敦，主題則深受唯美主義的藝術思想影響；德布西（Claude Debussy）於 1894 年問世的樂曲《牧神的午後》（*L' Après-midi d' un faune*），靈感來自於馬拉美（Stéphane Mallarmé）的同名詩作；俄國作家契訶夫（Anton Chekhov）則是於 1896 年推出劇作《海鷗》（*The Seagull*）。到了大事記的末了，蘇聯大導演艾森斯坦（Sergei Eisenstein）於 1938 年推出電影《亞歷山大‧涅夫斯基》（*Alexander Nevsky*）；西班牙畫家畢卡索（Pablo Picasso）的油畫《昂蒂布的夜間捕魚》（*Night Fishing at Antibes*）於 1939 年完成——現代主義也在這一年因為二次大戰爆發而告終。從以上我們可以看出，現代主義是跨世代、跨藝術，也是跨國的。至於作家們如何相互影響的例子，可以參考美國文評家比爾‧戈斯坦（Bill Goldstein）近期的佳作《世界一分為二》（*The World Broke in Two*）：透過文學史的重構，我們可以發現詩人 T‧S‧艾略特、小說家吳爾芙（Virginia Woolf）與 E‧M‧佛斯特（E. M. Forster）之間的創作思想如何彼此激盪。

# 作家中的作家：咆哮年代的三位美國現代主義大師

　　這本選集除了聚焦在美國現代主義如何在1960年代透過「橫向移植」的方式降生於臺灣，另外還從前述所謂的「群星」中拉出三位美國現代主義文學大家來介紹，他們都是所謂的 "writer's writers" ──「作家中的作家」：費茲傑羅（F. Scott Fitzgerald，1896─1940年）、福克納（William Faulkner，1897─1962年）與海明威。這三位文學巨匠有許多相似與相異之處，但無論如何他們都深受戰爭影響，除了一、二次大戰，費茲傑羅、福克納兩人甚至也寫過許多以南北戰爭、美西戰爭等戰事為背景的故事，海明威則是以報導西班牙內戰聞名。另外，他們的作品充分展現出跨領域交互影響、讓文學變得更豐富的現代主義特色。海明威的小說技法除了深受表現主義、立體主義藝術家畢卡索的影響，他也承認自己受到印象主義法國畫家塞尚（Paul Cézanne）的許多啟發。至於費茲傑羅與福克納雖說都在經濟大蕭條期間為五斗米折腰而前往好萊塢當電影編劇，但結果意外豐碩：前者寫了一本未完成小說《最後的大亨》（*The Last Tycoon*）與一些短篇故事，後者更是就此當了二十年編劇，留下十七部劇本，最有名的莫過於冷硬派偵探小說家雷蒙・錢德勒（Raymond Chandler）代表作《大眠》（*The Big Sleep*，電影片名一般都譯為《夜長夢多》）與海明威《雖有猶無》（*To Have and Have Not*）兩本小說的改編劇本。

　　他們三人所面對的戰後美國社會雖已經邁入禁酒令時代，但仍是一片杯光觥影，笙歌處處，經濟投機活動大行其道，人人皆曰「美國夢」是可以實現的，因此史稱「咆哮的二〇年代」（Roaring Twenties），美國的社會、經

濟在此時以最快的速度向前狂飆，不再回頭──直到 1929 年股市崩盤，全國陷入經濟大蕭條才從雲端跌落凡間。費茲傑羅的兩本小說《大亨小傳》（*The Great Gatsby*）、《夜未央》（*Tender Is the Night*），還有在 1931 年發表的〈爵士年代的回音〉（"Echoes of the Jazz Age"）一文，可說都是觀察 20 年代的重要文獻，甚至可以當成史料來看待。《大亨小傳》與《夜未央》的一個共同特色，是兩書的主角各自在他們所身處的上流社會裡覺得格格不入，始終以局外人心情來看待身邊一切，因此可說是費茲傑羅自身心境的描摹，因為他也是個來自明尼蘇達州聖保羅市，不幸家道中落的窮小子。這個主題主要在展現費茲傑羅如何看待美國社會、經濟、文化從最繁盛的黃金年代走向經濟大蕭條的過程，還有他透過文學作品所重現出來的整個時代氛圍。

費茲傑羅用《大亨小傳》寫紐約，用《最後的大亨》寫洛杉磯，但比他更叛逆的海明威卻選擇遠走他鄉，寫的是其他國家的城市、文化與歷史。海明威於一戰後獲《多倫多星報》（*Toronto Star*）派駐歐州，在巴黎如魚得水，也在新聞寫作之餘開始嘗試創作詩歌、小說，於丁香園咖啡館（La Closerie des Lilas）留下足跡，寫出《在我們的時代》（*In Our Time*）與《太陽依舊升起》（*The Sun Also Rises*，小說改編成電影後一般譯為《妾似朝陽又照君》）等作品，早年的文學生涯回憶錄也在他去世後由第四任妻子瑪莉（Mary Welsh Hemingway）編輯出版成《流動的饗宴》。《太陽依舊升起》寫出一戰英美老兵僑居巴黎的生活點滴：他們不但在酒館流連忘返，還大老遠跑到西班牙去看鬥牛；《流動的饗宴》記錄了許多他在當記者時與巴黎當地英美作家社群的互動，許多小故事看來比正史更加引人入勝（姑且不論其真實與否，因為

海明威自己也說：讀者不妨把他的回憶錄當小說來讀）。海明威一生居住過的外國城市還包括哈瓦那、米蘭、馬德里等許多地方，而且米蘭與馬德里還分別成為《戰地春夢》（*A Farewell to Arms*）與《戰地鐘聲》（*For Whom the Bell Tolls*）兩本小說的重要故事背景。

　　福克納是三人裡面唯一在寫作時著重於鄉土而非城市的。他虛構出一個「面積兩千四百英里，居民一萬五千六百一十一人」的約克納帕陶法郡（Yoknapatawpha County），該郡白人與黑人的人口比例大約二比三，是融合想像與事實的創造物，不過大致上就是福克納故鄉拉法葉郡的縮影，他甚至還親自為這虛構的南方小郡畫了一張有名的地圖，收錄在《押沙龍，押沙龍！》（*Absalom! Absalom!*）裡面。福克納一生足跡遍布世界，去過很多地方，但他始終心繫故土，絕大部分創作都以美國南方的城鎮為故事背景，南方的風土民情都化為他小說中的點滴，《聲音與憤怒》（*The Sound and the Fury*）與《押沙龍，押沙龍！》在這方面特別有代表性，兩者都是南方世家興衰的故事，而且後者還結合了《聖經》裡面大衛王父子互戕的典故；至於《我彌留之際》（*As I Lay Dying*）則是反映出南方赤貧白人的生活困境，所謂的 "dying" 不只是故事中母親的肉體死亡，也暗指她幾位子女在精神上的垂死狀態。就像愛爾蘭小說家喬伊斯所說，如果有一天都柏林從這世上消失了，可以按照他在小說《尤利西斯》裡的記錄，原封不動地重建出來，或許同樣的道理也適用於福克納與美國南方：他的小說，不只復刻了南方的歷史、地理與文化，也是二十世紀上半葉南方時代精神的再現。

## 關於這本選集

　　為了讓讀者了解現代主義在美國的發展，並且從多重樣貌去了解三位作家，本選集特別邀集各種背景不同的作者撰文。楊詠翔的〈故事外的小說家，小說家的故事〉讓我們看到海明威、費茲傑羅如何成為各種虛構與非虛構作品裡面的主角，也幫我們介紹了幾本近年來頗為重要的福克納傳記；為了讓讀者對於1920年代的歷史背景有更全面的認識，輔大歷史系助理教授馮卓健為我們貢獻了〈美國咆哮的二〇年代〉一文：在逐漸充滿恐共氛圍、排外本土主義、三K黨再度復興、保守主義導致禁酒令誕生的社會背景下，我們一方面不難理解為何許多現代主義作家（尤其海明威）長期旅居海外，躲避那令人窒息的美國故土，另一方面也可以看出，他們不只是逃避，也透過作品來批判美國社會，例如費茲傑羅以《大亨小傳》批判「美國夢」的迷思，原本被人歧視的黑人在福克納的《聲音與憤怒》反而成為穩定整個故事敘事的道德力量，是南方白人世家崩壞、墮落的見證者；博士論文專治福克納、多斯‧帕索斯（John Dos Passos）等現代主義作家的臺中科技大學應用英語系謝伊柔助理教授寫了〈那些尚未終結的往事：閱讀福克納〉，她從創作、飲酒與靈感、種族主義與福克納在日本被接受的情況來介紹對臺灣讀者相對而言較不熟悉的福克納。

　　國內影評名家馬欣以〈影史上的費茲傑羅、福克納、海明威〉來介紹三位作家與美國影史之間的複雜關係：他們不但當過編劇（但海明威只曾協助過《老人與海》〔The Old Man and the Sea〕電影的編劇撰寫、拍攝過程），自己的許多作品也都不只一次躍上大銀幕——這也是他們長久以來被許多作

家視為偶像的理由之一；小說家兼文評家朱嘉漢的〈如果在巴黎，一位年輕美國作家〉從他們三人年輕時都曾待過巴黎這件事出發來講法國人對於他們的接受，而這就不得不提到曾經翻譯過許多美國小說的法國翻譯家康鐸（Maurice Edgar Coindreau，1892─1990年）。康鐸對於海明威、福克納的譯介對於他們在法國的文學聲譽扮演關鍵性的影響，但相較之下，費茲傑羅則是比較晚才獲得法國出版界的關注：2012年才收入法國最重要的七星文庫（Pleiade）。不過，非常特別的是，2010年代似乎是費茲傑羅《大亨小傳》在法國重獲關注的時代，從2011到2014年之間至少有五個譯本問世：茱莉・沃肯斯坦（Julie Wolkenstein）是著名的費茲傑羅代言人，還翻譯了《夜未央》、《美麗與毀滅》（*The Beautiful and the Damned*），她將《大亨小傳》書名簡潔的譯為*Gatsby*；七星文庫的版本由飛利浦・亞沃斯基（Philippe Jaworski）操刀，書名遵循法國傳統，譯為*Gatsby le magnifique*，另外他也譯過《夜未央》，還有海明威的《老人與海》，以及多斯・帕索斯的《曼哈頓轉運站》（*Manhattan Transfer*），是當今法國出版界對於美國現代主義文學的最主要詮釋者之一。

陳夏民、劉霽、葉佳怡近年來分別翻譯了至少兩本以上的海明威、費茲傑羅與福克納作品，其中葉佳怡推出的《聲音與憤怒》是1979年以來的第一個臺灣譯本（上一個譯本出自政大英文系黎登鑫教授之手，是遠景出版社「世界文學全集」的第四十九冊）。陳夏民的〈打破海明威的刻板印象，並重塑之〉提及他當年如何透過「午夜巴黎」出版計畫來選取海明威的作品，並藉此重塑海明威的形象；劉霽的專文〈費茲傑羅永遠不老，希望也是〉則是他與費茲傑羅的跨時空對話，內容當然是出自於想像，但看到作家與作家代言人（譯

者）之間能有如此交流，可說是另有一種奇趣；葉佳怡則著重於分享自己的翻譯經驗，因為福克納的文字最具特色也最困難，其中難免牽涉譯者的解讀、推敲與詮釋，且看她成為福克納譯者的心路歷程。

　　如果讀者們看完各篇介紹文仍嫌意猶未盡，我們還收錄了出自三位名家之手的各兩篇短文，包括海明威的〈一千美元在巴黎生活一年〉（"Living on $1,000 a Year in Paris"，1922 年）與〈歐洲夜生活：一種疾病〉（"European Nightlife: A Disease"，1923 年）；費茲傑羅的〈爵士年代的回聲〉（1931 年）與〈我失落的城市〉（"My Lost City"，1932 年）福克納的〈密西西比〉（"Mississippi"，1954 年）與〈致黑人種族領袖的一封信〉（"A Letter to the Leaders in the Negro Race"，1956 年）。海明威與費茲傑羅的四篇散文創作於1920 到 30 年代，前者以青年美國記者的眼光去看巴黎的生活，後者則是讓我們看到美國夢榮景的最高峰到經濟大蕭條的慘烈轉變。福克納的兩篇散文問世時已經是 1950 年代了，〈密西西比〉原本刊登於《假日》（Holiday）雜誌，堪稱他晚年在散文方面的佳作之一，除了暢談故鄉密西西比州的史地細節，也提及他小說裡以該州為故事背景的人、事、物；〈致黑人種族領袖的一封信〉則是福克納用來闡述他對於黑人民權運動的立場。當然，這些作品跟本選集收錄的其他介紹文一樣，都只是三人偉大文學事業的吉光片羽而已，但希望讀者們在看完後能對美國現代主義與三位大師的精神遺產稍有認識，日後再透過其他方式來深入了解其他現代主義的作家與代表作。

# 01

# 故事外的小說家，小說家的故事

楊詠翔

本次國立臺灣文學館以「群星閃耀：美國及臺灣現代主義文學」為題舉辦特展，展覽主角便是三名代表二十世紀現代主義時代精神（Zeitgeist）的重量級作家：海明威、費茲傑羅、福克納。作家身後留下許多膾炙人口的傳世名作，人生故事也同樣傳奇，某種程度上，或許可說堪與他們筆下的故事平分秋色，甚至更加曲折離奇，而這諸多經歷也啟發了相關創作陸續問世，本文便從「故事外的小說家，小說家的故事」出發，為讀者介紹相關創作。

## 一代硬漢：海明威

海明威以《老人與海》、《戰地春夢》等作品傳世，也曾榮獲諾貝爾文學獎殊榮，作品多描寫殘酷的戰爭，以及人類和大自然的拚搏，並以簡潔精煉

的寫作風格著稱，反映出專屬美國不屈不撓的硬漢精神，經典程度無需贅述，而他廣袤的創作主題也大都來自其豐富的人生經歷，包括他與前後共四任妻子的風流情史。

海明威的寫作生涯始於年少時擔任記者，任職報業也影響了他日後簡練的寫作風格。後來一戰爆發，滿腔熱血的他到前線駕駛救護車，不久後便負傷退伍，親赴泯滅人性的戰場，也啟發了他日後的創作。接著海明威擔任報社駐外記者，偕新婚妻子海德莉（Elizabeth Hadley Richardson）一同派駐巴黎，他也正是在巴黎成為專職作家，並結識了費茲傑羅及其美國編輯，從此在文學界站穩腳步。

而這段花都時光除了為他日後的回憶錄《流動的饗宴》貢獻，他與第一任妻子海德莉的經歷也為後人留下無限想像空間，兩人於1921年結婚，1927年離婚，導火線便是他們在巴黎遇見的另一名女子，後來成為海明威第二任妻子的寶琳（Pauline Pfeiffer）。

美國作家寶拉·麥克蓮（Paula McLain）的小說《我是海明威的巴黎妻子》（*The Paris Wife*），便是以海德莉的第一人稱視角出發，描述兩人如何相識、相知、相惜，在杯光觥影的巴黎試圖闖出一片天，配角則是當時聚集在巴黎的各路文人薈萃，以及最終摧毀了他們婚姻的第三者。本書透過精湛的虛構筆法，讓讀者得以回到1920年代的巴黎，一探這段文學史上絕無僅有的淒美愛戀，也深入了解兩人內心的挫折、渴望、糾結。

和寶琳結婚後，海明威便專心撰寫取材自戰時經歷、奠定他文壇地位的《戰地春夢》，並遷居佛羅里達州西礁島，期間也受妻子的家人資助到非洲打

獵，因而作品中也有不少提及非洲。此外，他也是在西礁島的酒吧結識了第三任妻子暨戰地記者瑪莎（Martha Gellhorn），後來甚至一同參加西班牙內戰，對抗法西斯政權，兩人婚後亦移居古巴。

時值二戰爆發，瑪莎記者個性使然，多次前往歐洲報導戰情，海明威則和第四任妻子，同為記者的瑪莉越走越近，同時也協助美國進行情報活動。這段時間海明威除了寫出讓他名垂青史的《老人與海》，閒暇之餘也在古巴積極從事情報活動，即所謂的「騙子工廠」，匯集三教九流人士交換情報，甚至謠傳他遭蘇聯KGB吸收成為特務。

即便沒有史料明確證明海明威是正牌的間諜，大多只是穿鑿附會，但成為情報員確實很符合海明威在大眾心目中的硬漢形象，也頗為引人遐想，美國歷史學家尼古拉斯·雷諾茲（Nicholas Reynolds）便爬梳各種史料，寫成《作家、水手、士兵、間諜：歐尼斯特·海明威的秘密歷險記（1935—1961）》（*Writer, Sailor, Soldier, Spy: Ernest Hemingway's Secret Adventures, 1935-1961*）一書，揭

新版《戰地春夢》書影（新北：木馬文化，2022）。

露這名大文豪一生中更多不為人知的細節，甚至將海明威生命的悲劇結局歸咎於情報工作的壓力。此外，擅長雜揉史實與虛構，作品遊走各文類的美國名作家丹·西蒙斯（Dan Simmons），也以這段經歷發想，推出驚悚懸疑小說《海明威與騙子工廠》（*The Crook Factory*），描述海明威身陷大國政治角力，從而引來殺機……

卡斯楚推翻古巴政府後，海明威回到美國，先

前他歷經多次意外，創作能量已不如以往豐沛，身心狀況也極不穩定，曾入院治療，1961年6月底出院後不久便舉槍自戕，結束波瀾壯闊的一生。

海明威自殺的原因眾說紛紜，但其實家族的自殺史其來有自，他的父親和弟妹皆選擇自殺結束性命，後世也有專書探討此議題，包括海明威之孫約翰‧海明威（John Hemingway）撰寫的《海明威家的厄運：一部家族回憶錄》（*Strange Tribe: A Family Memoir*），便是以其父葛列戈里（Gregory，海明威和寶琳所生的小兒子，後成為跨性別者，改名為葛洛莉亞〔Gloria〕）和海明威的關係為主軸，探討海明威一家錯綜複雜的關係及情感拉扯。古巴作家李奧納多‧帕杜拉（Leonardo Padura）的小說《再見，海明威》（*Adios Hemingway*），則是以筆下的冷硬派警探為主角，採取雙線敘事筆法，一邊是四十年前海明威告別古巴，一邊是四十年後的鄉間懸案，試圖回答海明威為何選擇自殺。

此外，來自美國的黑金屬（Black Metal）樂團Cobalt，2009年時也曾推出向海明威致敬的專輯《琴酒》（*Gin*），結合重金屬喧囂、殘暴、深沉的音色，以及文豪筆下殘酷的戰爭，不僅曲名取材自海明威的作品，如〈一個乾淨明亮的地方〉（"A Clean, Well-Lighted Place"）、〈一輩子說謊的老人〉（"The Old Man Who Lied For His Entire Life"），專輯封面更直接取用海明威從軍時拍下的颯爽照片，讓他在音樂世界留下足跡。

## 爵士大亨：費茲傑羅

美國爵士時代的代表人物非費茲傑羅莫屬，而他戲劇性的一生，似乎冥

冥之中也應驗了爵士時代的發展，1920年代，美國經濟蒸蒸日上，但1929年卻一夕之間崩盤，陷入經濟大蕭條，如同費茲傑羅少年得志，後來與妻子賽爾妲（Zelda Fitzgerald）卻婚姻破裂，並因經濟因素委身好萊塢編劇寫稿，最後更在壯年時心臟病發逝世，璀璨一生劃下句點，留下四本長篇小說（包括舉世聞名的《大亨小傳》）、一本未完成的遺作、大量短篇小說。

費茲傑羅在好萊塢的編劇經驗也融入在他的寫作之中，不僅長篇名作《大亨小傳》多次改編搬上大銀幕，短篇也頗受好萊塢青睞，例如當代名導大衛・芬奇執導，布萊德・彼特、凱特・布蘭琪主演的《班傑明的奇幻旅程》（*The Curious Case of Benjamin Button*），描述異於常人的男子班傑明，出生時容貌便已相當衰老，後來竟奇幻般返老還童，所展開的人生旅程。

而他和妻子賽爾妲之間糾葛的愛恨情仇，也是後世津津樂道的主題，賽爾妲出身南方望族，費茲傑羅則只是個毛頭小子，雙方門不當戶不對，婚後他必須賺錢供養妻子的生活，賽爾妲後來還精神崩潰進出精神病院，使得費茲傑羅必須更努力賺錢，他的好友海明威還認為就是賽爾妲毀了這名才華洋溢的作家。

賽爾妲在入院期間撰寫了半自傳體小說《最後的華爾滋》（*Save Me the Last Waltz*），她和費茲傑羅的婚姻在書中多有投射，費茲傑羅的小說《夜未央》也如法炮製，從兩人的關係取材。1948年，費茲傑羅去世後八年，賽爾妲因精神病院大火逝世，不過美國作家特雷莎・安妮・福勒（Therese Anne Fowler）2013年在她結合史料撰寫的小說《Z：澤爾達・菲茨傑拉德的故事》（*Z: A Novel of Zelda Fitzgerald*）中為其翻案，一反過往觀點，認為是費茲傑羅壓抑了賽爾妲，導致了她的不幸，這本小說後來也改編為電視影集《緣起賽爾妲》

（*Z: The Beginning of Everything*）。

美國暢銷作家、《黑色豪門企業》作者約翰·葛里遜（John Grisham）的小說《消失的費茲傑羅》（*Camino Island*），則是將文學傳奇結合偵探小說筆法，主角是一名女作家，她為了尋找費茲傑羅失竊的手稿，意外捲入珍本書商的黑市陰謀。

此外，《大亨小傳》原著的版權也在2021年正式到期，正式進入公領域，代表無須權利方同意便可進行各種改作，擅長南方歌德小說的美國作家麥可·費里斯·史密斯（Michael Farris Smith）便以《大亨小傳》中的敘事者尼克為主角，推出《尼克的故事》（*Nick*），探索尼克在遇見大亨蓋茲比之前，有著什麼樣的過往。

針對尼克的背景，費茲傑羅僅提及他來自中西部，是一戰老兵，《尼克的故事》則補足了尼克的戰時生活、遇見愛人、在紐奧良展開冒險，故事最後亦銜接《大亨小傳》開頭，可說是對費茲傑羅的致敬。而隨著他的經典作品逐漸進入公領域，未來相信也會有更多相關作品問世。

另外，知名作家村上春樹也對費茲傑羅情有獨鍾，不僅親自執筆將其作品譯為日文，甚至重新編選費茲傑羅的選集，可見費茲傑羅在文學世界的經典地位，且村上春樹挑選的並非讓費茲傑羅享譽盛名的爵士時代作品，而是將重心放在他人生最後十年的創作，意在突顯外在環境再怎麼艱難，費茲傑羅仍是筆耕不輟。

前文提到，和海明威相比，費茲傑羅成名較早，海明威便是透過費茲傑羅引薦的美國編輯麥斯威爾·柏金斯（Maxwell Perkins）才在文壇嶄露頭角，

柏金斯因而可說是兩人文學生涯的重要推手，他的傳記《天才：麥斯威爾·柏金斯與他的作家們，聯手撐起文學夢想的時代》（*Max Perkins, Editor of Genius*），便記錄了他和個性迥異的兩人如何相處，本書也改編為電影《天才柏金斯》（*Genius*）。

## 南方巨擘：福克納

福克納可說是美國文學巨人之一，影響美國甚鉅，作品包括《聲音與憤怒》、《八月之光》（*Light in August*）、《我彌留之際》等，他筆下的故事多設定在虛構的約克納帕陶法郡，其實就是他生活的家鄉，主題描繪當時的美國南方社會，包括南北戰爭留下的文化遺產，以及南方的種族衝突等，且是以意識流風格寫作，因而相較同時代作家較為晦澀難懂，銷量不大理想，所以他也曾多次前往好萊塢撰寫劇本維生。

相較海明威和費茲傑羅，福克納雖然也曾到世界各地遊歷，但一生大多待在家鄉度過，加上晚年深居簡出，或許也是因此沒有太多和他生平相關的虛構作品。不過他晚年時美國黑人民權運動風起雲湧，評論家和研究者也將重心轉往他筆下的種族議題，以及他的種族主義傾向，使得他甚至曾表示：「就算我不存在，某個人也會寫出我的作品，海明威、杜斯妥也夫斯基、我們所有人都是，證據就是莎士比亞的劇本有三個可能的作者。但重點在於《哈姆雷特》和《仲夏夜之夢》本身，不是誰寫了這些故事，而是有人寫了，藝術家本身完全不重要，只有他創造的事物才是重要的。」

後世撰寫的福克納傳記《成為福克納：威廉‧福克納的藝術與一生》（*Becoming Faulkner: The Art and Life of William Faulkner*）中，便描述了這名文學巨人如何在人生困境中淬煉出偉大的文學作品，包括失意的軍旅生涯、好萊塢編劇歲月、對抗酗酒問題等，同時也探討當時南方社會的蓄奴遺緒和種族隔離政策如何影響他的創作。

近年出版的另一本傳記《最哀傷的詞：威廉‧福克納的內戰》（*The Saddest Words: William Faulkner's Civil War*），書名則是取自《聲音與憤怒》中的句子，聚焦在福克納筆下的戰爭場景及二十世紀的南方種族衝突，詳細剖析究竟是什麼因素讓作家曾表示「但假使戰事發生，我將為了密西西比反抗美國，即便這意味著走上街射殺黑人」。

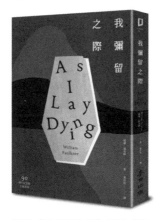

新版《我彌留之際》書影（臺北：麥田，2020）。

新版《聲音與憤怒》書影（新北：雙囍出版，2023）。

話雖如此，我們或許不應以現代的眼光去評價百年前的作家對種族議題的看法，因為福克納在獲得諾貝爾文學獎後，也撥出部分獎金給美國筆會成立以他為名的小說獎，並在故鄉設立獎學金獎勵非裔學子，他也曾將某本小說獻給為家族服務多年的黑人女僕。至於福克納著作在臺出版情況，近年則是有九十週年紀念版的《我彌留之際》、《八月之光》及《聲音與憤怒》推出。

**參考資料**————

- 寶拉・麥克蓮著，郭寶蓮譯，《我是海明威的巴黎妻子》（臺北：麥田，2012）。
- 尼古拉斯・雷諾茲著，馬睿譯，《作家、水手、士兵、間諜：歐尼斯特・海明威的秘密歷險記（1935－1961）》（北京：社會科學文獻出版社，2018）。
- 丹・西蒙斯著，魯創創譯，《海明威與騙子工廠》（上海：上海文藝出版社，2020）。
- 約翰・海明威著，王莉娜、苗福光譯，《海明威家的厄運：一部家族回憶錄》（上海：上海三聯書店，2016）。
- 李奧納多・帕杜拉著，華慧譯，《再見，海明威》（臺北：漫遊者，2007）。
- Cobalt. *Gin*. Kitchener, Profound Lore Records, 2009.
- 澤爾達・菲茨傑拉德著，秦瞳譯，《最後的華爾滋》（陝西：陝西人民出版社，2016）。
- 約翰・葛里遜著，宋瑛堂譯，《消失的費茲傑羅》（臺北：遠流，2018）。
- F. Smith, Michael. *Nick*. Boston: Little, Brown and Company, 2021.
- 特雷莎・安妮・福勒著，劉昭遠譯，《Z：澤爾達・菲茨傑拉德的故事》（四川：四川人民出版社，2016）。
- 史考特・柏格著，彭倫譯，《天才：麥斯威爾・柏金斯與他的作家們，聯手撐起文學夢想的時代》（臺北：新經典文化，2016）。

- Weinstein, Philip. *Becoming Faulkner: The Art and Life of William Faulkner.* Oxford: Oxford University Press, 2009.
- Gorra, Michael. *The Saddest Words: William Faulkner's Civil War.* New York: Liveright, 2020.

**延伸閱讀** ————

- 海明威著,傅凱羚譯,《老人與海》(新北:木馬文化,2022)。
- 海明威著,陳榮彬譯,《戰地春夢》(新北:木馬文化,2022)。
- 海明威著,成寒譯,《流動的饗宴:海明威巴黎回憶錄》(臺北:時報文化,2008)。
- 費茲傑羅著,汪芃譯,《大亨小傳》(臺北:遠流,2012)。
- 費茲傑羅著,劉霽譯,《夜未央:費茲傑羅經典小說新譯》(臺北:一人出版社,2015)。
- 福克納著,葉佳怡譯,《我彌留之際》(臺北:麥田,2020)。
- 福克納著,陳錦慧譯,《八月之光》(臺北:聯合文學,2015)。
- 福克納著,葉佳怡譯,《聲音與憤怒》(新北:雙囍出版,2023)。

# 02

# 美國咆哮的二〇年代

馮卓健

在第一次世界大戰結束後，美國在文學上進入了現代主義時期，在社會和文化上則進入了咆哮的二〇年代。當時的美國在「咆哮」什麼呢？可以從兩個層面來看此時的咆哮：首先，在政治文化上，一次大戰的勝利，讓美國人更堅信自己生活方式的優越性，也因而更力圖鞏固自己的民主生活方式，反對外國的意識形態，尤其是面對在1917年俄國革命成功後試圖向外國輸出的共產主義。除了亟欲排除共產主義的勢力外，此時有許多美國人抱持著本土主義的排外思想，甚至以暴力的方式推行本土化的政治意識形態，也因而有三K黨的復活。其次，受到經濟繁榮的影響，這個時期的美國進入一個歌舞昇平的年代。分期付款的消費形式，使美國人更能負擔奢侈品，許多大型家電，例如電冰箱，便在這個時候進入了美國人的家庭中。此外，福特汽車也開始盛行。汽車的盛行改變了交通文化，也塑造了新的休閒文化。同時，消費力的提

升也讓美國人民的休閒娛樂更加蓬勃發展。爵士樂、歌舞、電影、職業棒球，都在這個時期立下基礎並加速發展。這一片歌舞昇平的景象，讓美國文化充滿了喧囂聲。

除了「咆哮的二〇年代之外」，美國的 1920 年代還有其他的稱號：「新時代」（New Era）、「爵士年代」（the Jazz Age）、「飛來波女郎的年代」（the Age of the Flapper）、「繁榮的十年」（the Prosperity Decade）。這些稱號從不同的角度呈現了這個時代的特色。一次大戰結束後，美國進入世界強權之林。除了政治軍事之外，在經濟上，由於美國本土沒有受到戰爭的摧殘，在經歷 1921 和 1922 年的經濟蕭條之後，美國的工業迅速地蓬勃發展，這讓美國的國際地位不可同日而語，也提升了美國人民的自信。但是在暴增的自信表面之下的一股潛流，則是對於這些社會經濟發展的反思與檢討。美國從建國一直到十九世紀都是以農業立國，尊崇自耕農社會的價值觀，十九世紀晚期以來工商業的發展改變了這個社會，隨著生活水準的提升、現代式企業的興起，以及休閒娛樂產業的蓬勃而來的，是人民價值觀的改變。這樣的「進步」所展現出來的新文化讓許多人感到憂心，並提出質疑與批判。這樣的批判也反映在這個時期的文藝作品中。

## 紅色恐懼：意識形態上的對立

美國人以自己的生活方式為榮，認為自己的文化是新教徒式的民主共和體制，因而對於任何有可能破壞這種體制的其他生活方式都抱持著警戒的心

理，例如：天主教徒、摩爾門教徒、移民帶來的文化習慣，以及共產主義。在1917年俄國共產革命成功建立新政權之後，俄國的布爾什維克黨人更企圖將共產革命推進到全世界。共產主義的理想激勵了一些激進分子，儘管美國很少人加入共產黨，即使是社會主義分子，美國工人也沒有很多人加入共產黨。但是在1919年的夏天，種族暴動席捲全國。其中最嚴重的都市暴動發生在7月下旬的芝加哥，有38人死亡，超過五百人受傷。

這些暴動有很多是受到勞工罷工的影響，這也讓很多人認為這跟共產主義，特別是跟俄國的共產革命有關。勞工罷工在美國並不受歡迎，尤其是危害到公共安全的罷工。而許多激進主義人士在此時慫恿人民採取更加暴力的形式來推動社會主義。許多激進人士透過郵政系統寄出炸彈，其中有40個這樣的炸彈被郵政官員給攔截了，但是有一個炸彈送到了喬治亞州的參議員的家，一位女僕在拆包裹時失去了雙手。後來一個炸彈被送到了司法部長亞歷山大‧密契爾‧包爾默（Alexander M. Palmer）的家。像這樣的罷工及炸彈攻擊，讓許多美國人更有理由相信激進主義分子正在威脅和顛覆美國。包爾默在司法部內設立了一個情資分部，由年輕的艾德加‧胡佛（J. Edgar Hoover）負責，收集國內各個激進團體的活動訊息。胡佛在日後擔任聯邦調查局局長長達37年之久。

包爾默在1919年11月開始在各個城市進行一系列的搜捕行動，逮捕了250名俄國工人公會的成員。許多外國僑民，除了共產主義者也包含了無政府主義者，沒有經過任何正常的法律程序就被驅逐出境。包爾默的搜捕行動並沒有真的找到很多激進人士，但確實掀起了一陣對於激進主義的恐慌，這種對於

共產主義的恐懼是美國史上的第一次「紅色恐懼」（Red Scare），這讓許多之前不認為激進左派的思想對美國會是一個威脅的人開始嚴肅地看待激進左派對美國社會帶來的威脅，也引發了新的一波保守主義及排外的本土主義浪潮。

## 新的排外本土主義

當許多美國人開始正視激進主義對美國生活的威脅時，這種心態很容易轉化成對外國人士和移民的恐懼和不滿，因為許多移民往往會參與社會主義、工會，和無政府主義的組織，而這也導致新的一波本土主義的浪潮。這些本土主義者重視土生土長的美國人的利益，害怕並且厭惡移民，認為這些移民是一大威脅。

美國是個移民建立的國家，從1882年開始，美國政府逐步立法去限制移民。但是在1920年之前，基本上沒有實質上阻擋或減少移民的人數。1921年國會通過了一個緊急移民法案，進一步地限制了這個朝向美國的人口移動潮流。在這個法案中，每年從歐洲各國進入美國的人數被限制在1910年的人口普查中出生於歐洲各國的美國人口數的3%。1924年，國會進一步地以1890年的人口普查數字取代1910年的人口普查數字作為這個員額的基數。這些移民法案限制了歐洲移民，並且在實質上禁止了亞洲移民。結果只有少數人被允許進入美國，而這當中將近85%的人都是來自於北歐與西歐。然而，對於來自美洲其他地區的移民則沒有給予限制，使得西班牙裔的人口急遽增加。

## 三K黨的復興

　　這股反外來人士的本土主義浪潮也反映在三K黨（Ku Klux Klan）的復興上。三K黨原先是在1860年代晚期在南北戰爭結束後在南方成立的組織，在美國國會以三個憲法修正案逐步賦予非裔美國人平等的公民權與政治權利時，他們以暴力威脅非裔美國人，不讓他們去投票或是行使他們與白人平等的公民權。不過當尤里西斯・格蘭特（Ulysses S. Grant）總統在1871年簽訂了取締三K黨的法案後，這個組織就大受打擊而銷聲匿跡了。

　　在1920年代的本土主義推波助瀾下，這個組織被一名前循道宗牧師威廉・西蒙斯（William J. Simmons）復興了。新的三K黨的支持者不只來自南方，而是在全國各地都有支持者。這仍舊是個種族主義的組織，但不僅於此，新三K

1926年9月13日三K黨在美國首都華盛頓的遊行。（圖片來源／美國國會圖書館）

黨將仇恨對象的範圍更進一步擴大了。新的三Ｋ黨只接受本地出生、信奉新教的白人作為成員，他們尋求「百分之百的美國主義」。他們的矛頭不僅是針對非裔美國人，也同時指向羅馬天主教徒、猶太人、移民，以及其他的外國人士。西蒙斯的演講將這些少數群體描述為對白種新教美國的可怕威脅。新的三Ｋ黨跟舊的類似，威脅那些他們所不喜好的人，試圖藉此來「淨化」他們的國家，讓國家保持道德的「純正」。三Ｋ黨在巔峰時期據估計有三百萬到八百萬人之間，在1924年通過新的法案限制移民後，三Ｋ黨的人數開始下滑，最後在第二次世界大戰前已經完全消失。後來在1950、60年代的黑人民權運動時才又再度受到刺激而復興。

## ｜禁酒令

　　酒精在美國生活中有很悠久的歷史，美國人總是喜歡喝啤酒，也有很多伴隨著酒精而來的活動。1890到1910年代左右被稱為是美國歷史上的「進步時期」（the Progressive Era），這也是美國史上的一個改革的年代，有些人希望能進行一些道德上的改革。在1900年代開始有人推動限制酒精飲料的飲用，甚至希望能禁絕酒精飲料。這些新教徒認為可以透過這個方式來治癒這個社會由酒精所激發的病灶，例如酗酒、家暴，以及在酒館進行的腐敗政治交易。另一個重要的因素是當時許多釀酒商都是德裔人士，使得禁酒的主張和排外的本土主義合流。1916年的大選讓支持制定一個修正案在全國禁酒的勢力，在國會的兩個院中都取得多數席次。1917年12月，國會通過了憲法第十八修正案，

支持禁酒，並禁止製造、販賣、運輸任何會讓人迷醉的酒精產品。這個修正案在1919年由各州批准開始實施。1919年國會也通過了《全國禁酒法》來實施這個修正案，規定禁止釀造和出售任何酒精含量超過0.5%的飲料。然而，美國人並沒有因此就不消費酒精飲料。酒精的釀造跟消費轉向地下化和祕密化，祕密酒吧取代了公開的酒館，人們開始私釀杜松子酒，家庭釀酒也開始盛行。許多劣質酒充斥在市面上。中產階級與上層社會的婦女也開始在公開場合下飲酒。在費茲傑羅的小說《大亨小傳》中，男主角蓋茲比就是靠販賣私酒致富，在小說裡的宴會上也從未缺少過酒精。

　　蓋茲比的故事呈現出了一個現象：禁酒令創造了一個嶄新的非法販酒市場。這個非法的市場也使得二○年代的美國的犯罪率大幅提高，也為黑幫的興起提供了一個溫床。在1920年代之前，美國黑幫和其他犯罪組織的活動大多

一幅1921年的漫畫，標題是〈假如禁酒令被廢除了〉。（圖片來源／美國國會圖書館）

1925年福特汽車的展示間。（圖片來源／美國國會圖書館）

侷限於娼妓、賭博，以及偷竊。禁酒令則使得私釀和私售酒精飲料開始盛行。一個有利可圖，而且往往伴隨著暴力手段而來的黑市就這樣形成並且昌盛。結果禁酒令不但沒有解決酗酒引發的社會、道德和健康問題，反而提供了一個經濟基礎，讓組織犯罪大為盛行。

## 消費文化的興起

行銷專家克莉絲汀・斐德列克（Christine Frederick）在她1929年的書《賣給消費者太太》（*Selling Mrs. Consumer*）中說：「改變正充盈於美國人所呼吸的空氣之中，而消費者的改變正是我們用來建立我們新式的文明的磚塊。」她在這本書中根據一份最早針對美國人消費習慣的調查，建議製造商和行銷商如何捉住女性的購買力，因為根據斐德列克的說法，這些婦女掌握了九成的家庭支出。

斐德列克書中所提到的消費改變是源自於十九世紀末到二十世紀初之間美國工業的擴張。新能源的發現及新的製造技術的發展，都讓各式各樣的工業產品遍布於市場之中。在十九世紀末，大幅提升的工業產量讓許多當時的人開始擔心生產過剩可能導致金融上的災難。為了避免陷入金融災難，美國的企業家開始發展新的商品與行銷策略，這徹底改變了供應的方式，也刺激了新的消費欲望的文化。

百貨公司的成立是這場早期消費革命的核心。百貨公司將各式各樣的商品集中在同一個屋簷的商場下，這讓消費者可以在同一個商場購買各種不

同的商品。為了吸引顧客，百貨公司所仰賴的不僅是多樣性，他們也在服務上進行創新，例如提供餐廳、寫作空間和褓姆服務。顧德斯畢（Thomas W. Goodspeed）是芝加哥大學早期的董事，談到當時芝加哥的一家百貨公司馬蕭費爾德（Marshall Field & Co.）時說：「或許費爾德先生最顯著的創新就是他建立了一家讓人購物時感到愉悅的商店。」

　　另一個可以彰顯此時消費革命的創新的，是汽車工業的興起與分期付款。汽車工業藉由鼓勵運用信用來購買而形塑了新的消費文化。到了1927年，有六成的美國汽車是用信用來購買的，而分期付款不僅是運用在購買汽車上，更普遍地運用在其他大型的消費採購上。由於可以用信用來採購，消費市場受到刺激而成長，例如，從1919年到1929年這十年間，家電的消費成長了120%。亨利福特的生產線設計使得汽車成為中產階級有能力購買的商品。1920年時登記註冊的汽車有九百萬臺，到了1920年代末，這個數字已經成長到兩千七百萬臺。在1920年代晚期，全球有八成的汽車都在美國。

## 休閒娛樂文化的昌盛

　　蒸氣和鋼鐵在十九世紀改變了世界，石油和電力則是在二十世紀大放異彩，特別是呈現於汽車、電影和廣播上。汽車、好萊塢電影、爵士樂、廣播節目，都讓大眾浸溺於大眾文化之中。隨著汽車更加普及，在技術上也更加可靠，更多人會經常到遠處旅行。越來越多婦女會自駕前往自己或孩子的活動。放假時許多美國人開車飆往佛羅里達以遠離北方的酷寒，年輕的男女也讓汽車

成為社交與性探索的場合。因應汽車與駕駛的快速成長，美國人沿著公路蓋了加油站、餐廳、汽車旅館，並豎立了許多告示牌。

　　與此同時，美國也主宰了全球的影視工業。到了1930年，當製片費用變成更加高昂，幾個製片公司開始掌控了這個行業。因為在十九與二十世紀之交時的中上階級大多視電影為下層階級的娛樂，以從中東歐來的猶太人為主的移民創造了好萊塢。1918年，四名猶太裔的波蘭移民建立了華納兄弟片廠（Warner Bros.），這是好萊塢歷史第三悠久的電影公司。在1918年時，環球（Universal）、派拉蒙（Paramount）、哥倫比亞（Columbia）、米高梅（Metro-Goldwyn-Mayer）這些電影公司不是由猶太人所成立就是由猶太人所主導。正因為意識到他們處於社會中邊緣的地位，他們刻意製作電影來展現機會、民主和自由這些美國的價值。這些電影公司提高了電影的品質，吸引了中上階層的觀眾，與此同時也藉由將傳統與現代的價值融合在一起來維持工人階級的觀眾。美國人開始熱愛電影，在1912年時每週觀賞電影的人數是一千六百萬人，到了1920年代的早期，這個數字已經提高到四千萬人。當時許多女性喜歡看電影，也有很多女生聚集在劇院就為了一睹「美國甜心」瑪麗‧畢克馥（Mary Pickford）的風采。畢克馥在1920年時拍電影與代言年收入就達到了一百萬美金，她和其他同期的女性演員代表並普及了二〇年代「飛來波女郎」（Flappers）的新女性形象：短裙、化妝、菸草。

　　除了外出看電影外，娛樂文化也透過收音機進入美國家庭中。廣播公司藉廣告和贊助將娛樂帶進家庭。肥皂公司持續地贊助日間劇，以至於「肥皂劇」這種類型劇就這樣誕生了，讓家庭主婦用聲音體驗與日復一日的家務截

然不同的探險。廣播節目也讓美國人體驗各種不同的音樂形式。其中包含了爵士與藍調。爵士樂是從非裔美國人的社群開始發展的，衍生自非裔美國人十九世紀以來的音樂風格，儘管《紐約時報》（*The New York Times*）因為其種族起源而將其貶為野蠻的音樂，但爵士樂代表了一種獨立的精神。爵士樂從紐奧良開始發展，一路沿著密西西比河向北傳播來到曼菲斯和聖路易，之後又傳到堪薩斯城和芝加哥。當其傳播到紐約時，便在哈林區立足。不論膚色，都湧進哈林區的爵士樂俱樂部來欣賞最流行的爵士和藍調音樂。

路易斯‧阿姆斯壯（Louis Armstrong）是美國爵士文化的代表。（圖片來源／美國國會圖書館）

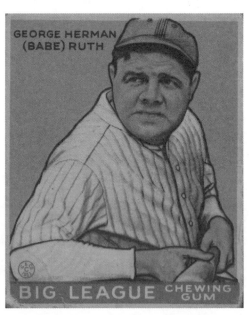

貝比‧魯斯的球員卡。（圖片來源／美國國會圖書館）

另一個透過收音機進入美國家庭的娛樂是職業運動。廣播公司開始逐球轉播主要的大學和職業運動，這也標示著美國的體育活動進入了新的時代。拳擊界的傑克・鄧普西（Jack Dempsey）和美式足球的萊德・格蘭吉（Red Grange）都在當時成為代表性的運動選手，引領風潮。但這時期留下最大影響力還是棒球界的貝比・魯斯（Babe Ruth）。當時美國職棒受到1919年黑襪假球事件的影響而陷入低潮，而魯斯在1920年擊出了54支全壘打，這在當時比任何其他隊伍全隊加起來都還要多。棒球作家稱魯斯為超人，當時美國能認出魯斯的人比能認出美國總統哈定（Warren Harding）的人還要多。

## 失落的一代

在第一次世界大戰中成長的這一代美國人，經歷了恐怖的戰爭，也經歷了戰後美國的繁榮所帶來的浮華世界，這讓他們陷入迷惘之中。即使美國進入了如上所述的繁榮，戰爭的經驗讓許多知識分子、作家與藝術家對人類文明提出深刻的反思。相比十九世紀末到二十世紀初美國所彌漫的進步主義，這些知識分子批判人類文明所謂的「進步」。此時社會上的不平等隨處可見，階級上的鴻溝日漸加深，非裔美國人也仍舊遭受不平等的待遇，與白人社會格格不入，這種種的不平更是讓他們對這個虛華而被物質主義主導的社會感到不滿，而紛紛移居到歐洲，例如費茲傑羅、海明威、艾略特，他們想跟這個令他們厭惡的美國社會劃清界線。

這些作家和藝術家被稱為是「失落的一代」，他們以文藝作品表達對於

現實世界的反思與不滿。雖然抱怨著文學和藝術在這個時代不受重視難以生存，然而他們旺盛的創作力與思想，卻標示著咆哮的二〇年代成為美國文學史上最有創造力的黃金十年。

**參考資料────**

- Nash, Gary B. et al. *The American People: Creating a Nation and a Society*. Vol. 2: Since 1865. New 8th ed., York: Pearson, 2017.

- Locke, Joseph L. and Wright, Ben editors. *The American Yawp: A Massively Collaborative Open U.S. History Textbook. Vol. 2: Since 1877*. Stanford: Stanford University Press, 2019.

- McNeese, Tim. *World War I and the Roaring Twenties, 1914-1928*. New York: Chelsea House, 2010.

- E. Leuchtenburg, William. *The Perils of Prosperity, 1914-32*. 2nd ed., Chicago: the University of Chicago Press, 1993.

- 吉兒・萊波爾著，馮卓健、涂豐恩譯，《真理的史詩》（臺北：馬可孛羅，2020）。

# 03

# 那些尚未終結的往事：閱讀福克納

謝伊柔

我發現我那郵票般大的故鄉值得好好描寫，即使窮盡我的一生，我也無法寫盡那裡的事物。

——威廉・福克納，收錄於《The Art of Fiction XII》

## 福克納的創作平面

威廉・福克納於 1897 年出生於美國密西西比州，兼具小說家、詩人、與編劇等多重身分。他一生出版了諸多膾炙人口的作品：從早期的《士兵的報酬》（*Soldiers' Pay*）（1926 年）、《沙多里斯》（1929 年）、《聲音與憤怒》（1929 年）、《我彌留之際》（1930 年）、《聖殿》（*Sanctuary*，1931 年）、

《八月之光》（1932年）、《押沙龍，押沙龍！》（1936年）、《下去吧，摩西》（*Go Down, Moses*，1942年），再到中後期的《修女安魂曲》（*Requiem for a Nun*，1951年）、《寓言》（*A Fable*，1954）、斯諾普斯家族三部曲（Snopes trilogy）、《掠奪者》（*The Reivers*，1962年）等。[1] 作為美國文學史上最偉大的作家之一，福克納除了在1955及1963年分別以《寓言》與《掠奪者》獲得普立茲小說獎（Pulitzer Prize for Fiction）外，更獲得1949年諾貝爾文學獎的殊榮。

　　福克納的小說創作主要以南方為場景，並以密西西比州的拉法葉縣（Lafayette County）與其縣府牛津（Oxford）為基礎、這個他口中「郵票般大的」地方，虛構出知名的「約克納帕陶法郡」。事實上，福克納超過七成以上的小說與數十個短篇故事的場景均發生於此，這個文學空間允許讀者照看同個角色在不同小說裡的心境轉折與處境，亦使得他們相信每一個故事所能突顯的，僅是這個想像世界的片段而非全貌。由於約克納帕陶法郡聚集了分散在龐大的敘事集合裡的角色、事件與文化，我們也可以說它刻畫了深南區（Deep South）的人生百態，是一種歷史的微型（microcosm）存在。就這個意義而言，它所投射出的道德判斷與社會評論，協助福克納揭示南方在經歷內戰後的衰敗與精神狀態。[2]

---

1. 事實上，《沙多里斯》一書是《塵中幡》（*Flags in the Dust*）的刪減版，後者雖然於1927年左右完稿，卻因為篇幅過長的關係遭到出版社的剔除部分內容。一直到福克納死後，才根據他的完整版稿件以《塵中幡》為名重新在1973年面世。

2. 本文對於「約克納帕陶法郡」之藝術功能的評析，源自於斯威加特（Peter Swiggart）在《福克納小說的藝術》（*The Art of Faulkner Novels*）裡的觀點（8-9）。

雖然評論家普遍認為福克納一直到撰寫《聲音與憤怒》一書，才藉由書中特殊的寫作實驗找到自己的聲音——無論智力有缺陷的傻子小班（Benjy），或是有自殺傾向的苦悶青年昆丁（Quentin），以代表性的連綿長句具象化他們殘缺的意識、腦中的胡思亂想；然而，在《沙多里斯》這部首次以「約克納帕陶法郡」為場景的小說裡，讀者已然可以預見數個福克納在後續作品中反覆出現的主題。小說主要講述沙多里斯這個南方貴族家

攝於1954年的福克納。（圖片來源／維基共享資源）
攝影師：Carl van Vechten

族沒落的命運，及其後代們無法擺脫戰爭創傷的故事。家族的大家長沙多里斯將軍（Colonel John Sartoris）儘管有著傲慢與暴力的傾象，但因其理想性與英勇抗戰的形象深受世人尊重，和後續《押沙龍，押沙龍！》裡，莊園主薩德本（Thomas Sutpen）發跡的過程類似，沙多里斯將軍代表著南方那些被賦予浪漫化色彩、抗拒成為過去的傳統與精神，對照凋零破敗的當下現實。「過去仍未結束，甚至還沒成為過去」講的既是子嗣們停滯不前、活在前人陰影之下的狀態，亦透露著對於過去的念想，似乎那是個可以逃離的出口。此外，敘事的主軸之一講述了戰爭對人們的深遠影響：巴耶德三世（Bayard Sartoris）因為孿生兄弟約翰（Johnny Sartoris）在一戰當中被擊中墜機身亡感到自責。由於他既無法像兄弟那樣壯烈犧牲，又對於自己的倖存感到愧疚，戰後他便

開始沉迷於各種危險的極限活動，試著讓自己反覆感受約翰曾經經歷的險境。福克納寫作生涯始終關懷這些無法言詮的創傷，並以變形的語言趨近它的效果對於個體精神造成的傷害。

　　就寫作風格的而言，從《聲音與憤怒》到《下去吧，摩西》之間所出版的一系列長篇，確實仍舊代表了福克納最讓人印象深刻的藝術風格。對於初次接觸福克納小說的讀者來說，很可能會因為大量的形容詞、喋喋不休的句式感到卻步。這些特徵不僅讓人無法掌握故事劇情的主線，也模糊了想像與現實的界限，讓人懷疑究竟自己的理解是否錯誤。「福克納式」的風格除了時間上常見的非線性跳躍外，也顯示一種不願被打斷、非要一口氣把話說到底才甘願的姿態。福克納的敘事者們經常受到內心的焦慮、欲望、憤怒等情感要素驅動，因而多次修正自己對某事的觀察，意見疊加後的結果導致句式宛如指數般不斷增長。然而，福克納刻意製造的閱讀門檻，不僅僅為了挑戰讀者的耐心，更多的是他堅信只有這樣的語言效果，才能顯示出個體面對困境所經歷的掙扎與痛苦，約定俗成的概念與事實不足以體現這樣的經驗。

## 靈感與酒精

　　關於福克納何以能夠展現這般特殊的藝術天賦，除了歸功於他的母親、姑婆、好友斯通（Phil Stone）、青梅竹馬艾絲黛兒（Estelle）等人，為青少年時期的他提供一個接觸經典文學作品的環境，使得福克納熟悉喬伊斯、康拉德（Joseph Conrad）等人的作品，酒精也是福克納寫作時不可或缺的伙伴。

「文明始於蒸餾」這句福克納名言，也許不單單是個說明社會發展總是去蕪存菁的隱喻，更是他真實生活的部分寫照。福克納的傳記作家溫斯坦（Philip M. Weinstein）便曾指出，福克納對於酒精的依賴欠缺單一的關鍵性原因，但他酗酒確實協助他逃避家庭的經濟責任、職業焦慮、作為丈夫與情人之間的情感掙扎等壓力，同時讓他在總是不如意的生活裡投入創作。福克納似乎對威士忌情有獨鍾，在一次與法文翻譯者康鐸的對話裡，他傾吐了這個擷取靈感的祕密：「你瞧，我通常在夜間寫作。我總是把威士忌放在我的手邊；許多我在白天想不起來的點子突然就閃過我的腦海。」另外一方面，酗酒也串起了福克納的家族史，是他們難以擺脫的夢魘。從他的曾祖父、祖父甚至他的父親與弟弟們，幾乎沒有一個男性成員可以徹底戒除對於酒精的依賴，而酗酒的壞毛病更讓他們留下不少打架鬧事、甚至出入戒護所的不良紀錄。福克納的少年時期亦是在酒精裡度過的，不但在成年前已養成酗酒的壞習慣，也經常流連於酒吧等場所。此外，酗酒對於福克納的健康與名譽也造成一定程度的傷害。在1937年訪問紐約的期間，因為連續幾天飲酒過量的緣故，他不幸在浴室昏倒被暖氣管燙傷，傷口最終透過皮膚移植仍無法完全復原。[3]

---

3. 關於酒精對於福克納的影響，請參見溫斯坦在《成為福克納：威廉福克納的藝術與生活》（*Becoming Faulkner: The Art and Life of William Faulkner*）第四章裡精彩的描述。

## 「現在動作放慢一點」

　　和同時代的其他白人作家相比，福克納在作品中花費更多的篇幅描寫保守的南方社會如何看待黑人，展示迫害與被迫害者兩造之間可能的衝突、暴力與黑暗面。大抵而言，他再現種族的方式多元而複雜，反映了二十世紀上半葉的南方社會整體對於「黑人問題」的矛盾心態，是經濟、文化、政治等角力衝突的時代產物。以《聲音與憤怒》為例，昆丁雖然在離開家鄉後，意識到自己仍偶爾想念家裡的黑人奴僕，但他對於黑人依舊存在著偏見，仍然無法將之視為個人（person），而是適應環境所需的生活方式與態度。同時，他的懷念源自於黑人們極具耐心的包容與溺愛，這種反應也暗示著他十分焦慮在新舊社會的變遷之下，黑人最終會拒絕「作為南方風景中不變的部分」（Lester 引自 Dobbs 41）。[4] 然而，小說的第四部分從黑人保姆笛爾希（Dilsey）出發的視角，則被認為相對肯定黑人女僕在家裡的功能。笛爾希雖然是意見最不受重視的家庭邊緣人，卻成為這個失序世界裡的清流，以理智的角度觀察康普生一家混亂的精神與家庭關係，對於他們的遭遇抱以同情與支持。福克納更描述笛爾希是他最喜歡的角色之一，因為她「勇於面對困難、富有勇氣、慷慨、溫柔而且誠實」（引自 Dobbs 39）。

　　在短篇小說〈乾旱的九月〉（"Dry September"）裡，福克納也強烈批判

---

4. Cynthia Dobbs. " 'Ruin or Landmark' ? Black Bodies as 'Lieux de Mémoire' in The Sound and the Fury." *The Faulkner Journal* vol.20, no.1/2, 2005, pp. 35-51.

了南方社會對於黑人的刻板印象與盲目暴行。故事描繪了鄉民們口中的「剩女」（spinster）庫柏（Minnie Cooper）小姐，宣稱自己遭受黑人男子威爾（Will Mayes）攻擊與侵犯。在事實上未釐清前，威爾卻不幸地慘遭「私刑」（lynching）射殺的情節。為了突顯社會中父權至上與扭曲的種族觀如何成為荒謬的藉口，鼓舞著這些自稱要實現正義保護者們擅自號召私刑，福克納未仔細交代嫌犯遭指控的來龍去脈，這個不清不楚的敘事使得讀者更能感受到驅動這股暴力的，是一個個未經證實、內容不詳的謠言與訊息。〈乾旱的九月〉在字裡行間瀰漫一股非理性的陰鬱氛圍，對於這些保守的社會分子來說，黑人是否真的有罪並不重要，他們的存在本身便意味著將來可能的犯罪，私刑不過是「預防性的措施」（Claviez 26）。[5]

相較於福克納在小說裡往往複雜化種族歧視的成因與面向，顯示這個問題無法被化約為非黑即白的立場，他在日常生活裡的言行相對遭受較多的批判。1956年，露西（Autherine Lucy）在經歷了多次抗爭後，最終成為首個進入阿拉巴馬大學（the University of Alabama）就讀的黑人，她的入學引發激烈抗爭，威脅到校園安全甚至她的生命，最終學校以此為由將她開除。福克納在當年曾針對此事件提出見解，以〈寫給一位北方編輯的信〉（"Letter to a Northern Editor"）為題刊登於《生活》（Life）雜誌上。他雖然在文章裡反覆

---

5. Thomas Claviez. "The Southern Demiurge at Work: Modernism, Literary Theory and William Faulkner's 'Dry September'." *Journal of Modern Literature* vol.32, no.4 , 2009, pp. 22-33.

申論自己的中間立場，認為白人公民協會（the White Citizens' Councils）與美國有色人種促進會（NAACP）各自的立場都太過極端，但卻以「現在動作放慢一點。先稍微停下來，就一下」[6]的爭議性說詞，回應有色人種對於族群融合愈發迫切的需求。更加出乎意料的是，當福克納於同年接受倫敦記者豪（Russell Howe）的採訪，疑似因為訪問前過量飲酒再度嚴重失言。他受訪時表示：

> 如果我必須在美國政府與密西西比之間做出選擇，我將選擇密西西比。現在我正努力不必做出那樣的決定。只要有一條能為多數人所接受的中間路線，當然，我將在那個路線上。但假使戰事發生，我將為了密西西比反抗美國，即便這意味著走上街射殺黑人……往後我會繼續堅持南方人是錯誤的，他們的立場是站不住腳的，但如果我必須做出和李同樣的選擇，我將義無反顧。[7]

---

6. Rollyson, Carl. *The Life of William Faulkner: This Alarming Paradox, 1935–1962*, Charlottesville: U of Virginia P, 2020.

7. Faulkner, William. *Faulkner at Nagano*, ed. Robert A. Jelliffe, Tokyo: Kenkyusha, 1956. 李（Robert E. Lee）是南北戰爭時南方邦聯的知名將領。儘管他對於南北戰爭與蓄奴與否的態度存在著爭議，但他的雕像往往被視為鞏固「吉姆・克勞法」（Jim Crow laws）等種族隔離政策，強化「白人至上」（white supremacy）相關之意識型態的象徵，而這些樣貌殊異的紀念碑散見於美國南方各州的機構或是公共區域。近期，在「黑命寶貴」（Black Lives Matter）所引領的運動與抗爭下，位於維吉尼亞州的巨大李將軍銅像已於日前拆除。

這段容易被視為「酒後吐真言」的插曲，對於已經激化的社會對立無疑是火上澆油，迫使福克納必須提出更多的解釋來緩和失言造成的傷害，像是後續他在《黑檀》（*Ebony*）雜誌發表的文章《致黑人種族領袖的一封信》中，他便補充所謂的「放慢一點」指的是「要有彈性」。[8] 然而，這個有越描越黑之嫌的行為，不免讓讀者更加困惑所謂的「中間路線」究竟意味著什麼，懷疑他筆下立體多樣的種族面貌，是否也只是為了掩飾心中真實的想法，不得不平衡事實的書寫策略。

對於這個疑難可能的解答，我們也許可以從〈密西西比〉這篇文章的結尾切入，理解福克納對於這片土地愛恨交織的情感：「他仍是愛著這地方的一切……愛的發生不是因為美好，而是就算看到殘缺還是愛。」[9] 誠如波克（Noel Polk）所言，福克納不一致的態度，甚或是面對種族隔離政策即將終結而生的焦慮，確實反應了他身為一個南方人的侷限，突顯根植於南方文化裡的偏見與歧視。但站在事件發展數十年後回看，除了檢討這個如今看來政治十分不正確的觀點，譴責福克納的不當失言可能帶來的不良後果外，更重要的在於理解這些負面的情感，是在怎樣的政治環境與條件下生成與散播，又串連了哪些重大的歷史事件。同時，我們也應該肯定福克納長期面對家族以及南方社會的巨大壓力，依舊堅持揭發這些讓人不寒而慄、駭人聽聞之事件所付出的努力

---

8. 文章的原名為〈假如我是個黑人〉（"If I Were a Negro"），內容請參考本書收錄〈致黑人種族領袖的一封信〉譯文，頁193。
9. 請參考本書收錄的〈密西西比〉譯文，頁159。

（224-226）。[10]

## 世界的福克納

　　如果在一個公開的場合詢問觀眾對於福克納的印象，大部分的臺灣讀者多半會回答他是一個知名的美國作家、得過諾貝爾文學獎，這當中的少數人可能在求學時期讀過〈給愛蜜莉的玫瑰〉（"A Rose for Emily"，1930年）、〈燒馬棚〉（"Barn Burning"，1939年），也可能因為同時十分欣賞村上春樹而做過功課，知道後者就是村上知名短篇〈燒倉房〉（納屋を燒く）的靈感來源之一。上述這些文化接受的軌跡，暗示著福克納作品兼具地域特殊性與普世價值的特性：一方面，所有不熟悉密西西比這塊土地的讀者，將憑藉福克納的小說來了解他們所不認識的南方悲劇、歷史糾葛乃至於常民面貌。他筆下的南方壓抑而神祕，過往的富庶經常以剝削掠奪為代價，雖然這些光景早已逝去，但其實從未真正死透。於是，當下活著的人經常被某種看不見的事物影響，感覺負擔沈重而喘不過氣來，為故事增添恐怖與鬼魅的色彩。

　　與此同時，如同福克納在1955年訪日和當地的年輕人分享的，內戰後的美國與日本在二戰後實則相似的困境，他相信藝術創作可以成為克服這種災難的恆久性力量，這當中展現的自由與希望，將在日後成為普遍被認可的價

---

10. 參考波克（Noel Polk）《黑屋的小孩：福克納的文本與脈絡》（*Children of the Dark House: Text and Context in Faulkner*）。

福克納位於密西西比州，牛津的故居 Rowan Oak。（圖片來源／維基共享資源）

值。[11]當我們閱讀福克納筆下的男女老少，無論他們的膚色與性別，引起讀者的反感或者同情，他們的希望、恐懼與欲望往往引起相應的情感共鳴。我們都很可能因為身分認同感到困惑，擔心自己無論怎麼努力都無法超越前人的成就，面對未來更時常感到挫敗與絕望。這種對於不完美的擔憂甚或失敗的焦慮，始終是人們創作、行動甚至生活的動機，他更多次在訪問裡傳遞類似的訊息。「你必須永遠不滿足於那些你做的事，」福克納說。

---

11. 在冷戰時期，美新處指派福克納為文化大使，前往世界各地進行文藝思潮的推廣與交流。以日本為例，交流過程除了可以觀看紀錄片《日本印象》（*Impressions of Japan*）外，亦可以參考〈致日本青年〉（"To the youth of Japan"）回應日本年輕人對於當下感到悲觀的提問，以及《福克納在長野》（*Faulkner at Nagano*）一書。感謝何文敬老師將《福克納在長野》的出版帶入我的視野中，以及對於文中幾處書名翻譯與文字細節的提點。

參考資料————

- Claviez, Thomas."The Southern Demiurge at Work: Modernism, Literary Theory and William Faulkner's'Dry September'." *Journal of Modern Literature* , vol. 32, no. 4, 2009, pp. 22-33.

- Dobbs, Cynthia. " 'Ruin or Landmark'? Black Bodies as'Lieux de Mémoire' in *The Sound and the Fury*." *The Faulkner Journal*, vol.20, no. 1/2 ,2005 , pp. 35-51.

- Faulkner, William. *Faulkner at Nagano*. ed. Robert A. Jelliffe, Tokyo: Kenkyusha, 1956.

- Polk, Noel. *Children of the Dark House: Text and Context in Faulkner*. Jackson: UP of Mississippi, 1998.

- Rollyson, Carl. *The Life of William Faulkner: This Alarming Paradox, 1935-1962*. Charlottesville: U of Virginia P, 2020.

- Swiggart, Peter. *The Art of Faulkner's Novels*. Austin: U of Texas P, 1962.

- Weinstein, Philip. *Becoming Faulkner: The Art and Life of William Faulkner*. Oxford:Oxford UP, 2012.

延伸閱讀————

- 何文敬，〈福克納早期作品中的階級議題〉，《中外文學》32卷，12期（2004.05），頁67—91。

- 福克納著，李文俊譯，《押沙龍，押沙龍！》（上海：上海譯文，2010）。

- 福克納著，葉佳怡譯，《我彌留之際》（臺北：麥田，2020）。

- 福克納著，陳錦慧譯，《八月之光》（臺北：聯合文學，2015）。

- Rollyson, Carl. *The Life of William Faulkner: The Past Is Never Dead, 1897-1934*. Charlottesville: U of Virginia P, 2020.

# 04

# 影史上的費茲傑羅、福克納、海明威

馬欣

## 費茲傑羅：呈現了繁華與荒蕪的一體兩面

「我既是旁觀者清亦是當局者迷。」費茲傑羅在《大亨小傳》這樣寫著，於是他的文字總有無法與世道共舞的冷靜，是近乎刺痛的靈魂之聲。

寫作原本在追求一種生活方式，如同心智潛水。但在電影產業裡，它除了藝術，更擺脫不了產業的速度。曾經在我年幼時，甚至不希望自己喜歡的小說改編成作品，或許是因為費茲傑羅從文壇天之驕子，到後來耗盡心神的墜落有關。

他文學的才華的確如海明威所形容：「他的才氣如蝴蝶翼上，由粉末形成的花紋一樣的自然，有段時期他卻像蝴蝶一樣對此全然不知，他更不知那圖案何時被拂去，何時被攪亂，後來他逐漸意識到自己已被毀壞的羽翼，懂得其

構造，他學會了思考，但無法再度翱翔……」而他自己也在短篇散文〈崩潰〉（"The Crack-Up"）寫著：「一切好的寫作都是水下游泳，你必須屏息。」

　　但費茲傑羅在《最後的大亨》所描寫的好萊塢生活不是如此：「他感到一陣睏乏……在加州，到處都是睏乏的亡命之徒，神經緊張的年輕男人女人們，精神還停留在遙遠的東部，跟這裡的環境做著屢敗屢戰的鬥爭，但他們每個人都守著一個祕密；在這裡，很難保持持久的精力。」

　　即使不是自傳，但仍會讓人想到他在《冬之夢》（Winter Dreams）收錄的〈黏合〉（"Pasting It Together"）這自傳式的散文中所寫的：「小說本是人與人傳遞思想和情感最靈活有力的媒介，而今正演變成一種機械式、大眾化藝術的附庸。」

1926年改編電影《大亨小傳》海報。（圖片來源／維基共享資源）

曾經，我以讀者的思考，來惋惜費茲傑羅後期在影壇上快速的消耗，包括他自己對1926年的改編電影《大亨小傳》成果感到灰心。當時的好萊塢是新竄的撈金窟，不少大學生認為如果學業當掉了，可以去好萊塢一試。費茲傑羅生存在這樣的浮誇時代，你幾乎可以想像跟如今的自曝年代有些近似——我們的生活方式都用來宣告我們的成敗，而且要是近乎透明赤裸的狀態。

當年我讀《冬之夢》、《最後的大亨》時，近乎痛恨好萊塢毀了這個天才。然後熟齡後才體會或許正是這樣的矛盾與糜爛的爵士年代，才造就了費茲傑羅文學中不敗的魅力：繁華與腐朽並生，並且一眼看到了背後的虛無。這或許也是作家的宿命，以自己的破洞來對照群體的空洞，而他對得如此精準，簡直像衝向太陽的伊卡洛斯一樣，燃燒了羽翼而墜落。

沒有一個好作品不從生命來的，而費茲傑羅生前的酩醉與清醒交錯，就如同人類的浮世大夢一樣，它的餘味可能複雜，但後面的洶湧卻充滿了費茲傑羅自認缺乏的「生命力」。


費茲傑羅1937年在動身前往好萊塢前，曾寫信給編輯柏金斯：「每次我到好萊塢，儘管有巨額的薪水，總是讓我在經濟及藝術上開倒車……我當然還有這一本小說《最後的大亨》，可是它可能要加入這個世界上的未完成作品之列了。」

費茲傑羅小說中多次寫到好萊塢，或投入其中的女孩時，都點出了所謂的「生命力」，包括《冬之夢》中〈最後的吻〉（"Last Kiss"）描述著電影圈敗德男性如何以「煤氣燈效應」控制一個有星夢的女孩。

他的《我願為你而死》（*I'd Die for You*）收錄的散佚小說，有的是他被退的稿，或沒拍成的電影腳本，其中關於〈芭蕾舞鞋〉（"Ballet Shoes"）、〈葛蕾西出海記〉（"Gracie at Sea"）、〈愛情是樁苦差事〉（"Love Is a Pain"）是劇本提綱。尤其〈芭蕾舞鞋〉幾乎可以讓人聯想到他與名媛賽爾妲的感情，但當時的好萊塢不懂得他的嘲諷美感。〈屋裡的女人〉（"The Women in the House"）原本是為威廉·鮑威爾（William Powell）與卡蘿·倫芭（Carole Lombard）打造的愛情喜劇，但費茲傑羅仍不忘在結局下一道暗影，讓擁有一大麻田的男主角追求女明星，滿是粉紅泡泡的浪漫之中，卻暗流著上流世界的茫然，這樣冷底子的浪漫是屬於文學的，然在好萊塢並不討喜。

《我願為你而死》收錄了費茲傑羅不同階段的作品，包括他寫三〇年代女人離自由仍有一步的處境，〈謝謝妳的火〉（"Thank You for the Light"）是個四處闖蕩的女業務員故事，〈向露西與愛兒喜致敬〉（"Salute to Lucy and Elsie"）有著女性自由與社會之間的矛盾。甚至在三〇年中期，他看向整個美國的蕭條、種族、內戰的問題（如〈豎起大拇指〉〔"Thumbs Up"〕、〈牙醫之約〉〔"Dentist Appointment"〕），然這些睿智與犀利的筆鋒，與他當時參與改編《亂世佳人》（*Gone with the Wind*）的風格大不同，充分顯出他本質與好萊塢的矛盾。

除了他1922年的小說《美麗與毀滅》被拍成電影，以及1934年的著作《夜未央》於1962年被改編成《夏夜春潮》外，較為人所知的莫過於《班傑明的奇幻旅程》（2009年入圍奧斯卡最佳電影等13項提名），片商原本想拍成另一個《阿甘正傳》（*Forrest Gump*），還好大衛·芬奇的堅持，讓這部電影的

冷調氛圍與最後的蜂鳥意境，點出了原著中人生得失的再辯證。

看他作品改編的年分，你就知他不是西岸的寵兒。他曾在寫給雜誌編輯的信寫道：「我不是特別有可能再寫一堆青春戀曲的故事。我的第一批作品被貼上這個標籤之後，直到 1925 年仍揭不下來。打那時開始，我寫的就是青春戀曲，而且越寫越難落筆，也越寫越做作。如果未來三十年我還能交出類似的產品，要嘛我就是有神功護體，要嘛我就是個不入流的文人。我知道讀者就是指望我寫這種東西，可是那口井已經快枯竭了，我也不算笨，知道不能勉強再汲水了，而應該重挖一口井，再找一條水脈……話雖如此，仍有數不清的編輯要求我寫癡迷於年輕女郎的作品。」

美國渴望著費茲傑羅重複自己及爵士年代的衣香鬢影，用當時熱得發燙的「美國夢」制約了這個文學金童，以至於《大亨小傳》這曠世傑作上市時卻反應平平，書中那迷人的掃興與讀者期待不同，之後他因債務不斷地向好萊塢叩門，直到死都沒有離開好萊塢。


儘管眾所皆知好萊塢容不下文學巨人，人們也知費茲傑羅時不我與，但他的一生傑作與剝削他的《週六夜郵報》（*Saturday Evening Post*）散作，都呈現了好萊塢（或百年美國夢）對他的影響。從 1919 年他大二時就詢問好萊塢的機會，他的大學夢在他染了肺結核後，再也不能如過去活躍於運動與社團，於是他開始轉而寫作。

他的人生雖是「美國夢」的棄子，但他的成敗，包括他在好萊塢中過分清醒的泥足深陷，都如同將「美國」與它所延伸的絕對價值觀反覆除魅。費茲

傑羅如今仍是最靠近每個「當代」的作家,因為他深受著如美夢般的噩夢洗禮。

　　那些從好萊塢傾銷全世界的美夢與價值觀,如果不經由費茲傑羅的文學除魅,我們永遠看不到自己今日是為何失落,是為何滿足了「美國模式」卻直直往「存在」歸零的路線前進。

　　無論費茲傑羅的哪一本書都在為世紀大夢除魅,他活在美國夢的熱頭上,但他提早醒了。這樣看似悲劇性的人生,卻造就了他無可取代的文學。有人為他的才華哀嘆,他自己都痛悔(收錄在《冬之夢》),但我贊成村上春樹所說的:「他到臨死之前都還在寫,寫再一本小說,並不是因為那『毀滅的美學』,

1922年改編電影《美麗與毀滅》劇照。(圖片來源／維基共享資源)

1920年五月號的《週六夜郵報》,可見費茲傑羅名列其中。(圖片來源／維基共享資源)

而應該是對文學『救援的確信』。」費茲傑羅一再被挫敗，但他真能書寫「希望」這回事。

正如《大亨小傳》中的結尾：「於是我們奮力前進，卻如同逆水行舟，註定要不停地退回到過去。」但他仍然划著，到死仍往綠光前進。

## 威廉福克納：以蒙太奇的回憶，看破千秋大夢

福克納的小說最會打破人生的線性思考，寫著某一個難以淡忘的時刻，縮影著人物的不滅，雖寫著很久以前的故事，但人物卻鮮明如昨。

福克納的筆是全才型，他能寫詩作、意識流小說，也能寫推理，也因為經濟上的壓力而成為好萊塢劇作家。這位諾貝爾文學獎得主與費茲傑羅相同的是來自家道中落的背景。費茲傑羅的祖父輩曾是百萬富翁，之後家族仍沿襲著這樣的記憶。而威廉福克納1897年出生於美國南方密西西比名門望族中。那時南北戰爭結束已過去了三十多年，福克納家族的奴隸種植園經濟也宣告終結。

福克納童年就必須面對興衰的必然，因此許多人將他的代表作之一《聲音與憤怒》譽為西方的《紅樓夢》，其中福克納以多重觀點、意識流，深入敘述康普生家族的生活史，飽含詩意的殘酷現實，與通透的哀愁，讓人物不流俗，人性在動蕩之中卻益發盎然。

近年電影圈以他的小說改編的電影是李滄東導的《燃燒烈愛》（*Burning*），此部除改編村上春樹的〈燒倉房〉外，也改編了福克納的〈燒馬棚〉，後者描

述主角男孩面對父親動輒憤怒地燃燒鄰人馬棚，產生的親情與公理價值的反思。

　　儘管福克納出生在十九世紀，但他一生著作充滿了舊社會瓦解以後，新生代何去何從的省思。由於他從小就不是受到正規教育，小學就開始翹課，勤於自修，從小看莎翁、康拉德長大。在這樣的教育基礎下，他的文思自由且充滿想像力。尤其在《聲音與憤怒》可以感受到意識流文學的美感，他讓時間形式全然有了新面貌，以當時來講是有濃厚實驗精神的作品，才開場第幾段文句，就跳接往事了。

　　書中以三個人物的不同視角將同一個故事講述了四遍，由不同的視角展開了不同的人格演繹，無論昆丁對時間的敏感有如秋葉的詩歌；凱兒身上樹的氣味；小班的片段則有如在夢囈，打破了既定的秩序，三個不同的組曲和鳴，以及書中如蒙太奇般的碎片印象，都在當時奠定了新的美學視角，無論是電影還是文學上的。


　　如果電影對費茲傑羅的磨練是更多長鏡頭的書寫與物件凝視，那麼對福克納而言則是活化的蒙太奇式寫法。故事並非線性，而是隨人物性格解放了故事的壓縮檔，以至於人物可以如此鮮活，意象可以如此迸發，甚至讓讀者與觀眾感受到悲劇的昇華。

　　2016年的原著改編的電影《喧譁與騷動》比尤・勃連納（Yul Brynner）1959年主演的版本要忠於原著。詹姆斯・法蘭柯（James Franco）以原本書中的臺詞與聲韻，讓電影保持原著聲腔的自然美感。

《聲音與憤怒》書名來自於莎士比亞在《馬克白》（Macbeth）中的臺詞：「人生不過是一道行走的影子，一個愚人所講的故事，充滿著聲音與憤怒，毫無意義。」這在福克納的其他小說中也可以看到同樣的主軸：人是如瞎子走在自己的命運摸索前進，雖然難以抵抗自私、虛華等殘缺，但敘事法總讓人看到在這些無意義與空泛中，感到光源對塵埃的救贖。

　　這樣近乎人道情懷的寫作，使得他的角色們容易讓受眾共鳴，在悲觀世道上，竟然有著達觀與悲憫的色彩，這是與名著《紅樓夢》相呼應的地方，每個人都得到深深的凝視。也因此他的作品放在好萊塢也具普世性。

　　他的小人物不乏今昔對照，同時有大量獨白，並與宗教及神話連結。他對人物的掌握與悲憫，使他不僅有19本長篇小說，與好萊塢也合作了20本劇本。

　　不是接受正統教育的他，到了大學成了異類，讓他有更多時間讀書寫作，還成立了劇團，寫了觀察社會的劇本《提線木偶》（The Marionettes）。雖然他後來因為養家而必須跟米高梅簽約，但他筆下的窮白人也跨越了時代，呼應了今日的「老白窮」現象，如2013年《我彌留之際》改編成電影後（又是詹姆斯·法蘭柯執導），忠於原著的多角度敘事，描述一條歸鄉安葬之旅，六天六人經歷苦難，各自視角上的成長，而原著本身畫面就像電影般鮮活，交錯著內在絮語與現實。《我彌留之際》中艾迪的意識，由早年父親的對話，聯想到自己當下指導學生的處境。他的小說不受時間制約。如他另一本《押沙龍，押沙龍！》昆丁與父親的對話，又跳回了1833年教堂的空氣，體現了人物內心的變化。

福克納可以說是美國存在主義的先驅作家，之後也受到法國年輕人的喜愛，他超越時間線，回歸潛意識的書寫法，使他能不受時代與社會的框架，而回歸到人本的珍貴特質。

福克納的存在主義，深深影響的後世的影壇與作者，如馬奎斯（Gabriel García Márquez）的巨作《百年孤寂》（*Cien años de soledad*）與《迷宮中的將軍》（*El general en su laberinto*），由潛意識帶著時間的洪流往前跑，而福克納的文字原本就是影像與文學不分家了。

## 海明威：見證過戰爭的恐懼，從而找尋生之勇氣

海明威曾被福克納訓過「在創作上他缺乏勇氣」，他們倆的不睦一向是文壇的焦點，海明威甚至找了將軍朋友來證明自己很勇敢。但海明威的孩子氣與勇者的一體兩面，或許是他能吸引人的部分，畢竟《老人與海》想要戰勝的，是心魔。

關於海明威的傳記電影，通常都將他拍成勇夫與硬漢，但這硬漢的骨子裡卻始終有脆弱埋藏在他作品中。比方《老人與海》其實是個英雄無用論的故事，最後關於馬林魚與獵捕者的傳說都沒有人在意，所獵捕的大魚還沒上岸就在海中被吃得只剩骨頭，充滿了對英雄主義表象的諷刺。

他與費茲傑羅雖是同代作家，兩人都是因時代巨變而看透世俗遊戲的一代，但海明威一生聽到最多的是槍聲。自從年輕時目睹了戰爭又面對了父親的自殺後，他的寫作成為他對人生的追尋，不斷從外找尋人生體裁，遠赴非洲

《文星》雜誌創刊號以海明威為「封面人物」的改編電影專題。《文星》1卷1期（創刊號）。（圖片來源／國立臺灣文學館）

海明威擔任《老人與海》電影顧問之花絮。《文星》8卷4期。（圖片來源／國立臺灣文學館）

與戰線，拒絕當生命中的一個被動者，他的人生與作品不斷充滿「以死向生」的特質。

《老人與海》這本書是海明威晚期的作品，也是他得諾貝爾文學獎的關鍵作品。《老人與海》不同於他過去的著作，故事極為簡約，老人在海上與看不見的大魚的搏鬥與自問自答，就如每一個人的人生都有他頑執的追求，不見得是信念與意義，而是需要戰勝自己心魔的勇氣。

此書與海明威過去作品不同，《老人與海》充滿精神內觀的涵義，海洋對老漁夫而言如同母親一般，老人與自然的共生與和解，像是一生衝撞後的海明威，終於得到了順天應人的智慧。

因為原著的暢銷，1958 年改編成電影也炙手可熱，由實力派史賓塞・崔西（Spencer Tracy）主演，海明威特地為此片擔任顧問，與當時的妻子也在片中當臨演，他戴著棒球帽坐在咖啡廳的一角，三年後便自殺離世。

他與費茲傑羅都是經歷一戰的「失落的一代」，他們兩人的失落方式不同，海明威如出征般驗證生命。他的小說要講的主題始終都是條「隱線」，雖與費茲傑羅都對時局倍感寂寥與蔑視之感，但不同於費茲傑羅文字中的繁花落盡與清冷諷刺，海明威是簡潔、尖刻而傳神。兩人在大時代中，找尋自己的方法不同。

但不可否認的「隱線」寫作讓海明威小說改編成電影，變得更有市場性（看懂的門檻表面上低，隱線沒被觀眾發現也沒關係），因此他的《戰地春夢》與《戰地鐘聲》在當時的影壇大賣，既符合反戰的主旋律，也提供了冒險與獵

奇的娛樂性。

然而真正讓他有得諾貝爾獎格局的是《太陽依舊升起》與《老人與海》，後者甚至讓兇他的文壇前輩福克納說：「好到千萬別更動這本書稿任何一個字。」

無疑的，海明威那表象是硬漢的恐懼是受歡迎的，他的作品有著青春的迷惘與失落，一戰經驗讓他從一個樂於從軍，到見證了戰爭本質的瘋狂血腥，使得童年柔弱的海明威，長大後成為一個哀傷早熟的青年，這些經驗深深影響他一生的作品。電影《戰地鐘聲》改編自海明威的小說《喪鐘為誰而鳴》，但其實改編得不好，書中的獨白與內心刻畫都被輕輕帶過，直接奔赴大時代。

《戰地春夢》改編自同名小說，電影簡化為愛情片，這次改編讓讓海明威自己都說：「很像在啤酒裡撒泡尿，我的小說其實不適合拍成電影。」

《太陽依舊升起》當初改編的片名叫《妾似朝陽又照君》，是海明威的第一本長篇，英美的僑民從巴黎到西班牙觀賞鬥牛，看似奔騰的氣氛中，揭開了永久性的戰爭創傷，書中充滿死亡、重生、何謂男子漢的主題。書中一段「聽我說，羅伯特，到別的國家去也這麼樣。我都試過。從一個地方挪到另一個地方，你做不到自我解脫」，這段話也影響了後來的2018年金馬最佳影片《大象席地而坐》，海明威的青春與傷逝始終存活在每一代之中。

海明威的生之命題是很明顯的，不同於費茲傑羅是浸泡在喧囂中的孤獨，海明威想找尋的是生命並非枉然的實證，以及硬漢與反英雄的辯證，關於自己是誰，排除時代的枷鎖，又該如何證明自己的存在？海明威時時在追尋這

樣的文學命題。因此《太陽依舊升起》原著如暮鼓晨鐘打動那一代的年輕人，在被時代愚弄後，自己如何找尋自我，海明威成了一方泰斗，現代主義之聲。

儘管電影往往只拍出他冰山理論的八分之一，海中的八分之七留給文字，但也正如海明威追求的戰勝自我，他證明了文學的獨特存在，就是《老人與海》海中那條巨大的魚，人若要探究自己的內心，終要由文學的折射才能映照自己。

**參考資料 ————**

- 費茲傑羅著，劉霽譯，《冬之夢》（臺北：一人出版社，2012）。
- 費茲傑羅著，張思婷譯，《大亨小傳》（臺北：漫遊者，2015）。
- 費茲傑羅著，黃福海譯，《最後的大亨》（新北：野人文化，2014）。
- 海明威著，成寒譯，《流動的饗宴：海明威巴黎回憶》（臺北：時報文化，2008）。
- 費茲傑羅著，羅士庭、賴明珠譯，《一個作家的午後：村上春樹編選　費滋傑羅後期作品集》（臺北：新經典文化，2022年）。
- 費茲傑羅著，趙丕慧譯，《我願為你而死》（臺北：愛米粒出版，2017）。
- 福克納著，黎登鑫譯，《聲音與憤怒》（臺北：桂冠出版社，2000）。
- 福克納著，葉佳怡譯，《我彌留之際》（臺北：麥田，2020）。
- 海明威著，宋碧雲譯，《老人與海》（臺北：桂冠出版社，2008）。
- 海明威著，陳夏民譯，《太陽依舊升起》（桃園：逗點文創結社，2015）。
- 海明威著，程中瑞譯，《喪鐘為誰而鳴》（上海：上海譯文出版，2019）。
- 海明威著，陳榮彬譯，《戰地春夢》（新北：木馬文化，2022）。

**延伸閱聽 ————**

- 《大象席地而坐》。胡波導演電影，迪昇數位影視，2018。

# 05

# 如果在巴黎，一位年輕美國作家

朱嘉漢

　　有些時候在某個地方寫作會比在另一個地方寫得更好。這或許就是所謂
的把自己移植到他處；我想，人和其他生物也都需要同樣的移植。

——海明威，《流動的饗宴》

　　若要說海明威、費茲傑羅與福克納三位美國作家年輕時候都待過巴黎，
這當然不是意外的事。1920—1940 年兩次世界大戰間，年輕的美國藝文界人
士來到歐洲，尤其集中於巴黎。

　　首先是經濟的原因：歐戰使得美元與法郎幣值消長，巴黎的生活相對便
宜，而巴黎的文化、歷史，恰是那些尚未成名的作家，在生活與精神層面，最
適合自我養成的地方了。

　　除此之外，也有幾位文化面的先驅，例如由畢奇（Sylvia Beach）創立的莎士

比亞書店，成為日後新一代英語文學作家的搖籃，或是文壇教母葛楚‧史坦的知名沙龍（可參閱《花街二十七號》〔*The Autobiography of Alice B. Toklas*〕[1]這本特殊的著作），當然還有象徵性的文壇標竿，愛爾蘭作家喬伊斯的身影。讓這些尚待挖掘——挖掘自身作品與藝術形式，也等待世界挖掘他們的才華——的作家們，在巴黎有基礎的社交圈，也有文學高度的典範在前作為藝術探索的燈塔。

問題在於，法國讀者會因為他們這些人曾有過旅法的經歷而感到特別親近嗎？事實上，法國的文學圈，或以社會學家布赫迪厄（Pierre Bourdieu）的語言來說，是個自成一格的場域（champ）[2]。作品與作者，會在一個複雜又細膩的價值系統被認識。而每一次的討論、引用，都是在結構中的實踐。因此，外國文學是需要引介的，引介的策略、方式，又往往決定作品與作者日後的位置與影響。

尤其，這三位美國作家日後仍是回到了美國，以英文寫作，而非成為一名法語寫作者（Écrivain francophone）[3]。轉譯的過程，在一定程度上決定了法國讀者的目光所在。

---

1. 葛楚‧史坦著，黃意然譯，《花街二十七號：文壇教母葛楚‧史坦、愛麗絲與畢卡索、海明威、懷海德的巴黎歲月》（臺北：麥田，2018）
2. 可參考布赫迪厄《藝術的法則》，以及他的學生們，如 Gisèle Sapiro 與 Pascale Casanova 的接續研究。
3. 舉例來說，愛爾蘭作家貝克特（Samuel Beckett）不但許多作品以法文書寫，並於法國知名出版社直接出版，相對於轉譯，法國讀者對他的認識是相對直接的。

# 美國作家在法國的推手：康鐸

提到美國現在文學的法國譯者，必然要提到被成為「美國文人大使」的翻譯家康鐸。

康鐸翻譯並教授美國文學長達38年（1923—1961年），他的譯著如同美國現代文學史，並對於這些作家在世界文學的地位，甚至獲得諾貝爾文學獎，都有一定程度的助力。包括福克納、海明威、史坦貝克（John Steinbeck）、納博可夫（Vladimir Nabokov）、卡波提（Truman Capote）、帕索斯等人。

他的譯介，可以說是讓當時在美國尚未完全出名的福克納，得以在法國被視作重要的文學作家的推手。也難怪福克納會不無挖苦地說「在法國，我可是某個文學運動的先驅」，也讓他相對在英語國家沒得到的重視，在法國得到應得的評價。

此外，他大部分的譯作，是與法國現代文學最重要的出版社，1911年由賈斯東・伽利瑪（Gaston Gallimard）與作家紀德（André Gide）等人創立，亦是至今生產最多龔固爾獎得主與諾貝爾獎得主的伽利瑪（Gallimard）出版社。

因康鐸翻譯，又在伽利瑪出版社發行，意味著不只是美國作家的轉譯過程，更重要的是經典化的腳步。

依布赫迪厄的觀察，文學在法國是較早成為一個獨立的場域之一，它的自身規則、宰制的價值如何透過行動者的實踐將進入這圈子的作品與作者放在怎樣的位置，決定了日後如何看待它的可能。翻譯、出版是一種實踐，而評論是另一種實踐。藉由評論，作品轉譯間的文學價值得以再生產。簡言之，

透過文人的評論，這些美國作家的文學才能在法國文學場域裡，真正發揮價值的影響力。最早且最決定性的人物，就是沙特（Jean-Paul Sartre）。

## 沙特作為文學評論者：福克納經典化的決定手勢

交出《存在與虛無》（*L'Être et le Néant*）前的沙特，在1938到1945年間，恰是二戰的前後，密集寫了一系列的文評。這些篇章大多發表在知名的《新法蘭西期刊》與他自行創立的《現代》[4] 上。除了發表對當代法國文學作品的評論，例如大家熟悉的他關於卡繆（Albert Camus）《異鄉人》（*L' Etranger*）的好評，他著力最多的，便是美國文學作家。

確切來說，他整個書評計畫，是有意地將法國文學對立於美國文學。意思是，沒有其他歐洲國家，連美國之外的英語系國家也見不到（遑論其他地區與語言）。再來，文本集中於小說。

他所選擇談論的作家，有福克納、帕索斯、納博可夫、史坦貝克、海明威，還有更早期的維爾梅爾（Herman Melville）等；另一邊對照的則是法國文學的新潮流，例如卡繆、布朗修（Maurice Blanchot）、莫里亞克（François Mauriac）等等。

---

4. 《新法蘭西期刊》（*Nouvelle revue française*），簡稱NRF，自1908年創立就是最有指標性的文學期刊之一。《現代》（*Les Temps Moderne*）於1945年由沙特與存在主義者們共同創立。這些書評日後收錄在兩冊的《情境》（*Situation I&II*，1947、1948年）與《什麼是文學》（*Qu'est-ce que la littérature?*，1948年）。

這些選擇，或許不僅是美學性的，也是精神性的。沙特運用這些討論，建立起他想談論的「現代」，借用傅柯的話，是一種斷裂的意識。在沙特的計畫裡，這無疑意味著原創，即擺脫法國陳舊的文學傳統，以這些嘗試著新形式與風格的法國作家，加上（在沙特眼中）沒有傳統包袱、中性的生活（vie neutre）的美國作家，將目光指向人類的當下處境，形成一種他日後的介入哲學。

沙特關於福克納的評介影響甚大。某種程度上，他對於海明威只是部分的興趣（將他放在葛楚・史坦的小圈子內），且忽略了費茲傑羅。雖不能歸咎於沙特一人，但確實象徵法國文藝界對他們的重視度差別。

《聲音與憤怒》，因敘事的時間處理（尤其第一部分），沙特將之與普魯斯特（Marcel Proust）比擬，直接點名福克納小說的「時間性」（La temporalité）。他不無機敏地指出，為何福克納要採取如此奇怪的技術，打碎時間並攪亂？沙特看出，這小說的技術，本身即是小說的形上學，一種時間的形上學（métaphysique du temps）。在此，每個片段的故事不再是時間性的因果，每個人物從他悲劇性的時間順序解放，縱然仍舊是無希望的，但藉由這技術，揭露出的「存在」當下，或許正告訴我們，「每個存在包含著它們的可能性」（海德格〔Martin Heidegger〕語）。

先不論這詮釋如何，沙特作為日後法國思想界的巨星，他的注視，已經足夠將福克納比在美國更快速的成為經典作家，甚至其實法國的認可，決定了他獲得諾貝爾獎的機會。

## 經典化的福克納，借用或誤讀？

法國或許成功讓世界認識到福克納的文學，但轉譯中的某種「誤」也同時存在。

有學者指出[5]，康鐸的翻譯相當有文學性，但另一方面，無論是譯筆的文雅，與介紹的角度，都將福克納本身的悲劇性強化，而減弱了法國讀者對他喜劇性的認識。尤其是福克納的「南方」有相當多俚語與鄉村式的趣味語言，在引介之中，因為對他嚴肅性、經典性甚至小說技巧的強調，對於他的幽默性，法國讀者是誤解的疏漏了。當然，其他的文人，譬如馬勒侯（André Malraux），尤其是前述的沙特，讓福克納的形象抬高到了殿堂，卻錯失了他的鄉土。

有趣的是，不僅福克納代表的美國，他專注描寫的「南方」，在當代法國作家米瓊（Pierre Michon）[6]與博谷紐（Pierre Bergounioux）[7]也被拿來當作對抗的武器。他們不約而同將福克納視作他們文學創作的起點。這兩位法國的外省作家，要試著對抗巴黎為中心的文學形式，光以法國的「首都—外省」對立並不足夠（譬如巴爾札克〔Honoré de Balzac〕）筆下的鄉村）。福克納的文學成為他們另闢蹊徑的可能。

---

5. 參見 Chapdenlaine, Annick. "L' échec du Faulkner comique en France:un prolème de réception." （福克納的幽默層面在法國為何失效：轉譯中的接收問題）*Meta*, vol. 34, no. 2, juin, 1989

6. 參見 P. Michon. "Le père du texte." （文本之父），*Trois auteurs* , Lagrasse, 1997。

7. 參見 P. Bourgounioux 的 *Jusqu' à Faulkner*（直至福克納）, Gallimard, 2002

在福克納的例子可見，轉譯的過程裡，他作品的形式與觀念的部分成功的被法國文學場域接納，並早於英語系國家，以更精細的哲學、文學語言來談論。其代價是地理與文化的細節，在某種程度上落失了。

## 海明威的法國讀者們

儘管福克納在法國的地位在文學史上是特殊的現象，海明威也是法國的寵兒。當他還在法國時，就已經與巴塔耶（Georges Bataille）相識，海明威的《太陽依舊升起》的西班牙鬥牛場景，可以在巴塔耶經典的《眼睛的故事》（*Histoire de l'œi*）當中看到影響。

根據希利－曼（Geneviève Hily-Mane）的研究[8]，爬梳法國從1926到1994年關於海明威的書單，多達兩百多頁的書目，足以證明法國讀者，從知識分子、前衛文學作家到大眾對他的喜愛。例如1961年的7月，海明威的過世，在法國「單月」就有七十篇以上的紀念文章。

另外，海明威也獲得大學研究的青睞，對於他文學語言與風格的研究頗為可觀，例如漢斯（Reims）大學的人文科學的語言學建立，與海明威的研究關係不小。

當然還有特殊的時候，2015年，法國遭受恐怖攻擊，第一時間傷亡最多

---

8. Hily-Mane, Geneviève. *Ernest Hemingway in France: 1926-1994: A Comprehensive Bibliography*. Reims, 1995.

的巴黎，就在各家書店擺起了海明威的《流動的饗宴》。海明威對巴黎美好的回憶，如今幫助巴黎找回自己。

## 費茲傑羅，遲來的經典

要判定一個作家在法國是否成為經典，七星文庫是否收錄全集則是另一個指標。相對於海明威（1966年）、福克納（1977年），儘管費茲傑羅到了2012年才進入，也已經代表了被視為經典。

七星網站的介紹也相當有趣，當中寫道：「當代的作家不曾思考過他的作品。」主要歸因於他死得過早，成為一個「神祕的費茲傑羅」。出版方並期望這本全集能夠成為工具，讓日後的讀者發掘他的價值。

是以，美國作家的引介，除了翻譯、出版之外，能在法國被廣泛閱讀，往往跟經典化的程度與速度有關。而掌有文學場域的話語權，往往落在作家，尤其是哲學成分高的知識分子上，沙特與福克納是最好的例子。

美國現代作家能被接受，自然不是因為符合法國的文學傳統，而是其「現代」的革新性，可以讓正要進入挑戰場域形構的新一代參與者，有了強力的利器，打破原先的文學價值。

然而，文學的價值終究是個長期的過程，經過漫長的時間，外國作家的作品將不再是個外來的力量，可以緩慢地找到他們的位置。有時被記住，有時被遺忘，幸運的話，可以重新被提起。

# 06

# 打破海明威的刻板印象，並重塑之

陳夏民

## 臺灣人如何記得海明威？

記者出身的海明威熟知媒體操作與應對，在那個大作家等同大明星的時代，無論他說要開船拿槍去參戰，或是對同輩作者的評論與批判，都輕易吸引了無數鎂光燈聚集，成為當代民眾津津樂道的娛樂消遣。

他是一名善於為自己貼上各式標籤的男人，懂得「聚焦並放大」的藝術，但適切、不過分。如果他活在當代，或許很容易成為百萬訂閱戶的Youtuber，以前往非洲打獵、瑞士滑雪、西班牙看鬥牛等企畫單元，輕鬆贏得社群媒體時代的眼球戰爭。

這樣一個世紀大作家或許沒料到，他身為小說家之外的，那呼風喚雨甚至帶有強烈明星魅力的英勇形象，並沒有在臺灣流傳開來。

談到海明威的形象，多數臺灣人腦海中浮現的第一印象，是一位身形壯碩的大鬍子老爺爺，坐在古巴酒吧喝著 Mojito 或是 Daiquiri，或是在灑滿陽光的屋裡抱著一隻貓。若在臺灣任何一個城市進行街訪，向路人詢問海明威的知名作品，十之八九會提及《老人與海》，其他呢？老一輩的讀者可能會說《戰地春夢》、《戰地鐘聲》或甚至《妾似朝陽又照君》（1957 年《太陽依舊升起》改編電影之譯名），但鮮少有人會提到〈一個乾淨明亮的地方〉或是〈印第安人的營地〉（"Indian Camp"）等名作，更不用提 2000 年之後出生的讀者，對於海明威或許也沒有什麼印象了。

這也是正常，畢竟海明威的全盛年代距離當代已經遙遠，但這並不代表，他的作品透露出一絲老氣。曾在 1920 年代於巴黎打滾的海明威，身邊往來的藝術家如畢卡索、達利（Salvádor Dalí）、馬締斯（Henri Matisse），文學家如費茲傑羅、艾略特等，他們的作品以最嚴格的當代審美標準來評斷也依然不過時，更不用提海明威的冰山理論、極簡寫意或聚焦在人物對話的寫法，是如何影響了後代創作者。

換句話說，海明威的作品永遠帶有新意，其當代性奠基在那無法顯現於海平面上的八分之七座冰山；所有不曾出現於字裡行間的，是與任何世代讀者幾乎都能無縫接軌、溝通的情感，尤其是文豪透過敏銳眼神所目睹的，那大自然或社會家國系統殘酷蹂躪一般人時所生出的憐憫之情。

讀到現在，或許你也能理解若要在臺灣出版海明威的作品，極有可能面對的挑戰：當代讀者對海明威充滿了「老」的刻板印象，即便海明威的作品內充滿「新」的意念。而作者得到諾貝爾獎桂冠肯定，其作品雖然立刻進入經典

之林，但其高高在上的王者之姿，也成為針對一般讀者的行銷阻礙。

## 因電影而生的文豪新譯計畫

2011年，伍迪・艾倫（Woody Allen）推出了以巴黎爵士年代為背景的電影《午夜巴黎》（*Midnight in Paris*），描述當代美國失意小說家無意間穿越時空來到了1920年代的巴黎，繼而與海明威、費茲傑羅、葛楚・史坦等眾多文豪相識，除了深刻討論創作的意義，也同時展開一段尋找自我、理解內心真正想望的旅程。

那年，我與一人出版社社長劉霽都觀賞了這部電影，我們從這部片獲得的最大驚喜，便是在大銀幕上一睹文豪們的年輕面容，這才忽然理解，原來海明威並不是生下來便是刻板印象中的「大鬍子老爺爺」，而是臉上洋溢著自認死亡離其無比遙遠的青春光彩的「青年」，他們就在這璀璨的體能巔峰，讓創作發光發熱，並且跨過各種阻礙，堅定地朝著文豪之路邁進。

而他們的青春光芒，也啟發了當時還稚嫩的「逗點」與「一人」兩間獨立出版社，我們決定推出「午夜巴黎計畫」，要自己翻譯、出版海明威與費茲傑羅的作品，而重點是，我們希望推出作品之時，能夠一掃兩位文豪在臺灣讀者心目中的陳舊之感，無論是書的本體或是行銷活動本身，都需要能夠讓人精神為之一振，一如當時我們看見《午夜巴黎》當下的興奮。

這是企畫先行的出版計畫，我們很快就確認，這會是海明威與費茲傑羅的紙上PK，更是年齡相仿、個性卻大大相異的兩位文豪在亞洲的第一場「日

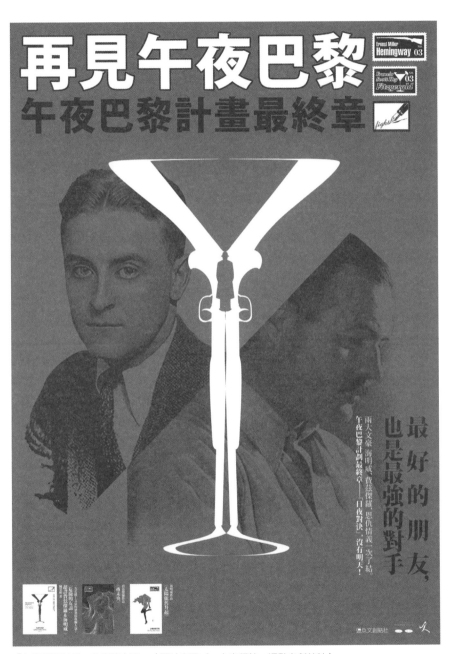

「午夜巴黎計畫」的宣傳文宣。（圖片來源／一人出版社、逗點文創結社）

與夜的對決」，也是兩家獨立出版社在臺灣出版圈進行的第一次跨社行銷合作實驗：封面做成兄弟書，必須相似且彼此呼應，且行銷活動一律採取合作但同時競爭的態度進行。然而，確定好整體企畫，真正的難題才降臨。

## 要挑哪一個文本呢？

在規劃內容的過程中，出現更多阻礙，也必須打破各種商業上的迷思。以出版社立場而言，要推出經典作品時，最好的選擇就是該作家最知名的作品，雖然坊間競爭品項很多，但無論如何都會是一般讀者容易購買或說是傾向購買的書籍。以海明威與費茲傑羅而言，兩人在臺灣最知名的作品便是《老人與海》與《大亨小傳》，但在 2011 年，這兩本書在市面上早有多種譯本，更甭提李奧納多・狄卡皮歐主演的電影《大亨小傳》將於 2013 年推出，在那之前各家出版社已經摩拳擦掌準備推出新譯本。

或許也是基於冒險的性格，我與劉霽決定另闢蹊徑，思考兩位文豪有什麼在海外堪稱經典也經常受到討論，但在臺灣（尤其是學院以外）卻罕為人知的作品。經過一番討論，我們決定以海明威、費茲傑羅在臺灣鮮少被出版的短篇小說作為起點，一步步補足兩人作品在繁體中文出版界的缺口，讓更多讀者探究他們在不同作品體裁時所表現的多元面向。

等到行銷企畫就此底定，接下來，我與劉霽便卸下出版社社長的身分，捧起海明威與費茲傑羅的短篇小說，埋首其中，成為他們的粉絲、讀者及譯者，盤算要如何挑選各自的短篇小說書單。

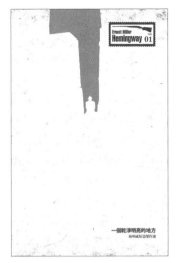

臺灣出版圈獨立出版社第一次跨社行銷實驗「日與夜的對決」兄弟書封。
左：海明威著，陳夏民譯，《一個乾淨明亮的地方》（桃園：逗點文創結社，2012）。
右：費茲傑羅著，劉霽譯，《冬之夢》（臺北：一人出版社，2012）。

　　劉霽在大量閱讀費茲傑羅作品的過程中，找到其創作母題中的一組關鍵字：幻滅，挑選了幾則符合主題的短篇小說，並且以呼應《大亨小傳》的〈冬之夢〉作為書名，開始了一段如同在黑暗雪夜中緩慢鋪路行走的翻譯旅程：費茲傑羅的文字鮮明並有大量特殊用字，他必須以此找到對應的中文詞彙，而費氏善於用華麗的形容堆蓋故事架構，總在最後以悲劇性的重擊一口氣摧毀那剛搭架完畢、繽紛美麗如《綠野仙蹤》（*The Wizard of Oz*）閃耀著綠色光芒的翡翠城，讓讀者切身感受到故事主角的幻滅與絕望，卻又低吟品味那純粹的藝術之美。以翻譯成果而言，劉霽的確搭蓋出許多幻滅之城，沒有愧對費茲傑羅的文字。

而我，則是反其道而行，一開始就決定以〈一個乾淨明亮的地方〉作為海明威短篇小說集的核心，但卻始終困擾，不知道該如何挑選篇章。直到……

## 如同Mixed Tape般，編輯「類」海明威的一生

〈一個乾淨明亮的地方〉的故事主角是一名曾經自殺但卻生還，而後每晚流連咖啡店買醉的老人，無論他喝得再多，終究努力維持最低程度的清醒，直挺著身子結帳、走出咖啡店，成為另一個在黑夜中徘徊，期待秩序的遊魂之一。

儘管這一篇作品初次刊登於1933年的雜誌《史氏出版社雜誌》（*Scribner's Magazine*）中，當時海明威約三十四歲，但他筆下這名白髮蒼蒼的老年人卻比《老人與海》當中的老漁夫更符合其晚年的日常生活形象，彷彿是神奇預言一般，曾經自殺失敗的老人，終究在無人發現的時刻，成功以意志力扣下板機，從人間登出並抵達彼岸世界。

在某次閱讀中，我有了以上的聯想，於是內心興起一陣狂想，重新讀起帶有濃烈自傳色彩的《尼克・亞當斯故事集》（*The Nick Adams Stories*），意外發現了全新的選題方向：以成長過程的線性發展排序，讓讀者讀到一個人從小到老的成長歷程，希望透過這樣的安排，讓當代讀者看見一個人從無助的兒童時期一路走入青春期，結婚立業卻又遭逢一般人的不幸如離婚如戰爭，而最後步入老年渴望秩序與光明……我希望透過海明威的短篇故事，去呈現一個生命的開始與結束。

我捨棄了《尼克‧亞當斯故事集》作為翻譯題材，一方面也因為那是某種程度的編輯出版品，我決定從海明威的所有作品當中，重新挑選一些精彩的短篇小說，可能不是每一篇都是殿堂等級，但充滿小小的意外驚喜，讓學院派如英文系畢業的讀者有機會讀到少見的海明威面向，也讓一般讀者可以在線性的時間歷程中，稍微理解所謂冰山理論中的無常與戛然而止。

　　海明威的短篇作品有許多結局總是戛然而止，讀者也為此感到頭痛，不太清楚創作者所想要表達的意義。然而，在模擬出的線性時間安排之下，有些留白或是疑問之處，隱約浮現在後續的篇章之中，例如〈印第安人的營地〉中，那讓讀者滿臉問號的經典一句「（尼克）十分確信自己永遠不會死」，便與後面許多與死亡相關的篇章呼應，讀者也在閱讀過程當中，陪著創作者思考，不同年齡的人（〈三聲槍響〉〔"Three Shots"〕中迴盪在尼克耳中的「有一天銀線終將斷裂」、〈在異鄉〉〔"In Another Country"〕的少校說「終究會失去的」，〈等了一整天〉〔"A Day's Wait"〕小朋友夏茲問道「你覺得我還可以活多久」，〈一個乾淨明亮的地方〉年輕酒保說「我不想活得那麼老，老人很噁心」……）對於死亡所懷抱著的態度，或多或少也觸碰到了那深埋於海平面之下，隱而不見的八分之七座冰山。

　　此外，海明威作品的時空背景往往與自身經驗有關，即便角色經歷多半是虛構的（又有誰能確定呢？），但在戰爭、非洲打獵、異國旅行等場景影響之下，讀者的確也有所投射腦補，甚至在自行搜尋資訊的過程當中，從文本拾獲了海明威充滿神祕軼事的人生碎片，並共感之，而能怯生生地說出：「我好像比較能夠理解海明威的作品了。」

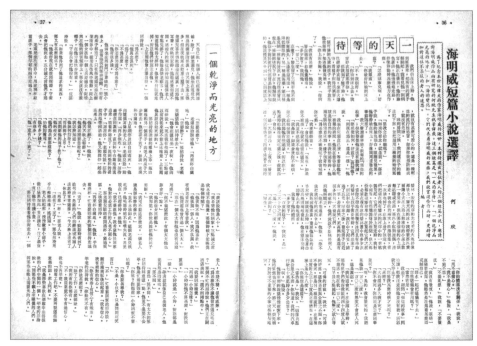

刊載海明威短篇小說的《文星》雜誌。《文星》8卷4期46號。（圖片來源／國立臺灣文學館）

1933年初刊載〈一個乾淨明亮的地方〉的《史氏出版社雜誌》3月號。（圖片來源／國立臺灣文學館）

安排故事順序時，我除了呈現出線性時間，也不忘讓〈一個乾淨明亮的地方〉作為書中結尾——如果海明威透過〈一個乾淨明亮的地方〉所想表達的，是一個普通人對於光明與秩序的嚮往，那或許我也能讓每一次翻頁的動作，都成為一種隱喻。讓我們向著光走。

於是乎，我所構思已久的海明威短篇小說選也就告一段落，雖然不一定滿意自己的翻譯，但至少確認那是當時三十歲出頭的我，於公於私所能達到最好的狀態，如果是電影《午夜巴黎》的海明威走出大銀幕，或許不一定全然接受，但也可能一邊抽著雪茄，一邊說還可以吧。

## 當《午夜巴黎》不再出現在串流片單

距離 2012 年逗點與一人出版社推出「午夜巴黎計畫」，在出版業引起騷動並締造銷售佳績，也已經十一年過去了。雖然不願承認，但原有的銷售動能逐漸消散了，甚至連導演伍迪・艾倫也變成 #MeToo 運動中受檢討的人，人世真的無常。

此時此刻，海明威與費茲傑羅的作品內容依舊新穎，但文豪們的形象又比過往老了十歲，這些年也沒有什麼影視作品讓人重新認識他們，就連當初熱賣的《一個乾淨明亮的地方》、《冬之夢》也慢慢地在大型書店的美國文學區消失了。

作為一個出版人，雖然失去當初的行銷紅利，但內心的譯者魂仍然炙熱，我仍不時思索要如何與這個時代的讀者溝通海明威的作品，企盼讓更多人感受

其字裡行間那殘酷又美好的藝術力道。

　　這不是簡單任務，但我與其他立志推廣海明威作品的譯者、出版伙伴們都樂在其中。出版工作雖不致以身犯險，但持續逼近作品中的真實、千萬不能輸給大眾對海明威的刻板印象（或甘心耽溺於當初為海明威打造出的形象並重複操作），身處這一場眼球戰爭並且努力把文字的子彈打向目標讀者的過程，或許也正是我們這一群做書的人，最接近海明威生命經驗的一刻吧。

# 07

# 費茲傑羅永遠不老，希望也是

劉霽

　　與史考特・費茲傑羅很久沒見了，他一點也沒變，依然頂著柔亮的一頭金髮，身著質感良好的西裝，領帶服貼如筆畫，玉樹臨風地挺立眼前。我簡單打了招呼。

　　「你一點也沒變。」

　　「沒辦法，永遠的四十四歲。」

　　「不知不覺，我也來到個年紀了啊。」我突然驚覺。

　　「從今爾後就是你我都未知之境了，祝福你。」

　　「你永遠也不會老，或者其實你早已老了，在心境上。寫過那麼多美好憧憬與夢想幻滅的故事，應該是看透人生了吧。如果說幻滅是成長的開始，深刻理解並能化為筆下動人故事的你，恕我這麼說，是不是其實早感覺自己老了？」

「是啊，我曾經年輕，但我幾乎記不得年輕的自己了，只是我成名得早，年輕的我伴隨著名聲就這麼刻在人們印象中，反倒是人們只記得年輕的我，沒什麼人願意承認我早已老去。人寧願面對華麗的幻象，也不願接受蒼涼的幻滅。」

「所以結尾透著蒼涼的《大亨小傳》銷售就不如以往了。」

「人們還是期待我寫些新鮮奔放的青春戀曲，但我是寫不出來了。就如同醉過那麼多次後，或許仍能描繪醺醉的興奮陶然，但同時也無法忽略宿醉醒來的失落痛苦，我終究無法只寫狂歡的那一面。」

「『要評判是否具備第一流的智慧，就看心智中能同時否秉持兩種互相衝突的概念，而仍能正常運作。』同時眼見美麗與毀滅，也是作家心智的證明吧。其實你年輕時的作品也不只是輕鬆享樂，幻滅總如影隨形，*This Side of Paradise*，有這一側，還有對立的另一側呢。對比總是勾起情感最有效的筆法，愛得越深恨得越深，讀者的感受就越強烈，這方面你可是箇中翹楚。」

「如果只是當作一種創作技巧，恐怕就太看輕我了。我可是一直真誠地相信那幻夢，也確確實實地體會到夢想破滅的苦澀，落筆為文才能如此動人。」

「當然，當然，缺乏真誠，徒有文字技巧也只是花拳繡腿，怎能在百年後依然打動人心。不過令人驚訝，或說敬佩的地方是，若真如你所說，你清楚地意識到在每個美夢的背後，幻滅都如影隨形，那你如何能夠持續地相信、不斷地追求那夢想呢？如同《大亨小傳》著名的結尾，綠燈可望不可及，持續向前卻不斷被浪潮推後，但你仍沒有放棄，是何等堅毅的信念支撐著你，想想

也真不簡單。」

「或許我天生就是個浪漫的樂觀主義者吧。」

「『所有生命都是邁向崩潰的過程。』寫出這種句子的人可不像樂觀主義者。」

「我也同時是個悲觀的現實主義者。這也證明了我的作家心智：就是個矛盾與衝突的現場。大概只有酒精能稍緩我這些無時無刻不在的掙扎了。」

「這我不禁要說，身為出版人，尤其在當今這時代，我們或許也既是最浪漫的樂觀主義者，又是最悲觀的現實主義者了。永遠浪漫地相信書本的力量，樂觀地期待新書上市，卻同時日日悲觀地面對銷售數字，現實地認知到書本的時代正一步步慢慢離去。許多出版人、編輯或書相關的從業人員大概都有類似的心境，或許多少也是出於這份共鳴，讓你的作品得以不斷再版翻新。像我雖然知道你是偉大作家，也讀過你的作品，但年輕時讀來卻沒特別感受。要到從事出版，真正體會過浪漫與現實間的拉扯之後，才對你的小說中那份掙扎感同身受，卻也更佩服你從未動搖的初心。」

「能找到所愛，找到一個值得追尋的夢，那是福氣，就有了一心嚮往的目標，即便知道那愛與夢難以企及或終將破滅，也能堅持下去。人有時候需要的只是那麼一星綠色燈火，是志業是愛情都好，有了就能埋頭忽視所有困頓艱難，一往直前。怕的是遍尋不到那燈火，或者燈火早已熄滅，此時意志的崩潰恐怕無可避免。寫作就是我的夢，早期的成功讓我相信自己是有才華的，可以靠一枝筆做出改變，我的人生也確實因此改變了。如果第一本小說不是如此成功，我不會進入紙醉金迷的成功人士世界，也不會跟賽爾妲成婚，人

生可能就走向完全不同的道路，是否能堅持懷抱夢想也就難說。但我有幸早早找到了屬於我的那盞綠燈，也曾觸手可及過，所以不管現實再怎麼折磨人，我都可以用筆一次又一次在故事中建構著我的夢，並承受一次又一次的破滅。直到我發現自己再也寫不出來，燈已熄滅，我迷失方向，真正的崩潰便隨之到來。為此我羨慕你們出版人，你們不用擔心文思枯竭，永遠有埋藏的才華等你們發掘，永遠有嶄新的燈光等你們去尋找。」

「在某種意義上，這麼說也沒錯，出版或許是只有眼前路，沒有身後身的。出版人身後只有堆得高高的庫存，標誌著過往的失敗，太常回望只會灰心喪志。我們的希望永遠放在未來，追尋著新的作品新的可能，過去的舊作不管是成功或失敗，都必須加以捨棄，我們才能全心向前。問題是一心向前，一本本新書經手而過，也是一種持續的消耗，若沒有其他外在支撐，如金錢或名聲回報鼓舞，也很容易陷入這一切所為何來的迷航中。此時我們就羨慕作家了，你們可以沉浸在回憶與經驗中，不斷變奏同樣的主題，而不管成書後銷售與評價如何，你們終究完成了獨屬於你們的作品。」

「是不是有人說過，好作家一輩子寫的都是同一件事，直到他再也寫不下去為止？」

「偉大作家更是，普魯斯特、喬伊斯、海明威，當然也包括你，不管是寫了數部長篇巨著或數百則短篇，那核心都是相同的，那核心也標誌著每位作家的獨特性，是獨一無二，一望即知的。不過也因為如此，幾年前我翻譯與出版你的兩本短篇選集，一本長篇《夜未央》之後，便必須跟你道別了。我無法再全心圍繞著你打轉，你的世界太有魅力，讓人深陷其中，但做出版

不能沉浸在單一世界，不管那世界有多麼美好，若一直待在裡面，出版之路將無以為繼。原諒我這麼說，幸好你英年早逝，也幸好你的作品不算太多，而且每一個作品都好似濃縮凝聚了你所有的才華，如麗池的鑽石般精煉璀璨，所以就是只出了三本，也沒有留下太多遺憾。同時肯定也會有更多優秀的出版人與譯者持續翻新出版你的作品。」

「是呀，雖只與你共度了幾年，但看著你在我布下的文字迷障中沉吟苦思、搔頭晃腦，也是挺享受的。」

「說到這就不免要以譯者身分抱怨一下，你真的是用字遣詞的大師，不過卻是譯者眼中的魔王。也不是說你的文字如福克納或喬伊斯那樣特別艱澀難解，而是應該說如同你這個人：太漂亮了。筆下每一句都精雕細琢，如同織錦般細密華麗，移動或替換任一個字都彷彿會破壞整段文章。而翻譯本就是一場不同文字的拆解與替換，翻譯你的作品根本就像是親手將精緻的花瓶砸碎，再將碎片一塊塊重新黏合起來，成了個裂痕滿布、歪歪斜斜的瑕疵品。翻譯過程似乎充滿了力有未逮的遺憾與暴殄天物的慚愧，雖然深知不同語言間不可能百分之百完整轉換傳達，但面對你美麗的作品，遺憾總是特別強烈。當初會投身翻譯你的作品，也是因為市面上找不到覺得滿意的譯本，不像海明威用字簡單，簡潔文風在翻譯過程中不會流失太多特色，你作品多數的中文譯本則總覺得沒有傳達出你筆下那炫目的文字編排。親自操刀後才發現使盡力氣也難以傳達其中萬分之一的美。所以有人問推薦讀你作品的哪個譯本，我都一律請他有能力直接讀原文，才能真正體會到你的非凡之處。」

「我不懂中文，但在英文文字與句子結構的編排上我的確花了很多心思，力求閱讀節奏與音律，以及文字意象上的美感。厄尼斯特喜歡藏東藏西，我則覺得美麗的東西就該直直端到眼前，讓人好好欣賞。當然翻譯後難免會失去一些原本英文用字的光彩，但我知道你們都盡力了，中文也有屬於中文的美感，而關於夢想的追求與幻滅的痛苦，不論用甚麼文字我相信都可以產生共鳴。」

「而我也在深入認識的過程中慢慢發現，這種共鳴不只是個人之間的心境同感，而是整個時代的映照反射。你也許身在其中未曾察覺，但你的作品和人生如實反映了一個極其特別的時代。先是人類歷史上頭一次大規模無差別工業化殺戮的第一次世界大戰，慘絕人寰的程度讓整個西方對神的信念產生了動搖，在戰爭結束後隨即轉為完全縱情的解放狂歡，而在狂歡過後迎來的卻是更痛苦的經濟大蕭條與第二次世界大戰。你的人生似乎也緊隨著時代發展，從茫然無措、上不了戰場、成不了英雄的無名小伙子，搖身成為搖擺爵士年代的顯貴王子，隨後卻又慢慢步入了潦倒落魄的困頓之中。你的作品雖然是寫你的人生，其實也寫下了整個時代的起落，你的華麗是時代的產物，你的幻滅同樣也是時代的產物。史考特，你就是一整個時代呀。人們說你是美國夢的代言人，我則覺得你的人生際遇加上你的寫作才華，讓你成為了人類歷史片段的縮影，你英年早逝，沒機會持續看到經濟崩潰、戰爭再臨、一切幻滅之後的發展，但我相信你本能地知道，幻滅之後，希望仍在。人類歷史總是不斷流轉起落的，我們這個時代同樣面對著殘酷的絕望、空虛的狂歡，與無盡美好想像的幻滅，而我們在你將近一百年前的作品中看到了同樣的東西，也從中看見了希望。」

「每個人都是一個時代，人們的故事集合起來就是時代了。說故事的人、出書的人，都是時代的代言人，我很榮幸透過作品參與了你的時代。要記住，不管現在這時代有多少困境，我們都是朝著希望在前進，也許逆水行舟，也許遙不可及，但希望永遠都在。當你需要我時，我隨時可以再回來陪你繼續走一段。保重，再會。」

　　費茲傑羅說完就瀟灑轉身離去，消失在角落的陰影中，如霧如夢，彷彿不曾存在，而我知道，當我尋找希望之時，我們會再相會。

約攝於1921年的費茲傑羅。（圖片來源／維基共享資源）

攝於1937年的費茲傑羅。（圖片來源／維基共享資源）

**參考資料** ─────

- 費茲傑羅著，劉霽譯，《冬之夢》（臺北：一人出版社，2012）。
- 費茲傑羅著，劉霽譯，《富家子》（臺北：一人出版社，2013）。
- 費茲傑羅著，劉霽譯，《夜未央》（臺北：一人出版社，2015）。
- 費茲傑羅著，陳榮彬譯，《塵世樂園》（臺北：南方家園，2010）。
- 費茲傑羅著，汪芃譯，《大亨小傳》（臺北：遠流，2012）。
- 費茲傑羅著，趙丕慧譯，《我願為你而死》（臺北：愛米粒出版，2017）。
- 費茲傑羅著，羅士庭、賴明珠譯，《一個作家的午後：村上春樹編選 費滋傑羅後期作品集》（臺北：新經典文化，2022）。
- 陳榮彬，《危險的友誼：超譯費茲傑羅＆海明威》（臺北：南方家園，2015）。

# 08

# 翻譯福克納：
# 主要以《聲音與憤怒》為例

葉佳怡

      威廉・福克納是二十世紀初的美國南方文學大家，因為我在大學時就讀外文系，當然也就無可避免地讀過了他的經典短篇小說〈給艾蜜莉的玫瑰〉。這個故事文字簡潔直白，其中反映出的現代主義文學特性在於人際關係中的疏離、絕望，以及跟傳統文化之間的斷裂及失落。尤其在美國南方，這個失落又隱約跟南北戰爭的戰敗連結在一起。

      然而是後來翻譯了福克納的長篇小說，我才深入意識到這位作家在現代主義文學中的多元面貌。1929年出版《聲音與憤怒》的他正逐漸進入創作高峰期，可無論是《聲音與憤怒》或他於1930年出版的《我彌留之際》，小說文字風格都跟同時期發表的〈給艾蜜莉的玫瑰〉差距甚大。當然核心主題仍是類似的，比如他的故事幾乎都圍繞著一個虛構的密西西比小鎮傑佛遜（Jefferson）而展開，而這個地點映射的正是他一生都無法停止書寫的家鄉，

然而，他也為了靈活進出角色的內心與外在環境，更大篇幅地利用了意識流筆法。

## 時間與記憶的祕密

基於這樣的意識流風格，福克納的重要長篇往往有一個特色：時間序跳躍。就算是讀原文的英文讀者，往往也必須在福克納編織的時間迷宮中探索，而且還不一定能找出正確答案。若以《聲音與憤怒》這部作品為例，根據史蒂芬‧M‧羅斯（Stephen Michael Ross）和諾爾‧波克《閱讀福克納：聲音與憤怒》（*Reading Faulkner: The Sound and the Fury*）的分析指出，其中光是第一部的敘事者就跳接了十四個不同時間點的事件。

臺灣的黎登鑫譯本並沒有在第一部當中標記出可能的跳接點；中國具有經典地位的李文俊譯本則是用註釋標記出時間的跳接點，並藉由註釋說明原文省略的的一些背景資訊。中國還另有一個李繼宏譯本，其中直接將十四個事件以不同顏色標記出來，並在譯文中直接用不同顏色標記不同事件，再隨書製作出一張顏色與事件的對照卡，至此已完全脫離了只用文字來操作譯文的範疇。考量這三種完全不同的策略，我們可以發現翻譯福克納時，除了究竟要忠於作者還是讀者這樣的亙古議題之外，就連評論者都在其中占有舉足輕重的角色，導致讀者讀的往往不只是譯本，還包含比例極高的文本分析成果。

同樣的，福克納也會用文字風格來暗示敘事者陷入回憶的狀態。每當敘事者越是深陷於過往回憶，敘事的語句就會愈加地混亂、破碎，或甚至出現

整整一頁沒有標點符號的長句段落，有時困難到就連評論者也只能隱約猜測其意圖的程度。黎登鑫基本上保持原文的風格及標記，也沒有作任何註釋，李文俊譯本則較常果斷斬開長句，並做了更多註釋及說明。我在翻譯的時候，要是文字風格與形式的變化無法如實用中文搬演出來，也會選擇在註釋中說明福克納原本的意圖。

## 字詞的曖昧歧異性

因此在翻譯福克納時，譯者往往必須參照評論者的意見來行事，比如在《聲音與憤怒》中有一個敘事者提到「Father said it's like death: only a state in which the others are left」。這個片段的句構並不完整，而針對此段落的文本分

1929年《聲音與憤怒》出版面市的首版書封。（圖片來源／維基共享資源）

2000年由桂冠出版社發行黎登鑫翻譯的版本。（圖片來源／葉佳怡）

析有幾個常見的結論，其中一個表示，這段是在說「貞潔」這個概念就跟死亡一樣，有些人就是處於這個狀態而有些人不是；又或者有另一個評論表示，這裡談的是「貞潔」跟死亡都是一種狀態，而且是要有人不在這個狀態時才能證明這個狀態真正存在。因此基於不同的評論跟詮釋，譯者的選擇就完全不同。

黎登鑫的譯本翻成「父親說那就像死亡一般；只是其他人都不在那裡的一種狀態」，他基本上遵循主流評論意見並盡可能貼近原文，但讀者若是沒有評論或註釋的幫忙，應該很難立刻理解這個句子。李文俊的譯本翻成「父親說，這就跟死亡一樣，僅僅是一種別人都有份的事兒」，我們可以發現這裡的意思沒有差太多，只是透過「不在這種狀態的人不是之前在這種狀態，就是遲早會進入這個狀態」的方式來表達，這裡多使用了讀者可能比較熟悉的語境，但較不貼近原文字句。因此譯者在此的工作像是把評論者當作工具，把原文當素材，再透過自己的工法建起作者及讀者之間的橋梁。

## 聖經、神話傳說與註釋

另一個可能需要評論者協助的地方，在於福克納常會引用《聖經》及神話傳說。有些引用非常容易辨識，比如《聲音與憤怒》第四部的高潮出現在一位黑人牧師的復活節布道內容，因此那段描寫教堂的段落就有許多跟《聖經》相關的內容，而譯者針對這些內容透過註釋標明引用來源也是再自然不過的事。然而同樣在第四部的開頭有個反覆出現的意象是橿鳥（jaybirds），若是考量福克納善於使用各種隱喻及象徵符號的習慣，再加上第四部跟宗教的強

烈連結，當譯者讀到有論者指出鴟鳥在傳說中是「魔鬼從地獄派來的使者」，當然就是一個足以參考的重要資訊。然而這個資訊究竟是對評論者跟研究者來說重要，還是對讀者來說也一樣重要？譯者究竟是否需要對這樣的資訊做出一條註釋？

　　同樣適合拿來參照的是福克納筆下的地方神話傳說。《聲音與憤怒》當中有一段提到「running the beast with two backs」，描述的是其中一個敘事者偷窺妹妹在跟別人做愛的場景，根據評論者的分析，這個跟前後都沒有在文法上有效連接的殘缺片段，其實是引用自一個典故：在莎士比亞的《奧賽羅》（Othello）中，伊阿古（Iago）在描述奧賽羅和苔絲狄蒙娜（Desdemona）疑似做愛的場景時，表示他們就像「有兩個背脊的怪獸」。嚴格來說，若只是要讓讀者明白這是一個做愛場景，其實可以直接靠著增譯在內文說明，例如翻成「他們做愛就像有兩個背脊的怪獸在奔跑」，不過無論是黎登鑫、李文俊或李繼宏譯本都沒有這麼做，根據我自己的翻譯經驗推測，若是這部作品中所有類似部分都這樣增譯說明，整部作品的長度可能會直接增加四分之一。

　　因此，唯一可能施力的地方也在於註釋。黎登鑫和李文俊譯本都沒有針對此做註釋，我卻跟李繼宏一樣選擇做了註釋。我無法擅自揣測其他譯者的狀態，但根據我個人的看法，隨著一部經典作品存在於世間的時間越長，相關研究已有極高的共識，譯本也出現越來越多的情況下，評論者對經典作品的觀點也會逐漸堆疊為讀者在閱讀時的潛文本，尤其福克納的作品充滿足以讓人解讀的曖昧空洞，評論者及譯者的觀點更會隨時間滲入其中，堆疊出更多時空交會的意義。

## 黑人英文的腔調及用字

　　福克納出生於美國南方，又經歷了黑人走向解放的歷史轉捩點，因此常關注黑人及白人在面對這項轉變時的狀態。在寫作這類主題的過程中，黑人的口音也成為他運用的一項工具。以《聲音與憤怒》為例，小說中的黑人英文一開始比例沒有特別重，但卻在中後段逐漸提高，尤其在最後的黑人牧師布道時來到高峰。

　　可以想見的是，一個人選擇使用的語言往往跟他的身分認同密切相關，然而就翻譯而言，由於福克納的作品形式已經過於複雜，若在翻譯黑人英文時選用另一種語言或次文化的語言來呈現，對讀者也會造成過重的負擔，因此黎登鑫和李文俊都沒有針對黑人英文做出太特殊的處理。李繼宏譯本有嘗試在最後的布道段落使用另一種像是模擬中國方言腔調的寫法，但造成幾乎完全無法閱讀的結果，或許也算是間接印證了以前大多數譯本的取捨有其道理。我個人翻譯時也只有在黑人英語中多加上一些語助詞，呼應他們較為活潑並有節奏感的說話方式，並加註來說明這種處理手法。嚴格來說，以福克納這樣形式複雜的作品而言，就連譯者手法都會成為作品非常重要的潛文本。

## 互文及改寫

　　我們常會在同一個作者的不同作品之間找到類似的人物與意象，或是在分析過後熟習作者常用的技法及習慣。而對於翻譯福克納來說，這些背景知識

在翻譯時也非常有幫助。比如在他的雜文和小說中常出現一位「薩托利上校」（Colonel Sartoris），若是將在福克納作品中有關薩托利上校的內容集結起來，基本上可以寫出一段薩托利上校的生平小史，也能藉此清楚明白他的性格。然而這樣一位薩托利上校的名字在《聲音與憤怒》中卻只在兩行字中出現，之後就沒有任何的介紹。是否選擇加註介紹這號人物，也成為這部小說的潛文本要透過譯者擴充到什麼程度的一個案例。

另外在翻譯福克納一些非常艱澀的長段落時，我也意識到在翻譯同一部作品時，不同譯者很可能在參閱彼此的譯文後形成某種互文性。《聲音與憤怒》的第二部結尾有幾段非常漫長而沒有標點的文字，由於這些文字無論形式及內容都很困難，黎登鑫和李文俊譯本為了盡量讓譯文與原文的語序貼合，選擇透過加上標點來降低讀者的閱讀困難。然而既然前輩大師已經用過這種方法，這次我嘗試保留無標點的形式，因此在閱讀相關評論及前輩譯文再經過消化整理後，我選擇了稍微改變文字語序並進行比他們更多的小幅度改寫。因此就算是保留無標點的形式，我仍用了其他方式盡可能讓讀者得以進入福克納的世界。

## 譯文是原文的鏡像

福克納之所以虛構出傑佛遜這座小鎮，是要用來描述他真實世界的家鄉。若我們將傑佛遜視為相對於真實的一個虛構鏡像、一個風格化之後的鏡像，我總覺得譯文也是原文的一種鏡像。尤其在福克納的例子中，譯文往往還是透過

譯者、其他譯者及評論者才得以折射出的鏡像。而註釋所扮演的有機角色更讓這個鏡像的邊緣保有一種曖昧質地，並因此讓福克納的作品成為一種互動性極強的文本。

研究福克納的著名學者史蒂芬・M・羅斯和諾爾・波克曾指出，關於《聲音與憤怒》的奧祕幾乎都已被解開了。然而若是考量其中仍有許多曖昧難解之處，每次的新譯本都還是可能出現不同的新質地，並在原文的意義縫隙中再沉積一些新線索進去。哪怕只是多一個語助詞，或是在一個大長句中進行語序調動，又甚至只是標點符號的取捨，都像是讓福克納的譯者真正有機會參與、創造那座名為傑佛遜的小鎮。

**參考資料** ————

- 福克納著，黎登鑫譯，《聲音與憤怒》（臺北：桂冠出版社，2000）。
- 福克納著，李繼宏譯，《喧嘩與騷動》（天津：天津人民出版社，2018）。
- 福克納著，李文俊譯，《喧嘩與騷動》（北京：中信出版社，2022）。
- M. Ross, Stephen, and Polk, Noel. *Reading Faulkner: The Sound and the Fury.* Mississippi: University Press of Mississippi, 1996.

所以或許我有一天註定會回來，在這座城市找
到至今只在紙上讀到過的新體驗。此刻我只能
放聲呼喊，我失去了那燦爛的幻景，回來吧，
回來吧，那潔白與閃亮的一切！

——費茲傑羅，〈我失落的城市〉

# 第二部分

# 美國現代主義散文選讀

## 海明威、費茲傑羅、福克納

# 09
# 一千美元在巴黎生活一年

厄尼斯特‧海明威　著
鄭婉伶　譯

　　巴黎——冬季的巴黎多雨濕冷、風景秀麗、物價便宜，雖然吵雜擁擠但物價便宜，完全是你想要的樣子，外加物價便宜。

　　不論是美元或加幣，在巴黎都是暢行無阻的鑰匙，一美元可兌十二點五法國法郎，一加幣的價值略高於十一法郎，因此，美元和加幣可說是十分強大的鑰匙。

　　依照現今的匯率來看，年收入一千加幣的加拿大人可以在巴黎舒服、享受地度過一整年，如果匯率回歸正常，這名加拿大人可能會餓死，匯率真的很奇妙。

　　我們住在雅各街上一間十分舒適的旅館，就在法國美術學院後方，走路幾分鐘就能到杜樂麗花園，我們一晚的住宿費是十二法郎，房間乾淨、明亮、溫暖、供冷熱水，同一層樓還設有浴室，一個月住下來房租約三十美元。

早餐每人二點五法郎，一個月總共七十五法郎，相當於六點三至六點四美元。波拿巴路和雅各街轉角有一間很棒的餐廳，餐點都以單點計價。湯的價格為六十生丁[1]，魚的價格為一點二法郎，主餐有烤牛肉、小牛牛排、羔羊肉、羊排和厚切牛排，配菜馬鈴薯看上去好似由法國獨門料理技法烹調而成，這些餐點一份為二點四法郎。奶油球芽甘藍、奶油菠菜、各式豆類、豌豆和花椰菜等菜餚的價格為四十至八十五生丁不等，沙拉六十生丁，甜點七十五生丁，但有時要一法郎，紅酒一瓶六十生丁，啤酒一杯四十生丁。

太太和我在那裡享用了美味的餐點，其烹調技術和餐點品質媲美美國頂尖餐廳裡一份五十美分的餐點。晚餐後只要花四美分就可以搭地鐵到處晃，或者以同樣的價格搭公車到城市的邊界，聽起來很不可思議，只是因為美元升值尚未反映在價格上罷了。

巴黎整體來說物價不算低，歌劇院、瑪德琳一帶的大飯店住宿費屢創新高。我們某天在盧森堡公園偶遇兩名來自紐約的女孩，我們一起搭船渡河，她們入住一間到處都在打廣告的飯店，每人每天住宿費為六十法郎，其他費用的比例也差不多，入住兩天三夜的住宿費總共五百法郎，大約是四十二美元。她們現在換到塞納河左岸的一間旅館裡，以同樣五百法郎的價格可以住上兩週，而不是兩天，舒適度不比先前的大飯店差。

入住大飯店的觀光客總說巴黎物價高，那些大飯店經營者總會想盡辦法

---

1. 生丁（centime）：一百生丁相當於一法郎

提高價格，但巴黎四處其實散落著幾百間小旅館，讓美國人或加拿大人可以舒適地住在其中，散步到附近精緻的餐廳用餐、隨處尋找樂子，以二點五至三美元度過一天。

原文刊載於《多倫多星報週刊》，1922年2月4日。

## 導讀

　　1921年12月22日，海明威與新婚妻子海德莉抵達巴黎，入住巴黎左岸雅各街（rue Jacob）上的某家小旅館，準備開啟加拿大《多倫多星報週刊》（*Toronto Star Weekly*）的外派記者生涯。這篇文章的標題非常清楚說明了為何1920年代在戰後的巴黎會形成一個美僑社群，並且吸引許多作家、藝術家、記者聚集：因為巴黎很便宜。當時歐洲經濟因為歐戰而崩潰，美元（包括加幣）相對於法郎而言變成強勢貨幣，因此美國人居住在那裡相對輕鬆。而且當時美國已經開始實施禁酒令，舉國陷入一種表面上很壓抑，但私底下仍然杯觥交錯的生活，黑社會大行其道，因此歐洲對於許多美國文人來講充滿吸引力。這篇文章其實是1922年2月4日刊登在《多倫多星報週刊》上的一篇報導，裡面記載了他與海德莉剛剛抵達巴黎時的生活細節，一方面讓人得以窺見當時美國人在巴黎的日常生活——1920年代中期住在巴黎的美國音樂家蓋西文（George Gershwin）或許也是這麼生活的！——另一方面則不禁令我們聯想到海明威回憶錄《流動的饗宴》裡面的種種：海明威曾在回憶錄裡面提到帶著襁褓中的大兒子去偷抓鴿子帶回家打牙祭，地點就在盧森堡花園（Luxemburg Gardens），而那個地方也出現在這篇報導裡。

（文：陳榮彬）

# 10

# 歐洲夜生活：一種疾病

厄尼斯特·海明威　著
鄭婉伶　譯

　　歐洲的夜生活不是幾間咖啡店而已，而是像一種存在已久的奇怪疾病，從戰爭期間便開始如火焰般蔓延，持續影響了一整代人。

　　巴黎的夜生活最有質感、最有趣；柏林的夜生活最骯髒、最瘋狂、最墮落；馬德里的夜生活最無趣；君士坦丁堡（曾）是最刺激的。

　　世界上所有大城市中，巴黎是最早入眠的，大約凌晨十二點半，最後一班環城公車發車，末班地鐵循著軌道呼嘯而過，歌劇院附近的街道上空無一人，如同執行宵禁一般。計程車往回家的路上開去，最後一班火車上擠滿要回家的巴黎人。

　　巴黎陷入一片死寂，早在幾個小時前，百葉窗便已拉上，住宅區已經進入夢鄉，只剩下夜貓子還在外頭逗留，他們都去哪裡了？

百葉窗緊閉的巴黎黑夜裡仍有三盞明燈。

其中一盞便是蒙帕納斯，這裡的拉丁區咖啡店在夜間會多開幾個小時，如果你不認識這些咖啡店裡的人，你會無聊到死。如果你認識他們的話，這裡可以是酒吧、八卦集散地，一個稀鬆平常的交際場所。

那些傳說中歡樂的巴黎夜生活在哪裡？那些不睡覺的年輕人都去哪了？那些晚上十點前不會出現的人呢？

他們可能都集中在克里雍飯店轉角附近，一個最嚴肅、最體面的非波希米亞區裡的一間小店。「屋頂上的牛肉」咖啡廳位於布瓦西丹格拉斯街上，尚‧考克多會在裡面喝酒跳舞，所有相信越夜越美麗的巴黎人都會聚集於此。到了十一點，這裡已經擠到無法跳舞，好似全世界的人都在這裡，坐在桌邊聽著爵士音樂談天、喝酒。

然而，法國的夜生活太過排外，對圈外人而言可能沒那麼有趣。夜生活是一種心態，你要不全盤接受，要不果斷拒絕，夜生活的概念完美體現在考克多的酒吧。

屋頂上的牛肉清晨兩點打烊，有時可能會早一點，對夜貓子而言，此時夜生活才正要開始，他們會乘著計程車沿著蒙帕納斯的斜坡向上爬。

蒙馬特是巴黎夜生活勝地，克利希廣場附近的觀光客斂財區，路上充斥著紅色大門及數以千計的燈泡。這裡的店家都有著做作的名字，聘請冒牌藝術家坐在桌邊，營造一種波希米亞氛圍，為的就是讓美洲人（不分南北）都掏出錢來買香檳。

在外行人眼中，香檳是夜生活的重要象徵，觀光客斂財區順著這種心態

推銷香檳，而且只賣香檳，觀光客要是不點香檳，就會被請出門外。一瓶香檳的價格六至八美元不等。喝醉的觀光客可以觀察四周的觀光客，以及那些穿得像來自格林威治村的冒牌藝術家。

順帶一提，香檳一詞在法國不能任意使用，法律明文規定只有蘭斯（Reims）附近香檳省出產的氣泡酒才能稱作香檳，其餘的冒牌香檳只能以氣泡酒、艾貝內或依照其產地命名，若謊稱為香檳販賣，酒商便會面臨鉅額罰款，真正的香檳酒商和政府的關係十分良好。

曾有一名十分愛國的記者聽聞，蒙馬特某間度假飯店將普通氣泡酒當作香檳銷售，他帶著一名證人去到那裡點了一杯香檳，結果卻送來一杯氣泡酒，杯裡的氣泡不斷往上竄，他以香檳的價格結帳後，服務生便離開了。

記者拿起酒杯嚐了一口便大叫道：「這是氣泡酒！服務生送來的是氣泡酒，但我點的是香檳，太過分了！現在不只是我生氣的問題而已，這是違法的事。馬上請老闆過來，不然我就報警了。」

據傳飯店老闆花了兩萬法郎才解決這件事。

自此之後，許多記者或時尚男子都紛紛效法，點杯香檳，希望也能遇上這樣的機會。但氣泡酒商也不是傻子，知道冒稱香檳不值得，錯將法國人誤認為觀光客騙錢的後果所費不貲。

蒙馬特有名的紅磨坊是一間巨大的舞廳，女店員、她們的男性友人和一些觀光客會在地板光滑的大型舞池裡跳舞，舞廳裡的光線穿過多色的濾光片，射出紅色、橘色或綠色的光芒，試圖營造出浪漫的氛圍。舞廳內的氣氛愉快自在，也是外國人在巴黎少數幾個能夠愉快地與法國人交流的地方。

清晨三點以前，真正的夜生活場所是不會開門的，現今最熱門的場所有兩間，其一是一間名叫高加索的時髦俄國店，另外一間是佛羅倫斯酒館，佛羅倫斯是一名黑人女性舞者，一路竄紅晉升成巴黎的時尚指標。

幾年前，我第一次見到她，她就是典型的黑人舞者，活潑、有趣、舞技精湛，你若沒看過佛羅倫斯跳的「人人會跳舞」，等於什麼都沒看過。

法國貴族開始找她上課，她在許多公主和伯爵夫人家跳舞。去年夏季尾聲的某天清晨兩點半，我們來到佛羅倫斯酒館，想吃點鹽漬牛肉佐水波蛋及燕麥蛋糕，整間酒館一片死寂，半個人都沒有，酒館的黑人服務生完全不想理我們，他們覺得我們該點香檳才對。

真正的夜生活行家應該被視為某個地方的資產，不該硬被要求點香檳。

「我們是佛羅倫斯的朋友。」我解釋道。

「啊，貴賓，請問您們需要什麼？啤酒嗎？您儘管開口。」

我們享用了美味的餐點，佛羅倫斯後來也來到店裡，已經換好衣服了，她已經習得英式口音及從容優雅的舉止。

「哈囉！」她說道，「沒錯！我現在已經不公開跳舞了，不過有空歡迎來找我們，很開心見到你們。」

但一點都不開心，又一個有趣的下半夜娛樂場所被繁榮毀掉了。

「佛羅倫斯不是黑人了，她已經受夠和客人解釋她母親是加拿大原住民，」一名服務生解釋道，「我現在也得學習說那樣的英語，我也要告訴別人我母親是來自新斯科舍省的原住民，是的，我們明年這個時候都會變成原住民。」

巴黎還有其他夜貓子流連的有名場所，例如：哲利酒館是新聞界人士經常光顧的地方，你也可以在柯馬丁街上時髦的舞廳，看見佩姬・喬伊斯等有名的封面女郎，以及隨著美國爵士音樂翩翩起舞的智利及阿根廷女郎。

柏林的夜生活與巴黎形成強烈的對比，柏林是個粗俗、醜陋、鬱悶又放蕩的城市，在戰後墮入了一種名為「死亡之舞」的狂歡，柏林的夜生活不吸引人也不歡愉，總體而言令人作嘔。

如果說香檳是巴黎下班生活的特效藥，那麼古柯鹼就在柏林扮演著相同的角色。巴黎警察幾乎不太理會古柯鹼毒販，但毒販在柏林卻能到處公開販毒，在某些咖啡店，古柯鹼甚至可以被服務生直接端上桌。

柏林是夜店的發源地，晚上在街上騎車或走路，可能會碰到衣衫不整的人衝向你，試著將你拉進夜店，一間間新開的高級夜店，就是柏林夜生活的全部。

幾乎每間位於柏林的夜店都十分噁心、沉重、無聊又絕望，那種強顏歡笑的程度如同慶祝法國國慶的巴黎，人們在城市手舞足蹈整整兩晚，街道都被封鎖起來，不讓計程車和公車進入。

如果有人質疑德國人戰敗的事實及對於這件事的認知，只要經歷過柏林的夜生活便能略知一二。

馬德里的夜生活又是另一回事了，馬德里的人們晚上幾乎不睡覺，但也不會特別從事什麼娛樂活動，就是整夜談天。

馬德里的市區在清晨兩點是最熱鬧的，咖啡店裡都是人，街頭上也擠得

水洩不通，馬德里的劇院晚上十點開演，日場要到晚上六點半才開演。

市中心有兩間舞廳，其中一間叫麥可辛，另外一間也在同一條街上，隔著兩三戶的距離，店名我忘記了，不過沒關係，因為兩家差不了多少。

到哪裡都要小心叫麥可辛的店，因為這些店都是模仿巴黎的氛圍，現在的巴黎是個高檔的地方，模仿不來的，全世界都有像這樣叫麥可辛的店。

即便是位於巴黎、原汁原味的麥可辛都是個有夠無聊的地方，一邊是擺滿桌椅的酒吧，另一邊則是舞池。店裡總是充斥著投機客、美國商人及少數幾個南美人，這裡的音樂震耳欲聾、消費高、燈光亮，非常適合想要染上頭痛的人。

相較於原版的麥可辛，所有冒牌的店規模都比較小。

我在馬德里詢問一名鬥牛士，哪裡能見識到這座城市裡真正快樂的夜生活，他以自己為例：「我嗎？我直接上床睡覺；」他靦腆地笑了一下，「我不喜歡聊天也不喜歡喝酒。我受過教育、會認字，所以睡前還會讀點東西。」

「你都讀些什麼？」我問道。

「鬥牛相關的新聞。」他回答道。

他是名認真工作的年輕人，一年大概能賺一萬五千美元，馬德里將近一半的女孩都迷戀他，但他卻不享受夜生活。


在穆達尼亞停戰協定前，君士坦丁堡可能是世界上最熱鬧的城市，凱末爾曾宣稱，他進城後會嚴加控管城市，大家也都相信他，但連他也做不到。

這裡的人白天也沒睡什麼覺，晚上更是不睡覺，高檔餐廳幾乎不會在晚

上十點前開店，劇院要到午夜才會開始營業。先知的追隨者會保持清醒，並在凱末爾抵達以前，確認君士坦丁堡巴伐利亞啤酒廠出品的酒，不會被偷倒到金角灣。

啤酒廠會試著滿足穆斯林的要求，這是一場激烈的競爭，到了傍晚，來自英國、美國、西班牙、義大利和法國船隊的船員上岸，搶著支援穆斯林與啤酒廠的競爭，戰況激烈，啤酒廠的人總會些微領先，儘管他們人數少，但他們的組織更好。

隨著夜幕落下，不同國籍的水手之間會在各種加拉塔啤酒店進行爭戰，這無疑拖慢了啤酒店的效率，萬一聽見槍響或亮出刀具，很可能又是一場混戰。

整個君士坦丁堡都陷入某種野性的狂熱之中，和柏林娛樂場所裡陰沉、醜陋的嘴臉完全不一樣。

這裡曾發生過一起有名的事件，一名中立國家（不是美國）的巡洋艦艦長，將船停泊在博斯普魯斯海峽，這件事差點釀成嚴重的國際衝突。

某天清晨三點，指揮官登上他的船，一副心不在焉的樣子，翻了個白眼。

「各就各位，準備行動。」他命令道。

指揮官在橋上來回踱步，整艘船上的人瞬間驚醒，進入戰備狀態般的忙碌，所有人迅速散開就戰備位置，槍枝架在舷側準備開火。

「準備對城市開火！」艦長在橋上對著對講機吼道，「正式宣戰！」

比較理智的人抓住他、把他拉下來，君士坦丁堡對他來說太過了。

據說船長能單喝杜契克酒，這種偶爾會使人瘋狂的酒，由來自土耳其的

原料製成，其基底是從美國進口的大桶穀物酒，這種酒通常不會單喝，一定要配點餅乾、起司和蘿蔔比較不傷胃。

從伊斯坦堡到佩拉區（今貝伊奧盧）頂端、橫跨金角灣的貧瘠平原，整個君士坦丁堡儼然是個不夜城，所有大新聞都發生在佩拉區的夜店。船長的新聞就是其中之一，從帕摩爾傳出的，一名剛回到穆達尼亞驅逐艦的年輕軍官，興奮地向一名假扮成服務生的俄羅斯公爵夫人洩漏簽署停戰協議的新聞。

這名軍官在簽署停戰協議時也在場，他偷偷地告訴公爵夫人這則消息，因為他得向別人分享，他太興奮了。公爵夫人深知這則新聞的價值，所以她將消息洩漏給一名美國記者，她對這名記者的喜歡遠超過那名軍官。

一個小時內，這名記者用自己的方式證實了這則新聞，並把消息傳往紐約，讓新聞能及時刊登在早報上。停戰協議的簽署到隔天早上十一點才正式公布，這時那些不認識公爵夫人的記者，紛紛收到來自紐約的電話，質問他們為什麼這則新聞被搶先獨家了。


義大利的夜生活有點奇怪，那裡的夜生活不全是消遣活動或跳舞，而是某些怪異、令人興奮的活動，讓他們在大多數人睡覺時能醒著。

義大利北邊最大的城市米蘭擁有大約八十萬人口，這座城市幾乎和多倫多一樣早睡。不及米蘭三分之一大的維羅納，到了清晨兩點半還很有活力。我記得我曾背著背包深夜徒步來到維羅納，想著所有店家大概都打烊了，沒想到這裡和晚上九點半的巴黎一樣熱鬧。

杜林也是一座令人愉悅的不夜城，但夜間的羅馬卻很無聊，在我看來，

任何時候的羅馬幾乎都很無趣，我絕對不想住在這裡。

馬賽也擁有歐洲最繽紛燦爛、有趣、最充實的夜生活之一。

塞維利亞也是一座不夜城，格拉納達也是。


夜生活是很有趣的東西，沒什麼道理可言，也不受任何規矩約束，想要追尋卻找不到，想要擺脫卻又離不開，就是一種歐洲的產物。


原文刊載於《多倫多星報週刊》，1923年12月15日。

## 導讀

　　這是 1923 年 12 月 15 日刊登在《多倫多星報週刊》上的另一篇報導。在這個月，美國記者威廉・伯德（William Bird）於巴黎開設的三山出版社（Three Mountains Press）出版了海明威的《在我們的時代：極短篇》，裡面有許多文字都是取材自他幫《多倫多星報週刊》寫的新聞報導。這個月他也向週刊辭職，雖然表示仍會留在歐洲，偶爾幫忙週刊寫寫稿子，但顯然他想要更專心地向全職作家的生涯邁進，才會做出此一決定。在這篇對歐洲各大城進行浮光掠影式描述的文章裡面，海明威一開始就比較了他眼中的那些城市：「巴黎的夜生活最有質感、最有趣，柏林的夜生活最骯髒、最瘋狂、最墮落，馬德里的夜生活最無趣，君士坦丁堡（曾）是最刺激的。」被派到巴黎當記者的好處是，因為地理位置剛好位於歐洲的中心，去哪裡都方便。海明威熟悉馬德里是因為他每年都到潘普洛納（Pamplona）去過聖費爾明節（San Fermin，奔牛節是其中一個活動），也喜歡看鬥牛，後來還寫了一本《午後之死》（Death in the Afternoon，1932 年出版）來解析鬥牛的技藝，並在書中闡述他關於寫作的「冰山理論」。君士坦丁堡則是他為了報導希土戰爭而去過。這篇文章在某種程度上反映出海明威年輕時在歐洲各地留下的足跡。

（文：陳榮彬）

# 11
# 爵士年代的回聲

史考特・費茲傑羅　著
劉霽　譯

1920 年出版的《塵世樂園》是接下來躁動十年的先聲。1922 年的《爵士年代的故事》則為那時代起了名。那年代已然逝去，在榮華富貴簇擁下一同攀過了巔峰。史考特・費茲傑羅身處其中，曾在多本書中描繪了當時的社會變遷，並在此為其寫下訃聞。

現在要為爵士年代客觀地寫些什麼都還言之過早，寫了恐怕都會被懷疑有早發性動脈硬化。很多人只要聽到相關代表詞彙仍不禁會劇烈作嘔──那些自此屈從地下世界用語而鮮活起來的詞彙。爵士年代已壽終正寢，如同黃色九〇年代在 1902 年入土一樣。然而現在作家已經要帶著懷舊之情來做回顧了。那年代讓他感到厭煩，感到受寵若驚，且讓他獲得的財富超乎想像，他不過就是和人們說說他跟大家有同感，大戰時期所積累起來未消耗的情緒能量必須好

好處置。

那十年時光，似乎不想老套地在床榻上嚥氣，於1929年十月轟轟烈烈地赴死，而起始點應是1919年的勞動節暴動。當員警在麥迪遜花園廣場騎馬衝撞那些正目瞪口呆看著演說的退伍鄉下男孩，這肯定會讓更聰明的年輕人對現行秩序避而遠之。要不是孟肯高聲疾呼，我們根本不會記得什麼權利法案，但我們確實知道如此暴行原本應該只會在那些動盪的南歐小國發生。如果膽大妄為的商人對政府有這種影響力，那我們還真可能是為了摩根大通的貸款而參戰的。但是，因為我們厭倦了崇高遠大的目標，所以也就只是爆發一陣短暫的義憤罷了，多斯・帕索斯的《三個士兵》便是代表。目前我們開始從國家分到了些好處，而只有在報紙將哈定總統與他的俄亥俄幫，或薩科和萬澤蒂搶劫兇殺案編成連續劇時，我們的理想主義才會復燃。1919年的事件沒有讓我們起而革命，而是變得憤世嫉俗，儘管實際上我們全都只是在行李箱不斷翻找，想不通到底把自由帽和俄式罩衫忘在哪裡了——「我明明有帶！」對政治沒有絲毫興趣是爵士年代的特點。

\* \* \* \* \*

那是一個奇蹟的年代，一個藝術的年代，一個過度的年代，一個諷刺的年代。一個自命不凡、面對敲詐勒索卻像隻蟲子侷促不安的傢伙，坐在美國的大位上；而英國的王位上卻是一名衝勁十足的時髦年輕人。全世界的女孩都為這年輕英國男子痴狂；而美國的那位老頭子卻在睡夢中呻吟，等著被老

婆下毒，下毒是女版妖僧拉斯普丁的建議，之後我們許多國家事務的最終決定都要仰賴她。但除此之外，最終我們還是如願以償。隨著美國人在倫敦以籮計大量訂製西裝，龐德街的裁縫們不得不同意調整剪裁，以符合美國人的高腰身形和衣著寬鬆的偏好，有些微妙的東西就這麼風水輪流轉輪到美國了，那就是男士時尚風格。文藝復興時期，法蘭索瓦一世要到佛羅倫斯修剪褲腿。十七世紀的英格蘭模仿法國宮廷風格，而五十年前德國禁衛軍軍官要跑到倫敦買便服。紳士的衣著──象徵著一種「男性必須擁有，同時會不斷在種族之間傳遞的權力」。

我們是最強大的國家。還有誰能來告訴我們什麼是時尚，什麼是有趣？隔絕於歐洲大戰之外，我們開始梳理不為人知的南部和西部民俗與消遣，還有更多東西等著被發掘。

首次向社會揭露的新風俗就引起了不成比例的喧然大波。遠在1915年，小城市裡無人監護的年輕人就已發現車輛可以提供十六歲小伙子移動隱私，讓他可以「獨立自主」。起初，即便在如此有利的情況下，愛撫仍是孤注一擲的大冒險，但現在信心已不可同日而語，舊的誡命也已打破。早在1917年的《耶魯紀錄》雜誌或《普林斯頓老虎報》上都曾提到過這種甜蜜而輕鬆的調情。

但更大膽的愛撫行為僅限於較富裕的階層──其他年輕人間仍遵循舊標準直到大戰後，一個親吻就意味著準備求婚，年輕軍官在陌生城市有時就會為此驚愕不已。要到1920年舊風俗才終於落幕──爵士年代綻放盛開。

共和國那些較古板的公民還沒喘過氣來，自古以來最狂野的世代，在戰爭混亂時期還處於青春期的一代，就粗暴地將我同輩人擠到一旁，跳進了聚

光燈下。這世代的女孩戲劇化地化身為飛來波女郎，這世代腐化了其長輩，同時最終弄巧成拙，並非因為缺乏道德，而是因為缺乏品味。真希望有人能將1922年化為一個展覽！那是年輕一代的顛峰，之後儘管爵士年代還在持續，卻變得越來越不屬於年輕人了。

接續就像是一場被長輩接管的兒童派對，讓孩子們感到困惑、冷落、不知所措。到1923年，長輩們厭倦了帶著難以掩飾的妒意旁觀狂歡，同時發現新鮮的酒精可以取代年輕鮮血，於是高聲一呼下狂歡開始了。年輕一代不再是耀眼主角。

整個民族走向享樂主義，決定快樂第一。無論有沒有禁止，年輕一代早熟的親密關係都會發生——試圖將英國習俗挪移遷就美國情況本就隱含著這種可能性。（比如說，我們的南方是熱帶地區，凡事早熟——而讓十六七歲的年輕女孩在無人監護下外出，在法國和西班牙都根本是無法想像的事。）但從1921年雞尾酒派對開始，快樂至上的群體意識，則有更為複雜的起源。

\* \* \* \* \*

「爵士」這個詞在邁向體面的過程中，一開始先是意味著性，接著是舞蹈，然後是音樂。它與神經興奮的狀態相關聯，與戰線後方大城市的情況不無相似之處。對許多英國人來說，戰爭仍在持續進行，因為所有威脅他們的力量依舊鮮活——所以吃喝玩樂，畢竟我們明天就會死去。但不同的原因如今在美

國帶來了相應的狀態——儘管有一整個階層（例如五十歲以上的人）花了整整十年否認其存在，即便它那張頑皮的面孔一直緊盯著家族中人。他們做夢也不會想到自己竟也成為了其中的推手。每個階層的誠實公民都信奉嚴格的公共道德，並且有足夠的權力執行必要的立法，卻都不知道他們必然會受到罪犯和郎中的伺候，直到今天都還不相信。富有的正義總是能夠收買誠實和聰明的僕人來解放奴隸或古巴人，所以當這種嘗試失敗，我們的長輩像涉入證據薄弱案子的當事人般冥頑不靈，寧可失去孩子也要維護他們的正義。有著漂亮老面孔，一輩子從未蓄意不誠實的銀髮女士和男士，仍然在紐約、波士頓和華盛頓的公寓酒店中相互保證：「有一整代人長大後將不會知道酒的味道。」與此同時，他們的孫女正在寄宿學校裡傳閱已翻得破舊的《查泰萊夫人的情人》，而且如果能出外走動的話，十六歲就很清楚琴酒或玉米酒的味道了。但在1875至1895年間成年的那一代人只會繼續相信他們想相信的。

　　就連中間的幾代人也不相信。1920年，海伍德・布勞恩宣稱這些甚囂塵上的傳聞都是無稽之談，年輕人不接吻，只會談心。但沒多久，二十五歲以上的人就要接受震撼教育了。讓我以十年來為各種心態寫的一打作品為例，追溯降臨到他們身上的一些啟示。我們從暗示唐璜一生充滿樂趣的作品開始（《尤爾根》，1919年）；然後得知周遭充滿了性，只是我們沒發現（《小城畸人》，1920年）；青少年生活其實多情風流（《塵世樂園》，1920年）；有很多盎格魯撒克遜語詞彙被隱藏了（《尤利西斯》，1921年）；年長者並不必然抗拒突如其來的誘惑（《賽希莉亞》，1922年）；女孩有時接受誘惑卻也沒有被毀掉（《慾火青春》，1922年）；甚至連強姦都有好結果（《沙漠情酋》，

1922年）；迷人的英國淑女也常濫交（《綠帽》，1924年）；事實上她們大多數時間都耗費在此事上（《漩渦》，1926年）；而且這事還真該死的美妙（《查泰萊夫人的情人》，1928年）；最後，還有各種變態的模式存在（《寂寞之井》，1928年，以及《所多瑪和蛾摩拉》，1929年）。

在我看來，這些作品中的情色元素，就算是以《比得兔》般孩童語調寫的《沙漠情酋》為關鍵字，都沒有任何一丁點危害。他們所描述的一切，甚至沒描述的，在我們的當代生活中都很熟悉。大多數的論點都誠實坦率——效果是能讓男性重拾一些尊嚴，稍稍抵抗對美國男子漢形象的追求。（「什麼又是『男子漢』？」葛楚·史坦有天問，「過去一個『男人』所要符合的各種面向的要求難道還不夠？又來個『男子漢』！」）已婚婦女現在可以發現自己是被欺騙了，還是性只是一樁需要忍受的事，而她可以藉由建立精神上的暴政來獲得補償，如同她的母親曾暗示的那樣？或許很多女性會發現愛情本就該是有趣好玩的。無論如何，反對者輸掉了他們俗氣的小控訴，這也是為什麼我們的文學現在是全世界最有活力的原因之一。

與普遍流行的觀點相反，爵士年代的電影對當時的道德觀沒什麼影響。製片人的社會態度都是膽小、落後和庸俗的——好比說在1923年之前，一部稍微反映年輕世代的電影都沒有，而雜誌早已開始讚頌他們，他們也早已不再是新聞了。他們在電影中只有過幾聲微弱的聲響，然後是克拉拉·鮑飾演的《慾火青春》，接著好萊塢的三流寫手們隨即將這類題材掃進了電影墳墓。整個爵士年代，電影都沒有走得比吉格斯太太遠，緊抓著那肆無忌憚的膚淺不放。這無疑是因為審查制度以及行業先天條件所致。無論如何，爵士年代現在

靠著自己的力量往前奔馳，沿途有盛滿金錢的大型加油站提供服務。

　　三十歲以上，一直到五十歲的人，都加入了舞會。我們這些老頭子（踩在前輩專欄作家法蘭克林・亞當斯頭上）還記得1912年四十位祖母扔掉拐杖，學習探戈與卡斯托慢舞時，所引起的譁然。而十多年後，一名女子動身前往歐洲或紐約時，打包行李中可能還夾帶了一本《綠帽》，但薩佛納羅拉修士忙於在他自己創造的骯髒馬廄中鞭打死馬而沒注意到。整個社會，即便是在小城鎮，現在都分在兩個不同的房間用餐，清醒的那桌只能從口耳相傳中得知歡樂桌的情形。而清醒桌剩下的人已經不多了。那邊曾經的榮光，那些較少異性追逐的女孩們，原已認命接受可能一輩子獨身，並致力昇華，卻在尋求智性上的補償時遇到了佛洛伊德與榮格，又流著淚回到了戰場。


　　到了1926年，對性的普遍關注已變得惹人厭煩。（我記得有個擁有完美伴侶、心滿意足的年輕母親問我妻子對「立即來場外遇」的看法，即便她心目中根本沒有特定對象，「因為你不覺得超過三十歲，沒有婚外情有點不體面嗎？」）有段時間，隱含陽具崇拜意味的非法黑人唱片讓一切事物都充滿性暗示，同時一股情色劇的浪潮襲來——來自精修學校的年輕女孩擠滿了劇院樓座，要聽女同性戀的愛情故事及劇評喬治・尚・內森的抗議。然後有個年輕製片完全昏了頭，喝下一個美女的酒精洗澡水，進了監獄。不知何故，他追求浪漫的可悲舉動屬於爵士年代，而他在獄中的同輩，殺夫兇手露絲・史奈德卻必須被小報公開處刑——正如《每日新聞》向美食家流著口水暗示：她就要在電椅上「煎煮炒炸一番了！」

享樂的那塊社會又分成兩條主流，一條流向棕櫚灘和多維爾，較小的另一條則流向夏日的蔚藍海岸。在夏日的蔚藍海岸人可以更擺脫俗世，不管發生什麼事似乎都跟藝術有關。1926到1929年是昂蒂布海角的黃金歲月，法國這個角落被一個與歐洲人主導的美國社會截然不同的群體所統治。昂蒂布簡直無奇不有——到了1929年，地中海最美麗的游泳天堂卻幾乎沒人游泳了，只有一些為消解宿醉的人中午會去泡泡水。海岸邊陡峭岩石堆疊如畫，某人的男僕或偶爾現身的英國女孩會從那上面跳水，但美國人在酒吧裡聊聊天就滿足了。這反映了國內正發生的一些變化——美國人變得越來越軟弱。跡象四處可見：我們仍在奧運比賽獲勝，但冠軍選手的名字少有母音——隊伍組成多以海外新血為主，就像聖母大學愛爾蘭戰士足球隊。一旦法國人開始對台維斯盃真正感興趣，比賽的強度肯定會自然提升。中西部城市的空地現在都蓋起了房子——除了短暫的在學時期，我們終究沒有變成像英國人那樣的運動民族。兔子比烏龜。當然，如果願意我們立刻就能做到；我們仍保有先祖的生命力，但1926年某一天，我們低頭發現鬆弛的手臂和肥胖的鍋肚，面對西西里人也無法出言不遜。看看足球員范比伯的身材！合不合烏托邦的理想，天曉得。就連曾被認為陰柔的高爾夫，最近也顯得非常費力——以一種閹割的形式出現，且證明恰到好處。

　　到了1927年，一種廣為流行的精神官能症隨填字遊戲的流行開始浮現，隱隱約約的信號就像腳的神經抽動一般。我記得一位旅居國外的同胞打開我們共同朋友的一封信，信上敦促他返國，讓堅忍不拔且振奮人心的故土助他重燃

生機。那是封措辭強烈的信，深刻打動了我們倆，直到我們發現信是從賓夕法尼亞州的一家精神療養院寄來的。

到了這時候，我的同輩開始消失在暴力的黑暗深淵中。一個同學在長島殺了妻子後自殺；另一名同學「意外失足」從費城的摩天大樓跌落，另一名則蓄意跳下紐約的摩天大樓；一人在地下酒吧被殺害；另一個則在紐約的地下酒吧遭毆打致死，還爬回普林斯頓俱樂部才斷氣；還有人在監禁的精神病院裡被瘋子用斧頭敲碎了頭骨。這些不是我特意去找出來的災難——這些都是我的朋友；更有甚者，這些事不是發生在大蕭條，而是發生在景氣繁榮時期。

1927年的春天，天空中閃過一個明亮而陌生的事物。一個與他那一代似乎沒有瓜葛的明尼蘇達年輕人，做了件英勇的事情，鄉村俱樂部和地下酒吧的人們一時間擱下了酒杯，回想起他們過去最美好的夢想。也許飛翔可以帶我們找到出路，也許我們躁動的血液可以在無邊無際的天空找到邊疆。但那時候我們都已經相當醉了；爵士年代還在繼續，我們都還要再來一杯。

儘管如此，美國人流浪的範圍還是越來越廣——朋友們似乎總是在前往俄羅斯、波斯、阿比西尼亞和中非的路上。到了1928年，巴黎已變得令人窒息。隨著一船船新的美國人鬧哄哄湧入，素質不免下降，到了最後，瘋狂滿載的乘客透露著些許不祥。他們不再是單純的父母子女，良善與好奇的特質遠優於歐洲的相應階級，而是奇妙的尼安德塔人，相信一些模糊難辨、只記得曾在廉價小說上看過的東西。我記得一個穿著美國後備役軍官制服在輪船甲板上漫步的義大利人，後來在酒吧用彆腳的英語跟批評自己國家的美國人爭吵。我

記得一個全身鑲嵌著鑽石的猶太胖女人，看俄羅斯芭蕾舞劇時就坐我們後面，布幕升起時她說：「泰德真率，因該為他花張笑像的。」這根本是低俗喜劇，但顯然金錢與權力落入了某些人手中，與這些人一比，蘇維埃農村的領導人都充滿了文化與判斷力。1928和1929年，有些進行著奢華旅行的公民，在新環境的扭曲下，懷抱的人文價值就跟北平雙殼貝、傻瓜、山羊沒兩樣。我記得有個紐約地區的法官帶女兒去看貝葉掛毯，並在報紙上大肆宣揚種族隔離，因為掛毯上有個場景是不道德的。但那時候的生活就像《愛麗絲夢遊仙境》裡的賽跑，人人都有獎。

爵士年代擁有狂野的青年及任性的中年時期。有個階段是摟摟抱抱的派對、李奧波德與勒伯凶殺案（我還記得妻子被誤認為「鮑伯頭大盜」而在昆斯博羅橋被逮捕），以及約翰·霍爾德的流行服飾。在第二個階段，諸如性和謀殺之類的現象變得更加成熟，同時也更加傳統。中年必須有人伺候，睡衣也開始出現在海灘上，讓肥胖的大腿與鬆弛的小腿免於與一件式泳裝鬥爭。最終，裙子變長了，一切都被遮掩住。所有人都回到起跑線上。預備，起跑——

不過事情並非如此。有人鑄下大錯，史上最昂貴的狂歡就此告終。

一切結束於兩年前，因為作為核心支柱的完全自信受到了強烈撼動，沒多久薄弱的結構就坍塌夷平了。過了兩年，爵士年代似乎就跟戰前的日子一樣遙遠。無論如何，那畢竟是借來的時間——占整個國家十分之一的上層階級都活得像無憂無慮的大公爵和漫不經心的合唱團女孩。現在要做道德批判很

容易，但在那個無疑慮無憂愁的年代度過二十多歲是很愉快的。就算破產了，你都不愁錢，因為周遭滿地都是錢。到最後甚至連要付自己該付的都要花點力氣，接受各種旅行款待幾乎成了施恩。魅力遠播、惡名昭彰，或僅僅是有禮貌，都是比金錢更有分量的社會資本。這相當美好，但隨著恆久而必要的人類價值不斷在擴張中散播，其影響力也越來越淡薄。作家因為一本不錯的書或戲劇就被視為天才，正如同戰時四個月經驗的軍官就可以號令數百人，所以現在也是有許多小魚在大碗裡作威作福。在劇場界，大型製作是由幾個二流明星在擔綱，這情況可以一直往上類比到政治界，所以最緊要、責任最重的職位很難吸引到有趣的好人，那些職位的重要性和責任遠超過商業主管，年薪卻只有五六千元。

現在，手頭再次緊了，我們回首過往浪擲的青春時不免召喚出適當的恐懼表情。不過有時候，鼓聲間有個若隱若現的隆隆聲，長號間有個氣喘似的低鳴，會將我擺盪回二〇年代早期，那時我們喝著甲醇，各方面都一天比一天更美好，然後裙子首次縮短失敗，女孩們全都穿著毛線洋裝看上去一個樣，你沒打算認識的人唱著〈對，我們沒有香蕉〉，而看似不用幾年老一輩就會讓位，將世界交給那些看得見事物本質的人掌管——對當時年輕的我們來說，一切都顯得美好而浪漫，因為我們將再也不會對自身周遭有如此強烈的感受了。

原文刊載於《史氏出版社雜誌》90 期，1931 年 11 月。

## 導讀

　　「爵士年代」一詞最早出現在費茲傑羅的第二本短篇小說集《爵士年代的故事》（*Tales of the Jazz Age*, 1922），裡面收錄了描寫社會動盪概況的〈五月天〉（"May Day"），還有奇幻故事〈大如麗池的鑽石〉（"The Diamond as Big as the Ritz"）、〈班傑明巴頓的奇幻旅程〉，整本選集呈現出一種熱熱鬧鬧的戲謔氛圍，這或許就是費茲傑羅眼中的 1920 年代——也就是所謂的「爵士年代」。到了 1931 年，美國股市已經崩潰，經濟大蕭條時期來臨，費茲傑羅以回顧的姿態寫了一篇〈爵士年代的回聲〉，於該年 11 月刊登在《史氏出版社雜誌》第九十期，彷彿是幫「爵士年代」寫了一篇訃聞，如他所說：「那十年時光，似乎不想老套地在床榻上嚥氣，於 1929 年 10 月轟轟烈烈地赴死。」至於「爵士年代」的時代精神到底是什麼？費茲傑羅用非常精妙的一句話來概括：「那是一個奇蹟的年代，一個藝術的年代，一個過度的年代，一個諷刺的年代。」費茲傑羅從第一本小說《塵世樂園》（*This Side of Paradise*）於 1920 年出版開始就成為暢銷作家與社會名流，一舉一動都受到媒體矚目，像他這樣來自中西部的窮小子竟能有如此際遇，活脫脫是「美國夢」這個奇蹟的實現，但「爵士年代」的結束彷彿也是費茲傑羅的夢醒時分。這篇作品是費茲傑羅的散文代表作之一，常常被收錄在各種選集裡。**（文：陳榮彬）**

# 12
# 我失落的城市

史考特·費茲傑羅　著
劉霽　譯

　　首先是黎明時分渡船從澤西海岸緩緩駛出——那一刻凝結了我對紐約的第一個意象。五年後，十五歲的我放學就進城去看《貴格會女孩》的艾娜·克萊兒，和《藍色小男孩》的葛楚·布萊恩。迷惘於對她們兩人無望而憂鬱的愛，我無法做出割捨——於是她們融合為美好的一體，女孩子。女孩便是紐約的第二個象徵。渡輪代表著功成名就，女孩則代表著浪漫愛情。終有一天，兩者我多少都要擁有，但我在某處還遺失了第三個意象，而且再也找不回來。

　　又過了五年多，我才在四月一個昏黑的午後找到。

　　「唷，邦尼，」我大喊，「邦尼！」

　　他沒聽見我的聲音——我的計程車追丟他，開過半個街區才再次瞧見人。人行道上有黑色雨點，我看他輕快地步行穿過人群，棕色服飾外套著一件黃褐色雨衣；我驚訝地發現他手裡還拿著一根輕便的手杖。

「邦尼！」我又喊了一次，隨即住口。我還在普林斯頓大學念書時，他已經是紐約客了。這是他的午後散步，拿著手杖匆匆穿過越來越大的雨勢，而我既沒打算跟他好好聊上一小時，那麼貿然現身似乎會打擾到專注在私人生活的他。不過計程車亦步亦趨跟著他，一路看著，我卻留下深刻印象：他已不再是霍德堂那個靦腆的學子了──他步伐自信，沉浸在自己的思緒中，目光直視，顯然他在新背景中怡然自得。我知道他跟另外三名男士同住一間公寓，現在擺脫了所有大學時期的禁忌，但此外還有其他事物在滋養著他，而我頭一次意會到那新事物──大都會精神。

在此之前，我只見過紐約主動示人的那一面──我就是鄉下來的狄克・惠廷頓，目瞪口呆看著訓練有素的熊，或是被巴黎的林蔭大道弄得眼花撩亂的法國南部青年。我來紐約只是為了看表演，而伍爾沃斯大樓和羅馬戰車燈飾廣告的設計師、音樂喜劇和問題劇的製作人，也找不到更好的知音了，因為我甚至比紐約這城市自身還要推崇其風格與光采。但我從沒接受過任何出現在大學郵件中、來路不明的交際舞會邀請，或許是因為我覺得沒有任何現實情景能符合我心目中紐約的光鮮亮麗。此外，我傻傻地以「女友」稱之的女孩是個中西部人，這讓全世界的溫暖集中在了那裡，所以我認定紐約本質上是刻薄又無情的──除了有一晚她短暫經過停留，使得麗池酒店的屋頂熠熠生輝。

然而不久前，我失去了她，於是一心投身男性的世界，而見到邦尼讓我發現了紐約的真實面貌。一星期前，費伊大人帶我去拉法葉街，精美的各色食物在面前一字排開，稱作開胃小點，我們邊吃邊配紅酒喝，就像邦尼拿著自信的手杖般無所畏懼──但那畢竟只是間餐廳，飯後我們就會開車過橋回到偏

鄉。大學生放蕩玩樂，擁有布斯塔諾比、尚利和傑克餐館的紐約，已經變得令人厭惡，而我雖然回來，唉，穿過重重酒精迷霧，每一次都覺得背叛了一直堅守的理想主義。我在城裡有些風流韻事，但稱不上傷風敗俗，而那些日子幾乎沒有留下任何美好的記憶；就如同厄尼斯特・海明威曾說的，夜總會唯一的功能是讓單身男人找到殷勤的女人，其他人就只是在糟糕的空氣裡浪費時間。

但在邦尼公寓的那晚，人生愉快安穩，是我在普林斯頓所愛的一切更加精煉的版本。雙簧管輕柔的樂音與街道的喧囂交織，艱難地穿過書本的層層屏障透進屋內；唯一的不諧和音是某個仁兄撕開邀請函的清脆聲響。我找到了紐約的第三個象徵，並開始好奇這樣的公寓租金多少，盤算著哪些朋友適合與我合租。

異想天開——接下來兩年，我對自身命運的掌控，就跟一個囚犯對身上衣服剪裁所能掌控的程度差不多。我1919年回到紐約那時候，生活如此侷促，在華盛頓廣場過上一段輕鬆的修道生活是做夢也不敢想的。當務之急是在廣告業賺到錢，好租得起布朗克斯區悶熱的雙人公寓。提過的那女孩從沒見過紐約，但她聰明地知道該趨吉避凶。於是在焦慮不樂的陰霾中，我度過了人生中最易感的四個月。

紐約擁有世界誕生之初的所有燦爛光彩。還鄉的部隊沿著第五大道遊行，女孩們本能地追隨著他們往東往北——我們終於成為公認最強大的國家，空氣中洋溢著歡慶的氣氛。當我週六午後如幽魂般徘徊在廣場酒店的紅廳，或者走進東六十街酒氣氤氳的花園派對，亦或在比特摩爾酒吧與普林斯頓人共飲時，我另一面的生活總是揮之不去——我在布朗克斯的沉悶房間、在地鐵

上的一方立足之地、每日殷殷期盼的阿拉巴馬州來信（會有信嗎？信上會說些什麼？）、我破舊的西裝、我的貧窮、我的愛。當我周遭朋友們開始過上有模有樣的生活，我才剛費力將破帆船駛進了水路。富家子們在二十俱樂部簇擁著年輕女星康斯坦絲·本內特，同學們在耶魯—普林斯頓大學俱樂部中為首次戰後重聚歡呼，我時不時造訪的百萬富豪宅邸其中氛圍——雖然我承認這些是教人嚮往的風景，也對自己投身另一種浪漫追求不無後悔，但這些事物對我來說盡皆虛無。從最熱鬧的午餐會到最沉醉的夜總會——全都一樣，一離開我迫不及待要回到克萊蒙特大道的家——說是家只因為或許會有封信正躺在門外等待。我的紐約大夢一個接一個受到玷汙。記憶中邦尼公寓的那股魔力，也在我與格林威治村一個邋遢的女房東面談後，隨著其他事物一同消散。她跟我說可以帶女孩回屋，這讓人驚愕不安（為什麼我會想帶女孩子回屋呢？），我有女友了呀。我沿著一二七街遊蕩過城，對其蓬勃的生機感到厭惡；不然便是在格雷藥局買張便宜戲票，試著沉浸在舊日對百老匯的熱情中，忘我幾小時。我是個失敗者——在廣告業表現平庸，作家生涯也遲遲無法起步。心懷對這城市的恨意，我咆哮哭泣花光最後一分錢買醉，然後回家……

……難以預料的城市。隨之而來的只是那俗麗日子中上千個成功故事的其中之一，但卻是屬於我的紐約電影裡的關鍵轉折。當我六個月後重返，編輯與出版社的辦公室大門對我敞開了，劇場經理跟我乞求劇本，電影界渴望我提供可搬上大螢幕的素材。暈頭轉向之際，我被接納了，不是作為一個中西部人，甚至不是一個超然的旁觀者，而是作為一個紐約期望的典範。這說法需要對1920年的這座大都會做些進一步的描述。

當時已經是如同今天般高聳的白色城市，已經有了繁華下的狂熱活動，但普遍地不擅辭令。專欄作家法蘭克林·亞當斯跟所有人一樣，捕捉到個別群眾的脈動，但卻羞怯地像是隔著窗戶在窺看。社交界與本土藝術尚未有交集——作家艾琳·麥凱和作曲家歐文·柏林還沒結婚。漫畫家彼得·阿諾筆下的諸多角色對1920年的公民來說還毫無意義，而除了法蘭克林·亞當斯的專欄外，關於大都會風尚潮流的論壇空間付之闕如。

然後，須臾之間，「年輕世代」這概念成了諸多紐約生活元素的融合體。五十歲的人會裝作紳士名流還存在，或者作家麥斯威爾·波登海姆會裝作還有個值得描繪的波希米亞世界——但明亮、歡快、生氣勃勃等元素那時開始揉合，並且首次出現了比名媛艾蜜莉·普斯特的實心桃花木桌晚宴還要充滿活力的社交圈。這個交際圈催生了雞尾酒派對，也提升了公園大道的機智風趣，同時頭一次有受過教育的歐洲人能夠想像來紐約一遊，應該會比參加制式化的澳洲叢林淘金有趣得多。

轉眼之間，還來不及證明自己無法勝任這角色，我這個不比任一名派駐六個月的記者了解紐約，不比任何在麗池酒店男士聚會服務的侍者了解社交圈的傢伙，不僅被推上了時代代言人的位置，還成了當代的典型產物。我，或者現在該說是「我們」，並不清楚紐約對我們有何期待，只覺得相當困惑。踏上大都會的冒險幾個月後，我們再也弄不清楚自己是誰了，對自己是什麼也沒有概念。往公共噴泉一跳，隨意碰觸一下法律界線，就足以讓我們登上八卦專欄，同時說過的話被引用在各式各樣我們一無所知的主題上。實際上，我們的「聯絡人」包括六個未婚的大學友人和幾個文學界的新識——我還記

得曾經寂寞的聖誕節，我們在城裡半個朋友也沒有，也沒有能去拜訪的屋宅。找不到可以依附的核心，我們自成小核心團體，並漸漸地將自身顛覆性的性格融入了紐約當代風景中。或者該說是紐約遺忘了我們，任我們居留。

這篇文章不是要描述紐約的變遷，而是要寫下筆者對這座城市情感的變化。從陷入困惑的1920年開始，我記得炎熱的週日夜晚坐在計程車頂上，沿空蕩蕩的第五大道兜風；在麗池酒店涼爽的日式庭園中，與悶悶不樂的女演員凱羅·芮兒及劇評家喬治·尚·內森共進午餐；一次又一次徹夜寫作；付了太多錢在小公寓租金上；還買了幾輛中看不中用的車。首波地下酒吧興起，學步舞過時了，蒙馬特成了最時髦的舞廳，女明星莉莉安·塔什曼甩著一頭金髮，穿梭在酒醉的大學男孩間。當紅的戲是《淑女失格》和《神聖與世俗之愛》，在歌舞表演《午夜嬉戲》的現場，你可以與女明星瑪麗恩·戴維斯手挽手跳舞，或許還能認出小馬歌舞團中熱情奔放的瑪莉·海。我們以為自外於這一切，也或許每個人都認為自己與所處的環境有些隔閡。我們感覺像是小孩子，走進了一個巨大明亮未曾探索過的穀倉。我們被召喚到格里菲斯位在長島的工作室，在《國家的誕生》的大導演面前簌簌發抖。後來我意識到，在這座城市源源不絕輸出給全國的娛樂背後，也只是一大群迷惘與寂寞的人。電影演員的世界跟我們的很像，身在其中，卻並不歸屬。那世界沒有自我意識，也沒有中心：我頭一次見到朵洛西·吉許時，感覺我們像是同站在正下著雪的北極。他們往後會找到一個家，但註定不會是紐約。

無聊的時候，我們會以法國作家於斯曼式的病態目光看待我們的城市。午後獨自在「公寓」吃橄欖三明治，喝作家柔伊·阿金斯送的布什米爾威士

忌，然後出門走進這座剛受魔力籠罩的城市，穿過陌生的門進入陌生的公寓，時不時搭上計程車大搖大擺橫越柔和的夜。最後我們與紐約合而為一，拽著它穿梭每道出入口。即便是現在，我走進許多公寓時還是會有種曾經來過，或去過上下層同一戶的感覺——是我在醜聞夜總會企圖當眾脫衣的那晚嗎？還是（我隔天早上在報紙上驚愕地讀到）「費茲傑羅將警察揍進塵世樂園」的那晚？打贏架不在我的成就之列，我試圖還原導致在韋伯斯特音樂廳落得這下場之前的一連串事件經過，但徒勞無功。最後，我想起那段時期的某天下午，搭計程車穿行在兩旁高聳的大廈間，映著淺紫與玫瑰色的天空，我痛哭起來，因為如今我擁有了想要的一切，而且心知此後我再也不會如此快樂了。

在紐約我們不安穩的處境稀鬆平常，但孩子準備出世時，我們還是打安全牌，回到家鄉聖保羅——把一個嬰孩帶進如此滿是魅惑與孤寂的環境中似乎不妥。但一年後我們又回來了，並重覆起同樣的生活，而且並不怎麼喜歡。我們歷經許多風霜，儘管因為偏好被觀察而非扮演旁觀者，我們從而保存了一種近乎戲劇性的純真。不過純真本身並非目的，隨著心智不由自主地成熟，我們開始看見紐約的全貌，並試圖為無可避免終將改變的自己保留下其中的一部分。

為時已晚——或者變化太快。對我們來說，這城市不免跟或溫和或荒誕的酒神娛樂連繫在一起。我們只有回到長島才能振作，而我們不是天天回去。我們並不打算跟這座城市妥協。我的第一個紐約意象現在已成回憶，因為我知道成功不假外求；第二個意象則變得司空見慣——1913年我在遠處崇拜的兩位女明星都來過我們家用餐。但這讓我內心充滿了某種恐懼，害怕連第三個意

象都已變得黯淡——邦尼公寓的寧靜在這個不斷加速的城市中將再也找不到了。邦尼本人結了婚，即將成為父親，其他朋友們去了歐洲，單身漢則前往比我們家更大更人來人往的豪宅見習。到了這時候，說我們「認識所有人」，其實也就是指漫畫家拉夫爾‧巴頓會在首演之夜畫成管絃樂團團員的那幾位。

不過我們已無足輕重。我頭幾本書的暢銷是基於飛來波女郎的活躍，但1923年她們已顯得過氣——至少在東岸是如此。我決定要寫齣轟動百老匯的戲，但百老匯派了探子到大西洋城，提前讓我打消了這個念頭，於是我感覺，目前而言，這座城市和我能相互給予的東西不多了。我會帶著呼吸慣了的長島氣息，到陌生的天空下將其具象化。


再次見到紐約已是三年後。當船逆流而上，暮色中城市雷鳴般轟然現身在我們眼前——砲臺公園邊的白色冰川像根橋纜似的垂落而下，橋身直入「上城區」，一幅泡沫流光與星光相輝映下的奇蹟景致。甲板上樂隊開始演奏，但城市的壯麗讓進行曲變成微不足道的叮噹作響。從那一刻起我明白，不管我有多常離開，紐約就是家。

城市的節奏發生了劇烈變化。1920年的不確定性淹沒在持續的金色喧囂中，我們的許多朋友都發了財。可是紐約的躁動在1927年瀕臨歇斯底里。派對規模更盛大——好比說康泰納仕雜誌出版集團的那些派對，某方面可與上世紀九〇年代傳說中的舞會媲美；步調更快——鋪張浪費的飲食為巴黎樹立了榜樣；表演的場面更加浩大、建築更加高聳、道德更加鬆動、酒精更加便宜；但這種種好處並沒有真正帶來多少快樂。年輕人早早筋疲力盡——二十一歲就

全身僵硬、無精打采，除了彼得・阿諾外，沒有人貢獻出什麼新東西；也許彼得・阿諾與其合作者道盡了爵士樂隊所無法描述的紐約繁華歲月。許多不是天生嗜酒的人七天裡有四天醉倒，焦慮的神經無處不在；普遍的神經緊張催生一個個小團體聚集，宿醉成了見怪不怪的日常，就像西班牙的午睡習慣。我大多數的朋友都喝得太多——他們與這個時代越契合，就喝得越多。因此那些日子在紐約，勤奮努力本身在慷慨大方面前顯得毫不體面，於是人們為它找到了一個貶義詞：一個成功的事業成了一樁「勾當」——我從事的正是「文學勾當」。

我們搬到離紐約幾小時車程的地方，而我發現每回進城都會扯進一連串複雜的事件中，讓我幾天後在回德拉瓦州的火車上感覺疲憊不堪。整個城市各區域都變得敗壞，不過在漆黑中乘車往南穿越中央公園，迎向五十九街上透過樹林投射而來的燈火，總是能讓我找到片刻全然的寧靜。我失落的城市回來了，冷冷的包裹在它的神祕與應許之中。但這種超脫從未持續長久——如同勞動者必須在城市的肚腹裡打滾求生，所以我也不得不活在它狂亂的腦袋中。

地下酒吧為之興起——從耶魯和普林斯頓的校園刊物上大打廣告的豪華酒吧，轉變到會有面目猙獰的黑幫分子目光越過這項德國傳統優良娛樂四處遊走的啤酒花園，然後來到怪異甚至更險惡的處所，在那裡會有面無表情的小伙子們打量著你，沒有任何愉快可言，只感覺野蠻，完全破壞了出門正打算度過的全新一天。回到1920年，我提議午餐前來杯雞尾酒就嚇壞了一位正要出頭的年輕生意人。來到1929年，市中心半數的辦公室都備酒，半數的高樓大廈裡都有地下酒吧。

人們越來越意識到地下酒吧及公園大道的變化。過去十年間，格林威治村、華盛頓廣場、默里山、第五大道的城堡豪宅，不知何故都消失了，或變得毫無個性。這座城市滿是蛋糕和馬戲團，顯得臃腫、憂傷、愚蠢，一句新流行語：「喔，是嗎？」便總結了最近公布的幾棟超級摩天大樓所激起的熱情。我的理髮師在股市豪賭了五十萬美金後退休，而我發覺那些來桌邊跟我鞠躬致意，或沒來致意的餐廳領班，無不遠遠比我還有錢。這真沒意思──我再次受夠了紐約，還不如安安穩穩搭上船，船上仍有狂歡不休的酒吧，一路將我們送到敲竹槓的法國旅館。

　　「紐約有什麼新聞？」

　　「股市上漲。一個嬰孩殺了一名歹徒。」

　　「沒別的了？」

　　「沒了。街上廣播聲好吵。」

　　我曾以為美國生活不會有第二幕了，但紐約的繁華歲月肯定還有下一章。聽到遠方傳來沉悶的撞擊聲時，我們人在北非某處，連沙漠最深處的荒原都回音蕩漾。

　　「那是什麼聲音？」

　　「你聽見了嗎？」

　　「那沒什麼。」

　　「你覺得我們該回家看看嗎？」

　　「不用──沒事的。」

　　兩年後深秋，我們再次見到紐約。我們通過禮貌到可疑的海關人員，然

後我低著頭、拿著帽，恭敬地走過餘音不絕的墓地。廢墟間一些稚氣的遊魂依然在玩耍，好維持它們仍然活著的假象，可是激動的聲音與紅燙的臉頰暴露了這場化裝舞會的空洞無力。雞尾酒派對，狂歡年代最後空虛的殘存物，迴響著傷者的泣訴：「一槍斃了我吧，看在老天的份上，誰來斃了我！」以及垂死者的哀號呻吟：「你看到了嗎，美國鋼鐵又跌了三點？」我的理髮師回到了店裡工作；餐廳領班再次來到客人桌邊鞠躬致意，如果還有客人的話。帝國大廈在一片斷垣殘壁中拔地而起，如同獅身人面像一般孤獨而費解。我有個慣例，離開前總要爬上廣場酒店的頂樓，讓目光盡可能遠眺，好好跟這美麗的城市告別。於是我現在來到最新穎最宏偉的大廈樓頂。然後我明白了——一切都得到解釋：我發現了這座城市最大的錯誤，它的潘朵拉之盒。懷著滿腔自豪的紐約客爬上這裡，沮喪地見到從沒想像過的景象，這座城市並非如他以為是連綿無盡的峽谷，而是有盡頭的——從最高的建築上眺望，他頭一次見到城市四面八方全沒入了鄉野，沒入遼闊的綠地藍天，而那才是真正無邊無際的。隨著難過地意識到紐約畢竟只是個城市，而非整個宇宙，他在想像中搭建的整座閃亮大廈轟然倒塌。這就是市長阿爾弗雷德・史密斯輕率獻給紐約市民的禮物。

於是我就此告別了我失落的城市。從清晨的渡船上望去，它不再低語著美妙的成功與永恆的青春。面對著空蕩蕩的前排座椅騰躍的爵士女郎，並沒有勾起1914年我記憶中的夢幻女子們那無法言喻的美麗。而邦尼，曾在狂歡年代拿著手杖大搖大擺自信地往他的修道院走去，現在則轉向了共產主義，為南方廠工與西部農人遭受的不公不義而憂心。換作十五年前，這些人的聲音根本無法穿透他的書房。

除了記憶，一切都已失落，然而有時我會想像自己懷著奇特的興趣讀著
一份1945年的《每日新聞報》：

> 五旬男子紐約大開殺戒
> 爆出多處金屋藏嬌的費茲傑羅
> 遭戴綠帽槍手殺害

所以或許我有一天註定會回來，在這座城市找到至今只在紙上讀到過的
新體驗。此刻我只能放聲呼喊，我失去了那燦爛的幻景，回來吧，回來吧，那
潔白與閃亮的一切！

原文收錄於散文集《崩潰》，1945年出版。

## 導讀

　　任何想要了解1920年代紐約市的讀者都不能錯過這篇費茲傑羅寫的散文。費茲傑羅於1940年因為心臟病而英年猝逝，他的好友艾德蒙・威爾遜（Edmund Wilson，知名文學批評家，就是文中的「邦尼」）把他生前的散文代表作集結成冊出版，而這本名為《崩潰》的文集堪稱探索他心靈世界的佳作，裡面收錄的〈我失落的城市〉據悉是寫於1935年年底到1936年1月之間，是作者生前並未發表過的作品。因為與紐澤西州只有一河之隔，紐約是費茲傑羅就讀普林斯頓大學時期常去的地方，而且一戰結束後他也曾短暫在該市某家廣告公司上班。從文中「紐約擁有世界誕生之初的所有燦爛光彩（iridescence）。……我們終於成為公認最強大的國家，空氣中洋溢著歡慶的氣氛。」這句話可以看出，早年的紐約市對於費茲傑羅來講是浪漫璀璨的、充滿勝利光輝的，但隨著「爵士年代」的結束，股市崩盤後紐約市的風華不再，所以他說等到他時隔兩年再次見到紐約時，這城市在他心目中已經變成「餘音不絕的古墓（echoing tomb）」，走在路上讓他有一種行經「廢墟（ruins）」的感覺。文末，費茲傑羅的那一聲呼喊，更是令人感到唏噓不已：「此刻我只能放聲呼喊，我失去了那燦爛的幻景，回來吧，回來吧，那潔白與閃亮的一切！」──逝去的不只是一個城市的光輝歲月，也是費茲傑羅年輕時的憧憬，還有所有美國人的夢想。（文：陳榮彬）

# 13

# 密西西比

威廉·福克納　著
葉佳怡　譯


　　密西西比起源於田納西州曼非斯的一座旅館大廳[1]，自此一路往南延伸至墨西哥灣。這一路上散落著許多小鎮，這些小鎮的中心是之前綁在郡法院周遭拴架上的馬匹和騾子的幽靈。密西西比幾乎可說只有兩個方向，北方和南方，因為一直到幾年前為止，除非是走路或騎剛剛提到的馬或騾子，身處其中的人們根本無法隨心所欲地往東邊或西邊去；就連在那男孩剛成年的時候，無論是搭乘火車抵達距離東邊或西邊三十英里的臨近郡鎮，都得搭乘三個不同方向的不同鐵路線，才能在九十英里的奔波後抵達。

　　起初那裡是一片處女地──往西邊沿著大河望去，一片片沖積的沼澤地邊緣鑲著幾乎停滯不動的暗黑河灣，這裡因為蘆葦和胡椒藤和柏樹和白臘樹和

---

1. 這座旅館指的是位於密西西比州曼非斯鬧區中央的匹爾波地旅館（Peabody Hotel）。

橡樹和橡膠樹而顯得陰暗而密不通風；往東邊看去，眼前是在阿帕拉契山脈逐漸消失之處冒出的闊葉林山脊和大片牧草地，上頭有水牛在吃草；往南邊看，眼前是長著松樹的貧瘠土地和掛著苔癬的橡樹，更廣闊的沼澤中土地變得比水域更少，其中還到處遊蕩著鱷魚和水蛇，而路易斯安那州之後就會從此處起源成形。

一開始的先民帶著簡單的手工器具逐漸出現在這裡，他們建造了那些土墩後消失，只留下土墩，接著有留下記錄的阿岡昆人在土墩中留下了戰士和酋長和嬰兒和殺死的熊的頭骨，還有陶器碎片和斧刃和箭鏃，另外偶爾還有沉甸甸的西班牙銀製馬刺。當時有許多毫無戒心的鹿群如同煙霧一般遊蕩著，草叢和山谷中還有熊和豹和狼，至於其他較小的野獸——浣熊和負鼠和狸和貂和沼鼠（不是麝鼠，是沼鼠）；直到那個男孩於二十世紀初開始打獵之際，牠們都還在那裡，部分土地也還是未開墾的處女地。但除了偶爾能在白人或黑人的臉上見到一點血統的遺跡之外，契卡索人和喬克托人和納契茲人和雅祖人[2]就跟那些先人一樣失去了蹤跡，而跟那個男孩不知不覺一起出現在此的是薩托利、德斯班，還有康普生家族的後代，他們曾指揮在馬納沙斯和夏普斯堡和夏羅和奇卡莫加[3]的軍團，這個地方還有麥克卡斯林和伊維爾和霍斯頓和賀根貝克家族，這些家族的父輩和祖輩也曾在那些軍團中效力，另外時不時還能看見史諾普家的人，而到了二十世紀初期，史諾普家族的人已經隨處可見了：他們不

---

2. 密西西比當地曾出現的原住民。
3. 美國南北戰爭中發生重要戰役的地名。

只出現在要靠黑人光顧才能存活的髒舊小街店鋪的櫃檯後方，也會出現在銀行的總裁辦公桌後方、批發雜貨公司的主管辦公桌後方，還有浸信會教堂的執事席中，他們會買下那些腐朽的喬治亞風格房子後改裝隔間成許多公寓房，然後在垂死之際下令將那些加蓋的屋舍和領洗池捐給教堂，就為了給他們自己留下一點紀念品，又或者只是出於單純的恐懼。

他們也打獵。他們同樣會出現在狩獵營地。這些營地是由德斯班和康普生和麥斯卡林和伊維爾家族的人根據輩分高低輪流擔任營主，他們會在法律或甚至營主說不行時射殺母鹿，甚至也不是需要母鹿的肉，反而只是任由鹿肉在樹林裡被食腐動物吃掉，他們射殺母鹿純粹只是因為牠們看起來又大又會動而且很稀罕，而且跟那些髒舊小店鋪和那些不停累積甚至複利累積的金錢相比，牠們感覺屬於更古老的年代；那個男孩現在是個男人了，根據輩分輪到他來當營主，而他面對的，或說必須面對的，不是逐漸縮減的野地及其中越來越難進行的打獵遊戲，而是那些還在摧毀所剩不多樂趣的史諾普家族。

這些傢伙推選出比爾伯家族的人，他們不屈不撓地為瓦達曼家族的人投票，還在他們下臺後提名他們的兒子出來選舉；這些行為的源頭是對黑人的尖銳仇恨、恐懼及經濟上的對立，這些黑人在他們的農田旁經營比他們小的農地，而且因為記得完全無法享有自由的日子，他們對此刻擁有的極為珍惜，就算所獲的不多也會努力奮鬥，而且學習著靠著更少的資源去獲取更多：就算錢比較少、能吃的食物比較少，能用的工具比較少又比較差，他們卻還是能種出更多的棉花：這個情況要能改變，得等到史諾普斯家族的人從自己的土地逃到髒舊的小街店鋪中，因為他在這裡不用當黑人的鄰居，還是靠黑人賺錢，

而且是透過把劣質的肉品、食物及糖漿標上高價，畢竟那些黑人就連數字都始終認不得。

　　一開始的時候，即將被淘汰的人隔天還要被已經淘汰的人驅逐：那個粗野的阿岡昆人——還是契卡索人或喬克托人或納契茲人或帕斯卡古拉人——從密西西比的高聳絕壁斷崖上俯瞰著一艘載有三個法國人的奇浦威獨木舟——此時的他幾乎沒什麼餘裕轉身望向身後從大西洋橫跨陸地到來的一千個西班牙人，不過仍幸運地多有一些餘裕得以目睹各種外族人的興衰又興衰，那變遷快得就像魔術師的咒語和他手中玄妙紙牌瞬間消失的速度：或許這一秒是法國人，下兩秒變成西班牙人，然後法國人又出現兩秒，接著又是西班牙人，然後法國人連最後半口氣都還沒吐完，盎格魯—撒克遜人就出現了，他們來了就待下來，而且堅忍地待了下去：這個高大的男人成天嚷嚷著新教經文，身上散發出濃濃的威士忌酒氣，他的一隻手裡拿著《聖經》和酒罐，另一隻手很可能還拿著一把印地安戰斧，他吵鬧、狂暴、寵溺妻子，而且信仰一夫多妻制：他是個結了婚但仍不屈不撓保持單身的男人，他沒有目標只懂行動、前進，還拖著懷孕的妻子和岳母家的大半親人一起步入杳無人跡的荒野，在圓木撐放的來福槍後方生下孩子並在下次出發前再讓她懷上一個，在此同時還將他永不枯竭的其他種子撒播在大地延綿三百英里的黑黝黝肚腹上：不是基於貪婪或同理心或任何預謀：就比如他砍下一棵需要花兩百年才能長成的樹，也只是為了把一頭熊逮住或在帽子裡裝滿野生蜂蜜。

他堅忍地待了下去，就算連他都快要被淘汰了也一樣堅持，那些在維吉尼亞和卡羅萊納州種植園中的非長子[4]搭著大馬車前來取代了他，那些大馬車裡載滿奴隸和靛藍種子，一路走在他曾因為沒什麼資源只能用印地安戰斧砍出來的道路上。然後有人給了納契茲族的巫醫一顆墨西哥棉花的種子（可能當時就已經夾帶了棉子象鼻蟲，因為就跟史諾普家族的人一樣，這些蟲後來也稱霸了南方的土地），因此全面改變了密西西比的樣貌，那些奴隸快速整理了當時繆瑞爾和梅森和黑爾以及兩位哈爾普兄弟[5]仍然（1850年）陰魂不散的這片處女地，將這裡變成可營利的種植田地，而那位流離失所又即將被淘汰的傢伙想要的卻只是獵捕熊和鹿及可以甜嘴巴的一點蜂蜜。可是他仍留在此地，他死守不去；就連那男孩已經中年時他都還在，他住在已經逐漸縮小的荒野邊緣上一棟由原木或木板或錫板搭建的小屋裡，他是因為種植園主人的寬容大度又甚至偶爾是慷慨給予才有辦法過活，至於對種植園主而言，就算他看來倔強不屈，甚至還維持著某種程度的尊嚴及獨立性，但其實就是個諂媚奉承的食客，成天只是用陷阱抓浣熊和麝鼠，畢竟熊和豹現在幾乎都消失了。他也仍然毫無遠見可言，還是會隨手砍掉一棵兩百年的樹，不過現在只能藉此抓到一隻浣熊或麻雀。

等時候到了，他會從軍，不是加入馬納沙斯和夏羅軍團，而是跟非正規

---

4. 當時能繼承種植園的只有長子。
5. 這些人都曾從事當時被視為犯罪的行動，但也被一些人視為在地下世界中衝撞體制的開拓者。

的團伙或幫派結盟，這類團隊並不效忠於任何人或任何思想，只是為了一個例行工作及目標而結合，也就是從聯邦警戒線上偷馬；不過他是有空才這麼做的，大部分時間還是在洗劫（或嘗試洗劫）種植園主人的屋子，就是那個始終任由他獨立自主地做一個諂媚食客的主人，而且就算戰爭結束，要是主人從夏普斯堡或奇卡莫加軍團的少校或上校或隨便什麼的軍職回來後，他還是打算再去投靠的；至於為什麼說是嘗試洗劫，那是因為，最後那位少校或中校的妻子或阿姨或岳母，那些曾經將銀器埋在果園內且仍然養著幾個老奴隸的女人，她們會阻擋他的行動把他趕走，有必要的話還會對他開槍，用的是不在家的丈夫或外甥或女婿的獵槍或決鬥用的手槍，──這些女人啊，這些永不服輸、無從打敗，而且永不投降的女人，她們拒絕讓人把北方人的那些米尼彈從門廊柱或壁爐架或門楣石裡頭挖出來，就算七十年後看電影《亂世佳人》時只要一聽見有人提起謝爾曼將軍[6]的名字也會立刻起身離場；她們談起這場戰爭時仍毫不讓步又怒氣沖沖，就連打過也輸掉這場戰爭的男人都已厭煩又疲倦地早已放棄要她們別說了也一樣：就算是到了那男孩的年代，他也記得在真正聽過聖誕老人的事之前，就已經知道了維克斯堡戰役和柯林斯灣戰役，以及他祖父在第一次馬納沙斯戰役時的軍團駐紮處。

那時（1901、2、3和4）的情況跟現在不同，聖誕老人只會在聖誕節時才出現，而在聖誕節之外，當時的孩子就是拿他們能找到或想辦法找到或自己

---

6. 謝爾曼將軍（William Tecumseh Sherman, 1820-1891 年）是南北戰爭的北方名將，《亂世佳人》這部電影中重現了謝爾曼將軍摧毀南方大城亞特蘭大的過程。

做的東西來玩，不過他們也跟現在一樣，就是1951、2、3和4的現在，總之是基於自己所接觸到、聽到、看到、或者最受感動的事物來模仿玩樂，只不過是規模較小的版本。本文中這個男孩的年代及他碰到的實際情況也是如此：在三十五、四十年之後，那些永不服輸且永不投降的女人仍團結在一起，另外還有部分年老的家奴：這些也都是女人，她們就跟那些白人女人一樣拒絕、不肯放棄過往的生活方式，也不願忘記過往的苦難。這個孩子記得她們當中的其中一人：卡洛琳：那些年來她明明已經自由卻拒絕離開，也不願在每個週六全額收下自己當週薪資，全家都不知道原因，唯一可能的真相就是表面上看來那樣：僅僅是為了時時提醒整個家族的人都虧欠了她並因此感到快樂，結果這男孩的祖父及之後他的父親最後終於輪到他本人都不只成為了她的銀行還得幫她管帳，這情況不知怎的也不知什麼原因總之讓八十九元這個數字鑽進了她腦中，儘管這數字偶爾也會浮動，有時多一點有時少一點有時一連幾週她本人反而成為欠下這筆錢的人，但這數字從未改變：通常是幾乎全家人在吃飯時，隨時可能會有個孩子出現，白人或黑人不一定，總之是為了帶話過來：「婆婆要我說別忘記你還欠她八十九塊錢。」

對那個孩子來說，即便是在當時，卡洛琳似乎也已經比上帝還老了，她稱他的祖父為「上校」，可是就算那孩子的父親和父親的兄弟姊妹都已成為祖父母之後，她仍只用教名稱呼他們：她自己也是有二十多個子孫的大家長了（另外大概還有十多個她自己也不記得了或比她早死），其中有個也是男孩，那究竟是個優秀的孫子還是普通的孫子她甚至也忘了，總之他和那個白人男孩在同一週出生兩人也擁有同樣的（那個白人孩子祖父的）名字，他們吸著同樣

的黑皮膚乳房不管睡覺吃飯都在一起，還一起玩著那個白人孩子當時所知最重要的遊戲，因為在他四、五、六歲時他的世界仍是個充滿女性的世界，根本沒聽過任何其他後來還能記得起來的事：用幾個線捲軸加上各種碎片及小棍子再挖出一個裝滿井水的小溝充當大河，他就能一次次玩著小規模版本的內戰遊戲，那一場場早已無從挽救的老舊戰役——夏羅和維克斯堡戰役，還有距離那孩子（他們兩個都是）出生處不遠的布萊斯十字路口之戰，那男孩因為自己是白人所以擅自表示要擔任南方聯盟軍的將軍——彭伯頓或約翰斯頓或福雷斯特——他總要當兩次那黑孩子才能當一次，但如果每三次都沒讓他輪到一次，那麼，那黑孩子就說什麼都不玩了。

接著要說的不是那個高大的男人，他還是獵人，他就是屬於森林裡的人；當然也不是那名奴隸，因為他已經自由了；這裡要說的是有人給了納契茲族巫醫的那顆墨西哥棉花種子快速清空了這片土地、犁開了土地，這片土地的東部牧草地長著野牛草，中部丘陵地的溪谷及河谷底部長著荊棘和巨藤，這顆棉花種子還抽乾了蔓延河岸三角洲形狀的寬廣平坦沖積地，就是在那條大河旁邊的土地，那條老人河：先是建造起許多堤防好將這條老人河阻攔開來，指望阻攔的時間長一點就能種植並收穫作物：不過人類在舊河床上每限縮這個老人一英尺，他就會想辦法朝新方向再開拓出一英尺：因此載著捆包棉花前往曼非斯或紐奧良的汽船看起來就像沿著天空在往上爬。

另外也有小汽船在比較小的河流上航行，它們沿著塔拉哈奇河一路往上穿越到比傑佛遜小鎮更北的懷利渡口。不過來自那一區和更東邊的棉花很難獲得經濟利潤，更有利的做法是繼續往東航行抵達湯比格比之後再往南抵達莫

比爾，接著靠騾子和大馬車走六十英里的陸路抵達曼非斯；那裡有個聚落——有間勉強像樣的酒館和鐵匠鋪和幾間破敗的木屋——就位於懷利渡口上方的崖壁上，這個距離就是那些大馬車或火車從傑佛遜一帶出發或重拾旅程之後，剛好必須停下來過夜的地方。或許連個聚落都稱不上吧，只能說是個賊窟，其中的窟民白天時會在河谷的灌木叢和雜木林這些不讓人看見的地方遊蕩，他們只會在晚上現身但就算現身也只會快速進入酒館廚房，而白天駕駛棉花大馬車的司機此刻正毫無戒心地坐在廚房的爐火前，接著司機大馬車騾子和棉花就此消失：屍體八成會被推入河裡，大馬車被燒毀，騾子會在幾天或幾週後被拉到曼非斯的牲口場去賣，而無法辨識屬於誰的棉花早已在前往利物浦棉織廠的路上了。

在此同時，在距離傑佛遜十六英里的地方有個前史諾普時期的人，他其實也是高大男人中的一員，而且其實算是個巨人：他是個未獲正式神職的虔誠浸信會牧師，可是熱衷的的不是大家日思夜想的天堂，甚至也不擁護用大寫的O來指明受認證聖職的做法[7]，而是支持公民獲得安全保障的簡單權力。他被所有人警告不要去那個地方，因為他不只會一事無成還可能因為嘗試解決問題丟掉性命。但他還是去了，他沒談起福音或上帝或甚至美德，而只是在那裡選了一個最強壯最勇猛而且外表看來總之最像壞人的傢伙對他說：「我跟你打，要是你把我打倒，我就讓你拿走我身上所有錢。要是你被我打倒，我就幫你施洗，讓你進入我的教會」：然後他又揍又打又抓最後把那傢伙變得聖

---

7. 這裡的O是Order（聖職）的意思。

潔並擁有公民美德後再去挑戰下一個最強壯最像壞人的傢伙之後再找下一個；然後到了隔週的週日他已經讓河邊整個聚落的人都受洗了，於是現在載棉花的大馬車可以靠著人力划的渡船穿越懷利渡口，過程平和且不會遭遇任何挑戰地抵達曼非斯，再等待火車前來載走車上的一包包棉花。

那是上世紀七〇年代[8]的事。現在的黑人已經是自主的農夫及有政治權力的實體；那當中有個人，他連自己的名字都不會簽，卻是傑佛遜鎮上的聯邦警察局長。後來他成為鎮上販賣私酒的官方人士（密西西比是首先嘗試這個高尚實驗的地方，另外還有緬因州），並重拾了——他其實從未真正放棄——他對前主人的效忠精神，還用黑博薛姆醫生經營的雜貨藥鋪後方的巨大老樹的名字，莫爾伯瑞（桑葚樹），來給自己取了在這一行走跳的化名，至於那些做生意的瓶裝貨物，他就藏在樹根間如同迴廊的溝穴裡面。

很快地，他（這個黑人）甚至會開始在與史諾普家族的經濟比拚中占上風，因此迫使史諾普家族的人進入三K黨——不是原本那個在混亂又絕望的戰爭結束後出現的舊三K黨，若考量那是個絕望的時代，舊三K黨至少是正直又嚴肅地看待著他們絕望的目標，可是本世紀二〇年代的這個卑劣組織跟舊組織唯一的關係就是同名而已。然後在這片土地上有了用一點小錢蓋鐵路的事，那是在1866年由一個曾是提包客[9]的人引進來的，不過那傢伙現在是個正派公

---

8. 這裡指的是1870年代。

9. 在美國內戰結束後的重建時期，南方人會用提包客（Carpet-baggar）這個帶有貶意的名字稱呼那些為了自身利益來剝削南方人的北方人。

民了；他的孩子會用輕柔又無子音的黑人腔說話，就像是那些父母打從約翰‧史密斯[10]時代就住在波托馬克河和俄亥俄河以南的人一樣，而他們的孩子也會吹噓自己的南方背景。這人在傑佛遜的名字是雷蒙德。他找到了資金，而薩托利上校就用這筆錢打通了當地棉田通往歐洲的道路，也就是建造鐵路支線連接了從曼非斯至大西洋這條主要鐵路——這條支線的軌距很窄，就像玩具，上頭行走的三座火車頭也像玩具，分別以薩托利上校的三個女兒命名，每個火車頭的油罐上都有銀牌子刻了這三個女兒的教名：另外那些標準尺寸的貨車廂也像玩具一樣在轉運站被千斤頂抬起，再降到窄窄的軌道上，此時領頭衝刺的小小火車頭是完全看不見的，因此當這些貨車廂依序出現時，姿態就是在它們所服務的棉田間一副不知被誰往前猛力拖著走的樣子，伴隨著傲氣勃發的煙縷及傲氣勃發的汽笛尖嘯——而那個雷蒙德，在一次在所難免的爭吵之後，終於在傑佛遜的街上開槍打死了薩托利上校，至於背後的原因，所有人都相信是傲慢和不寬容，而之前也是因為這樣的傲慢和不寬容，導致薩托利上校的軍團在第二次馬納沙斯和夏普斯堡戰役之後的秋季選舉時拔除了他的上校軍階。

所以這片土地上現在有鐵路了；之前所有夫妻都必須搭乘馬車經由陸路抵達大河碼頭再搭上汽船才能去紐奧良進行傳統的蜜月之旅，現在卻幾乎是從任何地方都能搭火車前往。另外也有了臥鋪車廂，這些車廂可以一路從芝加哥和北部那些有的是現金、有的是鈔票的地方開過來，因此有錢的北方人可

---

10. 約翰‧史密斯（John Smith，1580-1631年），大英帝國士兵，他在1607年於北美洲建立了第一個殖民聚落詹姆斯鎮（Jamestown），距離現代維吉尼亞州的威廉斯堡市中心不遠。

以舒適地來到這裡認真開發這片土地：這些北方佬用錢在南方松林區廣設鋸木工廠和工作房，本來這些小鎮五十年來都只是沒什麼改變或變動的小村落，現在原本滿是樹木殘幹的荒地卻在一夜之間興盛又大規模地發展起來。這片荒地原本會一直是荒地，除非是單純經濟上被逼急的人們自力救濟，於是這裡也有人開始種植松樹，就像其他地區的人學會種植玉米和棉花那樣。

　　三角洲上也出現了北方人開的鋸木廠：現在是二〇年代，三角洲的棉花和木材產業都在迅速發展。不過發展最好的還是金錢本身：有種穴居人隨之出現並增加，還繁衍出一對穴居雙胞胎：債務償付問題和破產，這三者讓金錢在這片土地興盛發展，速度快到問題變成如何在被錢淹沒窒息前擺脫掉錢。終於後來出現了一個幾乎像是為此出現的自我保護機制，這機制不只是讓人能為此花錢，還能把因為花錢而衍生的錢賭在這件事上，那就是在三角洲上有七、八個比較大的城鎮成立了棒球聯盟，而且此刻已在四處遠征——還獲得了成功——對投手和游擊手和奮力的外野手而言都很成功，就像是參加國家的那兩個主要聯盟一樣，而那個男孩此時已經是個年輕人了，他接觸到了這個聯盟及那間大型的北方鋸木廠，這兩者不只是巧合同時也互為因果。

　　此時這個年輕人的心態就跟世上大多數在1917年四月那天大約二十一歲的年輕人一樣，不過有時他確實也承認，自己大概是利用了自己那天才滿十九歲作為藉口，來追尋自己越來越確定將會終生真心投入的那項嗜好：做一個流浪漢、一個無害於人又一無所有的浪子。無論如何，他認識那個人的時候已經挺成熟了，這場相識的開端是那間鋸木公司正漫不經心地打算宣布破產，而鎮上住了一個被指派來仲裁破產事宜的律師：那是年輕人家族的一個家族朋友，

年紀比他大，不過他挺喜歡這個年輕人，所以邀請他一同搭車前往。年輕人的正式身分是去當翻譯，因為他會一點法文，而那間快不行的公司跟歐洲那邊有些往來。但其實從未有需要口譯的時候，因為他這位隨行人員並沒有去到歐洲，而是移動到了曼非斯旅館的一樓，所有人在那裡──包括這名口譯──都擁有特權，只需要簽字就能換到食物和戲票甚至還有私釀威士忌（田納西當時正在禁酒），反正只要門僮弄得到酒就行，不過當然不是從聚集在幾英里外剛過密西西比州線以南那些狀似穩重正派的地方來的，在那裡可是能玩輪盤、骰子和二十一點的。

然後突然之間，塞爾斯‧威爾斯先生也來了，還帶了棒球聯盟的人一起。那個年輕人從來不知道威爾斯先生跟破產有什麼關係（如果真有關係的話），他也實在懶得去想，更別說覺得有需要去問了，不只因為他已經明白自己真心投入的是什麼嗜好，並已經針對那項嗜好發展出貴族義務[11]的想法，雖然其實光是這個理由就足夠了，另外也因為威爾斯先生本人已經是三角洲當地的傳奇。他是一個種植園的主人，這個園子的土地不是以英畝而是英里來計算的，而且大家都認定他是其中一個聯盟棒球隊的唯一老闆，不然至少也是隊中大部分球員的老闆，至少確定的是包括捕手和盜壘游擊手及打擊率0.340的外野手，這個外野手據說還是從芝加哥小熊隊挖角來的或根本說是搶來的，威爾斯先生一週七天都穿同樣服裝，包括留了大概兩到三天的鬍子和沾滿泥巴的高筒靴及

---

11. 貴族義務（noblesse oblige）這個法文詞彙源自中世紀歐洲，主要是指貴族必須擔負社會責任，後來衍生為上層階級有責任關照下層階級。

燈芯絨材質的打獵夾克，有傳言指出，或該說是個傳說吧，他某天深夜就穿著這身打扮走進聖路易斯的一家時髦旅館，跟一位穿著晚禮服的櫃檯人員要求一個房間，對方一看見他的鬍子和沾滿泥巴的靴子又或者主要是威爾斯先生的那張臉，總之就說他們房間都滿了：威爾斯先生就在現場問他們這間旅館賣多少錢，對方目中無人地回答了，金額是一萬美金，然後──這個傳說的內容是這樣的──他從燈心絨覆蓋的屁股那邊掏出一捲足以買下一間半旅館的千元鈔票，然後告訴櫃檯人員他要整棟建築在十分鐘內清空所有房間。

這當然是個如同《啟示錄》般的誇張故事，可是那個年輕人確實親眼目睹了以下這件事：威爾斯先生和他本人某天中午在曼非斯的一間旅館悠閒地吃著早餐，當時威爾斯先生突然想起他的私人球賽俱樂部要在下午三點進行一場特別重要的比賽，地點在距離大約六十英里遠的小鎮，他打電話到火車站交代他們在三十分鐘內為他準備好一臺特別的火車，要準備的內容是這樣的：一臺火車頭加上車務員車廂：他在大約三點鐘抵達科荷馬郡，那裡距離球場還有一英里：有個男人（那個時間點車站沒有計程車而且其實整個密西西比都沒幾臺計程車）坐在一臺髒舊但還能運作的凱迪拉克車駕駛座上，此時威爾斯先生說：

「你要賣多少？」

「什麼？」車裡的男人說。

「你的車，」威爾斯先生說。

「十二又五十，」那個男人說。

「好啊，」威爾斯先生一邊回答一邊打開車門。

「我是指十二張百元鈔再加五十塊，」那個男人說。

「好啊，」威爾斯先生說，然後他對那個年輕人說：「上車吧。」

「欸等等，這位先生，」那個男人說。

「我已經買下來啦，」威爾斯先生說著也上了車。「去球場，」他說。「快點。」

那個年輕人再也沒看過那臺凱迪拉克，不過在接下來的幾星期，隨著那個聯盟錦標賽進行得越來越激烈，他對那臺火車頭和車務員車廂倒是熟悉起來了，威爾斯先生要那臺特別火車在曼非斯的火車調度場隨時待命，就像是二十五年前住在城市的百萬富翁可以隨時召來一臺馬車和一對拉車馬一樣，因此在那個年輕人看來，就算是回到了曼非斯，他們總是沒能休息多久就又得趕去三角洲參加另一場棒球賽了。

「我應該要做點翻譯工作才對，就算只是偶爾做做也好，」他有一次說。

「那就幫我翻譯翻譯吧，」威爾斯先生說。「翻譯一下這個天殺的棉花市場明天會怎麼發展，這樣我們就不用追著這沒搞頭、我說根本沒搞頭的業餘球隊跑啦。」

棉花種子和鋸木工房也橫掃了剩下的三角洲地帶，將所剩無幾的荒野往南推得越來越遠，遠到大河和丘陵交會的V字形地帶。那個年輕人，大約十六、十七歲的時候吧，他初次成功進入了那個日後他會根據輩分成為營主的狩獵俱樂部，那些獵場啊，就是鹿和熊和野火雞的棲息地，只要一個白天或晚上搭乘騾子拉的車就可以抵達。不過現在他們都靠汽車了：先是駕駛一百英里再往南兩百英里然後再往南，此時荒野已經退到雅祖河和那條大河——也就是

老人河——的匯流處了。

老人河：現在所有為其貢獻水量的小支流也被堤防攔起來了，不過這些小支流就跟這個老人一樣，只要老傢伙剛好有個感覺或一時興起，大家就會完全不把這些堤防當一回事，直接聚集了從蒙大拿州到賓州那些世代累積的水，沿著受害者抱持微渺又毫無根據的盼望所蓋出的人造腸道一路席捲，這些水逐漸升高，速度不快：純粹就是堅決地推進，但也給人很多時間事先預測浪峰並打電報通知下游，大家甚至幾乎能預測出這老傢伙會在哪天進入屋子導致鋼琴從家中漂出去還讓畫作都從牆面漂走，要是屋子建造得不夠牢甚至會把屋子本身也都沖走。

堅決推進又不疾不徐，大河的水越過一條條給自己供水的支流並將水猛力灌入，直到幾天後這些水又會倒流往上游去：一路倒流到傑佛遜北邊的懷利渡口。這些小支流沿岸也有建起堤防，可是靠近上游這邊的土地住的都是獨立個體戶：那些剩下的高大男人及其後代此時選擇務農，另外史諾普家族的後代獨來獨往的程度用獨立個體戶來形容都不夠了：他們就是史諾普家族的人。因此當大河沿岸那幾千英畝的種植園主人們聯合一心，用沙袋和機器及他們的黑人佃農和雇工去對付湧沙和堤防的裂縫時，靠近上游這邊一、兩百英畝農地的主人正單手拿著沙袋沿自己的農地巡視堤防，另一隻手則拿著獵槍，就怕他的上游鄰居會為了拯救自己的（就是更上游鄰居的）農地而炸掉提防。

就在河水不停升高的同時，白人和黑人並肩在泥巴和雨水中輪班工作，靠的是汽車頭燈及汽油火炬，另外還利用刷洗及煮燙消毒過的油罐一批批煮沸總共五十加侖的威士忌和咖啡；河水拍打著、試探著、姿態幾乎純潔，僅僅只

是堅決推進（毫不著急，這老傢伙的姿態），這老傢伙推進到人們絕望堆疊的沙袋周遭、之下、和之間，最後終於越過這些沙袋，就彷彿這老傢伙僅有的唯一目的就是再給人類一個機會，而這個機會不是向老傢伙而是對人類自己證明人體到底可以忍受、屹立不倒並堅持下去的極限是到哪裡；接著，在已經讓人類證明過之後，這老傢伙做了過去幾週以來只要想做就大可做到的事：毫不匆忙也不特別帶有惡意或怒氣地開始橫掃一切，就這樣讓一、兩英里的堤防和咖啡桶和威士忌罐還有汽油火炬彷彿瞬間坍陷四散，接著有一小段時間，在一片片平行的棉田中央還閃耀著黯淡火光，直到終於所有田地隨著道路和小巷和最後整座小鎮本身都一起消失了。

消失了，在一整片蒼茫又毫無動靜的黃色廣袤之中都不見了，其中刺穿出來的只有樹頂和電話柱還有人類家屋僅剩的頭顱，像在一片骯髒鏡面上特地擺上一些奧妙又費解的謎樣物件；至於那些先人的土墩，土墩上散落著彼此糾纏的一些大毒蛇，另外一起的還有馬和鹿和騾子和野火雞和乳牛還有那些家裡養的雞，牠們全都彼此休戰並耐心地等著；至於堤防本身，那些堤防矗立於一堆寵妻男雜亂漂浮的屍體之間。在此同時年幼者繼續出生衰老人也繼續死去，不是因為餐風露宿而是因為簡單而正常的光陰流逝及自然衰敗，就彷彿到頭來人類及其命運終究比剝奪了他們所有財產的河流還要強大，這道理無從違背也無法擊敗，不可能改變。

然後，同樣證明過這個道理之後，他——那個老傢伙——就會往後撤了，但不是敗退：是趨於平息，就這樣從陸地同樣緩慢又堅決地回去了，將那些支流和河灣清空後重新將水帶回那抱持著徒勞盼望建造的老舊腸道後方，可

是由於過程是如此緩慢又平緩，因此感覺起來不是水在退去反而是平坦的地面在升起，彷彿一整個平面就這樣再次爬回光線與空氣中：此後恆常存在的黃褐色汙跡便恆常留在電話柱上及軋棉廠和家屋和店鋪牆面上的同一個高度，就彷彿有人大筆一揮後留下斷斷續續的線條，至於土地本身則因為淤積高了一英寸，肥沃的土也更深了一英寸，並在五月的燦亮烈陽下乾燥出一條條裂縫：可是這情況沒有很久，因為農犁幾乎立刻來了，這些犁地及種植的工作已經晚了兩個月但是沒有關係：到了八月棉花又長得有人那麼高了而且到了採收時還變得更白更濃密了，就彷彿是那老傢伙在這麼說，「我為所欲為，想到就做。可是我也有做出補償。」

　　還有那些船。當然少不了那些船。它們突出在黃色液態的平面上甚至還在上頭移動：漁夫和捕獸人的小筏、美國工程協會進行堤防任務的汽艇，還有一艘吃水淺的汽船荒唐地在棉田上方穿梭著，駕駛的人不是船夫而是知道籬笆在水下何處的農夫，在船桅頂端瞭望的是拿著一把鉗子的技工，為的是要剪斷電話線好讓船隻在煙囪之間航行：其實也沒那麼荒唐，因為首先船本來在大河上看起來就像一棟屋子，所以此刻看來就跟船邊的那些屋子一樣看不見地基而已，至於偶爾為了趕到一些屋子前還得把鍋爐壓力升高時，就像一頭公綠頭鴨在追趕奔逃的母綠頭鴨一樣。

　　不過光這樣還不夠，很快就一點也不夠了；老人河這次可是認真了。所以此時開始有來自海灣[12]港口的捕蝦拖網船和觀光遊艇和海岸巡防隊的小艇，

---

12. 墨西哥灣。

這些船的底部只熟悉鹹水和感潮河口[13]，所以就算真正運作船隻的還是那些鹹水域的船員，都還是得讓懂哪裡有淹沒道路和籬笆的人來一起操作，原因也很好理解，畢竟他們一輩子都在沿著或朝向道路及籬笆用騾子犁出土溝。於是他們在腫脹的馬和騾子和鹿和乳牛和綿羊屍體之間航行著，從樹木和軋棉廠屋頂和棉花棚屋和漂浮的小木屋和各種屋子的二樓窗口還有辦公大樓中拖出因為老人河而耐心等在原地的漂浮屍體，其中有黑人也有白人；接著——對這些鹹水域的船員而言，陸地要不是毫無特色又沒有樹的鹹水草澤，就是充滿蛇和鱷魚的林澤，後者因為凌霄藤和西班牙鬚草而顯得陰暗又密不通風；他們其中一些人甚至從沒見過支撐他們家屋的木樁打入的土地——其實這時候已經不需要這些船員了，但他們還是留了下來，就彷彿等著看從水中浮出的會是怎麼樣一片鄉間土地，而他們拯救的人們——有男有女，有黑有白，其中黑人比白人多，數量大概是十比一——就是靠這片土地上的經濟作物在生活；他們在那一刻凝望著那片土地，畢竟之後騾子和農犁就要改變這片土地一直到退去河水邊緣的全部面貌，然後他們再次開船回到大河，以免那些拖網船和遊艇和小艇跟那些毀掉的雞舍和牛棚和茅屋一樣變成傾毀又沒用的廢棄瓦礫堆；老傢伙回去了，他再次回到原本的河床內，看來昏昏欲睡甚至純真無邪，就彷彿改變了——至少是改變了一陣子——鄰近整體地貌的不是他，而是其他不知什麼東西。

---

13. 感潮河（tidal river）是受潮汐水位漲落影響之河流或河段。

他們現在正往回家的方向去，沿途經許多河岸小鎮，其中一些小鎮在密西西比還是西班牙治理的荒野之地時就建立起好名聲：格林維爾和維克斯堡、納契茲和大小海灣（這兩個海灣現在都消失了，就連原本的遺址都已經有了別的名字），這些地方都出現過梅森和至少哈爾普兄弟其中一位的蹤跡，繆瑞爾也是以此為據點或說在此展開了他的解放黑奴起義，這場運動的目的是要把白人從這片土地上抹消只留下他作為唯一的君王。土地在堤防後方沉沒消失，此刻的你無法再說清哪裡是水的起點哪裡又是陸地的終點：只知道不再是陽光下那些豐美翠綠的大草原在承擔你的重量了。河水不再往西邊流，現在轉而向南，顏色不再是黃色或褐色，而是黑色，河岸有綿延數英里的黃鹽沼地，從那裡吹來的離岸微風帶來一團團雲霧般的蚊子，然後你在又癢又灼熱的痛苦中彷彿覺得可以真的看見牠們跨越陸地而來的隱約行跡，然後你遭遇了潮水流動然後是未曾遭到任何汙染的海水鹽分：還沒真正到那座海灣但至少抵達了聲音海灣，而聲音海灣前方有一排標記出海灣邊界的列島——船島、喇叭島、小森林島，然後拖網船和遊艇的底部再次回到熟悉的家鄉，此刻已置身在燈塔和航道標誌和船塢和正在曬乾的漁網及魚肉加工廠之間。

本文之前提到的那人也記得年輕時發生過這樣的事：有年夏天他莫名其妙就在一艘獨桅單帆船上被這樣吹來吹去。由於他家世世代代都是在密西西比北部的內陸出生長大，所以他在真正遇到前都不知道暴風邊緣逼近時是什麼樣子。隔年夏天他又回去了，因為他發現自己喜歡有這麼多水，這次他是拖網船上幫忙捕蝦的雇工，他還記得：船的前甲板上有座燒得通紅的簡易煤爐，爐子上有只四加侖鐵鍋，裡面是用一把鹽和黑胡椒煮滾的去頭蝦子，這只鍋子

從沒空過也從沒洗過，而且總有人加入新的蝦子，所以你經過時就能吃一點整天都能吃就像啃花生一樣；他還記得：在破曉前一刻，天空一下子就被幾乎如同亞熱帶般激情的黃色與緋紅色日光劃開幾乎就像一場能聽見聲音的爆炸，不過此時天色還會有一陣子是暗的，他們黑黝黝的船隻緩慢小心地航向蝦場，船尾無聲旋轉的磷光像一群因為溺水而正在瞎翻騰的螢火蟲，那個年輕人臉朝下趴在船頭凝視著黑黝黝的水，他看著受驚嚇的蝦子衝破水面後以扇形散開，如同燃燒般發光又暗去，就像細小火箭劃出的軌跡。

他也認識了那些劃出海灣邊界的列島；他是五個有出海參加大單桅帆船比賽的業餘船員之一，他不只學會在前進時如何讓船體不從船骨架脫離，也知道如何把船從一個地方開到另一個地方後再把船帶回來：所以到了現在，他在駕駛船隻方面已經是專業級的，住在紐奧良的他受雇成為一艘動力艇的船長，船主是名私酒商（這是二○年代的事），船員中有個黑人廚師兼甲板工再兼碼頭工，另外一個則是私酒商的弟弟：那是個身材纖瘦且年紀大約二十一、二歲的義大利人，有雙貓的黃色眼睛，身上的絲質襯衫因為腋下皮套內的手槍而微微鼓起，但那把手槍的口徑太小向來發揮不了什麼作用，頂多就能讓他們全部死光，而當這種事真的可能發生時，船長或廚師或許是妄想反抗又或許是討厭麻煩，總是一找到機會就把槍從槍套抽出後藏起來了（其實也不是真的藏得讓人找不到：就只是丟進引擎底下飄著油的汙水中，在那種地方，就算彼得很快就發現在那裡了，也會因為拒絕把手和手臂伸進有油汙的水中而不至於造成危險，他就是不會撿而寧願跑去船艙躺著，自己生悶氣）；他們會駕駛這艘船艇穿越龐恰特雷恩湖往南經過瑞格列茲海峽再往外駛向海灣，也就是聲音海灣，

然後停船不動也不開燈以免暴露行蹤，直到海岸巡航隊的小艇（這艘小艇幾乎都是按固定時間出現；他們的工作就算只是相對來說也是份無望的工作）姿態盛氣凌人地往東飛速前往莫比爾，他們總認定小艇上的人是要去那裡，而且還認定他們是要去跳舞，接著他們藉由指南針到了那座島上（那座島只比沙嘴灘大一點，上頭有排歪扭又營養不良的松樹，枝條永遠隨著另一側真正海灣的狂風拍擊及怒吼而揮動），這裡會有加勒比海縱帆船前來埋下一桶桶綠色的酒，而私酒商的母親則會在紐奧良那裡處理分裝後貼上蘇格蘭威士忌或波本酒或琴酒的標籤。島上有幾頭野牛是他們得小心的，那個黑人在挖土時彼得因為手槍的事還在生悶氣所以徹底拒絕幫忙，而船長則在提防那些野牛的衝刺進攻（他們不可能冒險點燈），野牛會在他們每搬個三到四趟貨後出現──那些狂野枯瘦的朦朧形體會突然毫無預警地朝他們衝刺過來，他們只好轉身跑過噩夢般的沙灘猛力跳上那艘小筏，沿著岸邊划，不過那些動物還會跟上來，直到他們終於離得夠遠才停下腳步，之後那個黑人也才會回到岸上搬完剩下的酒桶。然後他們會再次停航不動，直到海防小艇回頭朝西經過他們，姿態仍是盛氣凌人又不可一世，舞會顯然是結束了。

那也是密西西比的一部分，只是跟那孩子成長的地方不一樣；那裡的人是天主教徒，他們的西班牙和法國血統仍反映在他們的名字和五官上。不過那不是個深奧難解的所在，如果你不把海和海上的船算進去的話：那就是片彎曲的海灘，是由芝加哥的百萬富翁所擁有或居住的物業或公寓所組成的一條綿延細線，而跟這條細線背對背的是另一條細線，只不過這次是由跑船和魚肉加工廠的黑人或白人工人居住的租屋。

接著那個年輕人所熟悉的密西西比就此展開：那個年輕人對住在這逐漸縮小的森林邊緣地帶裡的人很熟悉，因為在他的家鄉也有同樣傢伙：就是那些高大男人的後代，或至少是精神上的後裔，他們不去工廠工作也不種地就連一小片泥地也不種，他們不靠土地過活而是仰賴住在土地上的動物：他們是捕魚嚮導、專業漁夫的個體戶、麝鼠捕獵人或鱷魚獵人或鹿的盜獵者，土地從這裡開始往上爬升，不再是半浸在水裡的沼地而是乾燥土地，遠景則如同掛毯長滿長葉松樹，而來自北方的資金能把這些松樹變成俄亥俄州和印第安那州還有伊利諾州銀行帳戶裡的現金。不過當然不是全都如此。有些資金會把小村落和小村莊變成城市，甚至可在幾乎一夜之間建出整座新城市，這些城市掛著密西西比的名字但卻是依照俄亥俄州和印第安那州和伊利諾州的規模建造，因為它們比密西西比的小鎮都大，這些城鎮從平地升起，前一天還矗立在創造出它們的松林之間，而到了隔日（就是那麼迅速、那麼快、那麼飛也似的），它們就已成為周遭大片斷枝殘幹的紀念碑了。因為這片土地已生產了那唯一的作物：可是土壤太細太輕實在很難在棉花市場有競爭力：終於人們發現這裡可以種出其他地方種不出的作物：番茄和草莓還有製糖的高級甘蔗：不是北方和西方那些郡種的高粱，那種高粱在種植真正甘蔗的鄉間是被當作豬飼料的，而是用來提煉家用糖漿的那種甜甘蔗。

　　其實就是些大一點的城鎮而已，對密西西比來說：但我們稱為城市：哈蒂斯堡，還有勞雷爾，還有默爾迪恩，還有坎頓；另外有些城鎮的名字來自比俄亥俄州還要遙遠的關係：科西阿斯科的名字就是來自一位波蘭將軍，他認為想爭取自由人們就該獲得自由，另外還有個地方叫埃及，只因為在那場老女人

們永不投降的老舊戰爭進行時,這地方在那個悲慘匱乏的年代中擁有其他地方都沒有的玉米,另外還有個地名是費城,這裡有個郡是以納肖巴印第安人的名字來命名,那些印第安人也還留在這個地方,原因很簡單,他們並不介意跟其他人一起和平生活,無論對方的膚色或政治立場為何都沒差。接下來是丘陵地帶:瓊斯郡有位老紐特·奈特,他是這裡最大的地主,也是此地的頭號公民或說居民,你想怎麼稱呼都行,他在1862年脫離了南方聯盟,還在美國境內建立了第三共和國,直到聯盟軍到他嚴陣以待的木屋碉堡首都制伏了他;還有沙利文山谷:這是道窄長的峽谷,裡頭有幾個繼承北愛爾蘭及高地姓氏的家族彼此鬥爭殺戮,用的是庫洛登戰役[14]之前的風格,但只要遇到外人入侵大家又會立刻聯合對外,而這也是庫洛登戰役之前的風格:根據緝私官查緝非法威士忌釀酒場的傳說,他們會把犯人關在馬廄裡讓他們套上挽繩如同一對犁地騾子一樣工作。沙利文山谷中的黑人只要黑夜一降臨就溜走了。事實上,這片鄉間幾乎很少有黑人:這片狹長的山谷一路延伸到那個年輕人住的地區:那是個偏僻的地方,黑人很少經過,就算有需要也是在白天時快速經過。

這個地區不是非常寬廣,因為東側緊接著有大草原綿延的鄉間,大草原上的水流入阿拉巴馬和莫比爾灣。這裡的小鎮古老又關係緊密,居民常彼此通婚,種植園大宅的柱子及門廊都是維吉尼亞和卡羅萊納州的傳統喬治亞風格,跟之前提到納契茲人受到西班牙和法國影響的情況不同。這些小鎮包括哥倫

---

14. 庫洛登戰役(Culloden)發生於1746年的蘇格蘭,是蘇格蘭高地氏族和英格蘭軍隊的對戰。

布、阿伯丁、西點和修瓜拉，這裡很適合練鵪鶉射擊，也有培育並訓練很好的獵鳥犬——還有馬：另外也有獵人；「跳舞兔子」[15]也在這裡，當初那份把密西西比從印第安人手中搶來的條約就是由喬克托族人和美國政府簽訂的；在其中一座小鎮裡住著那個年輕人的一個親戚，現在已經死了，願他安息：他是個不屈不撓又無可救藥的單身漢，也是個方塊舞的領舞者，他長年習慣在外用餐，因為只要有餐會又需要一個單身男子出席時，每個主人第一個想到的都是他。

不過他也是男人中的男人，更有甚者：他還是年輕人仰望的男人，他跟鎮上的年輕單身漢及那些年紀夠輕還能抵抗婚約束縛的婚姻逃兵一起打牌和拚酒；他出門時不只搭配裝飾鞋套使用手杖戴著黃手套和霍姆堡捲邊氈帽，同時還散發出目中無人又堅決不信神的態度，可是最後他還是在走投無路之下被迫尋求禱告的幫助：有天晚上的晚餐過後，他和一票旅行商人坐在吉爾默旅館前人行道上的一排椅子上，等著今晚有什麼（萬一有的話）好戲可看，此時有兩個年輕單身漢開著福特T型號的車子經過，他們停車邀請他穿越州界到阿拉巴馬州的丘陵地帶弄回一加侖私釀的月光威士忌[16]。他們也真的出發了。可是他們要找的釀酒廠不在丘陵地，因為那個地區並不是丘陵：是阿帕拉契山脈逐漸下降的尾端。不過由於T型號的引擎需要運轉得夠快才可能打亮車頭燈，

---

15. 「跳舞兔子溪協議」是《印第安人遷移法案》（*Indian Removal Act*）於1830年通過後簽訂的的一個協議，這個法案讓印第安人只能擁有土地的使用權而非所有權。
16. 私釀酒通常在夜間偷偷進行，因此俗稱為月光酒。

爬坡其實對他們更有利，特別是在他們必須改打低檔後就更方便了。不過身為汽車出現前出生的世代，他從未想到回程會有什麼不同，直到他們弄到了那一加侖酒，喝了一些，然後掉頭開始往山下走才發現不對。又或許是威士忌的關係吧，他講到這裡時這麼說：那臺小車越衝越快，前方那兩片微弱光暈大概就跟兩隻螢火蟲差不多亮，車子一直沿著顛簸彎路往下俯衝，而隨著速度越快，彎道出現得就越頻繁、角度越大，還讓車子變得越顛簸，有時還會甩過幾乎九十度的彎道，此時車子的一邊是石壁另一邊則是幾百英尺高的垂直崖壁和空無的夜色，最後他終於開始禱告；他說：「主啊，祢知道我四十年來都沒讓祢擔心，只要祢讓我回到哥倫布，我發誓永遠不會再煩祢。」

　　而現在這個男人已經中年了，或者就說正在進入中年吧，他也回到了家鄉，那些曾在他年輕時改變了沼澤及森林樣貌的人現在也改變了土地本身的樣貌；他記憶中生長濃密的河床叢林還有肥沃農地現在都已成為二十五英里長的人造湖：那是巨大土堤防下方用來保護棉田的一個防洪管制計畫，每年湖上都會有幾艘裝了船外引擎的漁筏在工作，最後還出現了帆船。在他從自家進入小鎮中心的路上，這個正進入中年（現在是個專業的小說作家：他年輕時曾想當流浪漢及一無所有的浪子，不過時光和成就和血管硬化擊敗了他）的男子都會經過一個醫生朋友家的後院，這個朋友的兒子正在哈佛讀大學。有一天這位大學生叫住他，邀他進屋，給他看一艘二十五英尺長單桅帆船的未完成船殼，還說，「等我把這艘船造完，比爾先生，我要你幫我一起開這艘船。」之後每次他經過，這個大學生都會再說一次：「記得，比爾先生，只要這艘船下水了，我就要你馬上來幫我一起開」：這個正進入中年的男人總會這麼回答：「好的，

亞瑟。到時候叫我。」

　　然後有一天他從郵局出來：有個聲音從計程車裡叫住他，在這樣的密西西比小鎮，任何沒有家累負擔的年輕人只要想開車，那他們開的車都是計程車，而且他們宣布自己在開計程車的姿態就跟拿破崙自立為王一樣；車裡除了司機外還有那位大學生，車內另一個年輕人的父親本來是銀行總裁但銀行倒閉後就消失在了西部某處，至於第四個年輕人則是那種隨處可見的種類：小丑一樣的人物、有點像喜劇演員，這種人的幽默不帶惡意而且通常機智又有趣。「那艘船下水了，比爾先生，」那個大學生說。「準備好一起去了嗎？」他準備好了，那艘單桅帆船也準備好了；那個大學生已經用母親的裁縫機縫好了自己的船帆；他們想辦法把船弄進湖裡，還讓下帆被風吹得緊繃後拖曳開來，突然之間，那個正走向中年的男子感覺有一部分的自己已經不在船上了，而是在距離十英尺遠的地方看著他眼前的畫面：在密西西比北部丘陵深處的人工湖上，有個哈佛大學生和計程車司機和潛逃銀行家的兒子和村中丑角和一個中年小說家一起航行著一艘自製的船：然後他心想，這種事在你的人中不可能碰到第二次了。

　　又回到家了，他的故土；他出生於此而他的骨頭也會沉睡於此；就算痛恨其中的一些部分他仍深愛著這裡：包括河道上的叢林和四周的山丘，還是孩子的他曾在這裡和父親騎在馬上，當時的他坐在父親身後，兩人一起追逐山貓或狐狸或浣熊或綁著鈴鐺的獵犬在追的任何動物，等到他年紀夠大家裡也信任他可以拿槍後他就獨自去打獵，此時有一座泥濘湖泊的底部越堆越高，每年都穩定增加一層啤酒罐和瓶蓋和很多的鱸魚硬餌——荒野啊，他就這樣跑

去樹林裡兩星期，待在營地裡，吃著湊合的食物睡著湊合的覺，男人和馬匹和獵犬的生活就是跟其他的男人和馬匹和獵犬一起生活，不是為了殺掉獵物而只是追逐，碰到之後就放走，從未饜足——現在我們移動到更遠的所在，往下游抵達平坦的三角洲地帶，於是隔著好幾英里的田地都能看見那些一英里長的貨運火車，那些田裡的棉花在二月被抵押出去借款、五月種植、九月收割，然後在十月用來借農地貸款，好付清二月的債務也才有辦法再為明年要種的作物抵押借款，而越過這些田地看見的火車似乎同時經過了兩座或甚至三座有著印第安名字的小村，那麼就在這些小村座落的土地上，有個年輕人獲得的信任讓他連來福槍都能用了，他也參加了為老班舉行的年度儀式：老班是有隻腳被陷阱毀掉的年老大熊，牠為自己博得了老班這個名字，牠是透過搗毀陷阱和捕獸夾、殺掉獵犬，以及逃過槍口的經歷獲得了這個活人一樣的稱號，到了最後完結牠的是布恩·黑根貝克，他是那個年輕人父親的馬夫，為了救一頭他所愛的獵犬，布恩·黑根貝克跑過去用一把獵刀殺了牠。

可是他最痛恨的是不寬容與不公正：有人把黑人私刑處死但不是因為他犯了罪而是因為他們的皮膚是黑色（這樣做他們會變得越來越少很快就不復存在了可是犯下的邪惡不會消失也無從挽回因為本來就不該有任何邪惡存在）；還有不平等：那些黑人就算有學校讀也非常窮酸，如果不想住戶外就只能住破爛小屋：這些人可以崇拜白人的神但不能去白人的教堂；在白人的法院交稅但無法在裡面投票也無法參與投票、遵照白人的工時工作但薪水只能白人說了算（喬·湯姆斯上尉是三角洲的種植園主，不過他的種植園規模不是很大，他在收成很糟的某年過後從銀行提出一千銀元[17]，然後把他的五個佃農一個個輪流

叫進飯廳，此時餐桌上的燈下就隨意散放著兩百元，然後他說：「哎呀，吉姆，我們今年就賺這麼多。」然後那個黑人說：「老天爺啊，喬上尉啊，那些全是我的嗎？」然後湯姆斯上尉說：「不、不，只有一半是你的。另一半是我的，你記得吧。」）；他也恨那種偏狹的心態，這種心態會出現在我們選去華盛頓的一些參議員和眾議員身上，這種心態可以讓人在不比傑佛遜大的鎮上設立五個不同教派分支的教會，卻騰不出一平方英尺的廣場空地好讓孩子玩耍、同時讓老人也可以坐著看他們玩。

可是他愛這地方，這地方是他的：還記得在等待聖誕節及其他幾乎跟聖誕節一樣美好的日子到來時，他在破曉前都必須要努力才有辦法待在床上；他會在凌晨三點時被叫起床，就著燈光吃早餐，為的是搭乘輕馬車去鎮上的轉運站改搭一早的火車到曼非斯待三、四天，他總會在那裡看見各式各樣的汽車，而就在1910年的那天，當時的他十二歲，他看見了約翰・莫伊森將一臺裝著腳踏車輪且沒有副翼（你得扭曲整個翼尖才有辦法斜飛或回復平飛）的布萊里奧單翼機降落在曼非斯賽車場的內場空地，此後他就永遠知道自己總有一天也得獨自飛翔；他也記得的是：他的初戀，那女孩八歲，胖嘟嘟又文靜的她有著一頭蜂蜜色頭髮，名字叫瑪莉，他們兩人曾肩並肩坐在廚房外的階梯上吃冰淇淋；還有另一個女孩，這個叫米妮，她的老爺爺住在丘陵地，現在他也會跟她的這位爺爺買私釀威士忌，她在十七歲時來到鎮上那間雜貨藥店的飲料櫃檯工作，他會看著她一副純潔無暇又毫無自覺地將可口可樂糖漿倒入別人舉高的玻

---

17. 一銀元是一塊錢。

璃杯中，她都是用大拇指勾住糖漿罐的把手，倒完後再把罐子甩回來高舉擱上平行地面的上臂，整體動作一氣呵成，就跟他看她爺爺從酒罐裡倒出威士忌一千次的動作一樣。

但同時也恨著這地方，因為除了那些拿出兩百銀元的喬・湯姆斯還有那些穿著連帽長睡袍[18]的史諾普家族之外，密西西比還有這樣的事：他還記得：那是奈德，他在1865年出生於一間小木屋的後院，那是中年人曾祖父的時代，而奈德活得比他們家的三代人都要久，他不只因此有大量機會跟那三代人一起走路說話導致走路說話都像他們，他還有兩個極大的衣箱都裝滿了他們穿過的衣物——不只有他在擔任曾祖父還有祖父的馬車伕時穿戴的銅釦藍禮服長大衣和高禮帽，還有他曾祖父時代的鴿尾禮服外套和他父親時代的短外套，我們文中的中年人光看背部就能記得那件是為誰裁製的外套，他也記得這八十年來不停變化的各種帽子長相：因此，每當這個中年人懶洋洋地從圖書館窗內抬眼往外望去，只要看見了某種背影、某種步伐、或是某種外套及帽子沿車道走向道路，他的心臟就會停住甚至翻攪起來。他（奈德）已經八十四歲了，最近這幾年間腦子不太清楚，不只會把我們這個中年人稱為「主人」有時還會稱為「莫瑞主人」，後者指的是中年人的父親，有時還會稱呼他「上校」，每週一次中年人會看見他穿過廚房走進起居室，又或者一進去就發現他已經在那裡了，他會說：「我就想躺在這裡，在這裡可以面向窗戶躺著。我想要天氣晴朗，這樣太陽才能曬到我身上。我還要你布道。我要你為我喝一口威士忌，

---

18. 三K黨的裝扮。

然後好好躺著，來一段你這輩子最精采的布道。」

還有卡洛琳呢，她也是我們這個中年人根據輩分繼承來的，已經沒人精確知道她超過一百歲幾年了，不過她的腦袋很清楚，她呀：她可真的什麼都沒忘，她到現在還叫他「妹米」，那可是五十多年前他口齒不清的兄弟努力想叫他「威廉」時的誤稱；他最小的女兒大概是四、五還是六歲吧，此時走進屋子說，「爸爸，婆婆說你別忘記還欠她八十九塊錢。」

「不會忘的，」那個中年男子說。「你們在做什麼呢？」

「縫拼布被，」她女兒回答。他們確實是在縫。她的小木屋裡現在有接電了，但她就是不用，反而堅持要用她一直以來熟悉的煤油燈。她也不戴眼鏡，只把眼鏡架在包裹整潔白布的額頭上當作裝飾——那是一條頭巾——她現在藉此包住沒有髮絲的頭部。她不需要電和眼鏡：不管冬天或夏天，她的爐心裡都有木頭的灰燼在悶燒，他們以此來烤地瓜，那個五歲的白人孩童坐在爐子一側的迷你搖椅上，而身形沒比她大多少的這位年邁黑人女性則坐在另一側的椅子上，她們之間的籃子內放著顏色亮麗的碎布和布片，那裡的光線好微弱，換作那個中年人如果沒戴眼鏡就連自己的名字也看不清，而她們兩人卻用極細緻、單調卻又充滿耐心的針法將亮麗的星星和方塊和菱形圖像結合成不同花樣，準備之後摺好收在放滿雪松木片的大衣箱中。

然後是七月四日了，廚房在早餐之後關起門來，好讓廚師和和男僕可以打理出一場豐盛的野餐；就在這炎熱的早晨，那位年邁的黑人女性和白人孩子從菜園採了綠番茄沾鹽來吃，然後兩人下午在後院的桑葚樹下幾乎把冰鎮的十五磅西瓜全部吃光，然後卡洛琳在那天晚上第一次中風發作。本來那該是最

後一次了，醫生也是這麼想的。可是在破曉的天光中她撐過來了，就在那天早上，從她下體分娩而出的世世代代都來了，從她自己那七、八十歲的孩子，一直到那些曾孫還有玄孫——那個中年人之前都沒見過這些人的臉，最後小木屋實在塞不下他們這麼多人：所以女人和女孩睡在屋內地板上，男人和男孩睡在屋前的地上，此刻的卡洛琳已經恢復意識，正坐在床上：她什麼都沒忘記：她是這個家族的大家長她如同君王，更有甚者：她變得專橫跋扈：每到晚上的十點或甚至十一點，明明那個中年人都已更衣上床，正在讀書，卻一定會在此時聽見穿著襪子或光裸的一雙腳緩慢爬上後門樓梯；突然間那張陌生而黝黑的臉——總是跟前兩晚或是再之前的兩、三晚不同——會從門口望向房內的他，然後那個沉靜、有禮，且從不諂媚的嗓音會開口說：「她想吃冰淇淋。」於是他會起身穿好衣服開車進村；他甚至會開車穿越整座村莊，但同時內心清楚那邊的所有店面早關門了，然後他會做跟前兩晚一樣的事：開三十英里的車抵達高速公路主幹道後再往北或往南開，直到終於發現一間有開的得來速或熱狗攤好讓他能買到一夸脫的冰淇淋。

可是帶走她的不是那次中風；她很快又能走路了，甚至是，就算男僕事先命令她此後都不准接近汽車，她還是跟他的——也就是那位中年人的——母親一起坐車到了鎮上去，她們聊著，他喜歡這樣想像著，她們聊著有關他父親和他本人還有他三個弟弟的往日回憶，她們兩個女人的體重加起來從未超過兩百磅，卻得跟五個吵吵嚷嚷的男人一起在屋子裡生活：不過她們可能不覺得那算吵吵嚷嚷，因為女人跟男人不同，她們已經學會如何靠著那種感情用事來讓日子比較不複雜。不過就彷彿她已心裡有數，她在那年夏天的中風就像他祖父

的時鐘於午夜或中午發出那種彷彿清喉嚨的聲響，因為她再也沒碰最後那條未完成的拼布被了。現在那條被子不見了，沒人知道在哪裡，然後隨著寒氣降臨及白日逐漸變短，她開始越來越常待在屋子裡，不是她的小木屋而是主屋，她會在廚師和男僕所在的廚房角落待著，也會在那個中年人妻子的裁縫室待到全家人聚在一起吃晚餐才出來，之後男僕會把她的搖椅搬進飯廳，好讓她能在大家吃飯時坐在一旁。然後突然之間（現在已經快到聖誕節了），她堅持要在餐點準備好之前坐在起居室，沒人知道為什麼，直到最後她才告訴他們，這次是透過那個中年人的妻子傳話：「海絲戴爾小姐，等那些黑人把我裝殮時，我希望你能幫我縫製全新的帽子和圍裙，讓我能穿著下葬。」那就是她的告別致詞；聖誕節過後兩天，帶走她的那場中風發生了；再兩天後她穿戴著自己不會看見的全新帽子和圍裙躺在起居室裡，那個正步入中年的男人也確實躺著布道了，就是之前說好的那場演說，同時他盼望著等自己的時候到了，世上也會有個人為他來這麼一場他應得的布道，正如這場布道完全是她應得的，因為她就跟他打從嬰兒時期開始一樣，始終都是在那樣忠誠、那樣奉獻，而且那樣正直的尺度與範疇內行事。

他仍是愛著這地方的一切，就算無法不去恨一些什麼也一樣，因為他現在知道愛是沒有原因的：所謂愛是無法不愛；愛的發生不是因為美好，而是就算看到殘缺還是愛。


原文刊載於《假日》雜誌，1954年4月；此處的內文取自福克納的打字手稿。

## 導讀

　　在這篇1954年刊登於《假日》雜誌的散文作品裡，福克納的文字帶領讀者進行一場虛擬的密西西比導覽。這個導覽既介紹密西西比的地理與生態環境，更經常按照年代的順序描繪其古往今來的事件。然而，《密西西比》儘管乍看之下結構簡單，也不是經常出現在大眾視野的作品，它卻突顯數個福克納重要的寫作手法與關懷。誠如梅里威瑟（James B. Meriwether）所指出的，儘管我們在作品裡經常可見他對於地理細節與歷史事件的客觀描述，但這些內容與相應之事實調查卻並非完全吻合（16-17）。[19] 換言之，《密西西比》無法歸類為一篇探討密西西比歷史的紀實檔案，其中有著太多自傳性與虛構的成分，而文中提及的數個重要家族與人物，對於曾經閱讀過福克納小說的讀者亦並不陌生。另外一方面，文章裡出現的「他」、那位「開始狩獵的男孩」，經常被認為是福克納自身的投射。藉由這個第三人稱的角度，福克納穿插數個帶有自傳色彩的故事，像是他早年曾為私酒商工作的經歷等（18）。這些敘事策略體現了福克納擅於融合想像與外在現實的文學特徵，同時協助他多次照看並反思南方如何適應社會變遷、深植於文明發展的暴力、人對於大自然的掠奪，以及種族歧視等議題。

（文：謝伊柔）

---

19. Meriwether, James B. "Faulkner's 'Mississippi.' " *The Mississippi Quarterly*, vol. 25, 1972, pp. 15-23.

# 14

# 致黑人種族領袖的一封信

威廉·福克納　著
葉佳怡　譯

　　最近我在好幾份雜誌上被指出有過這樣的發言：「我……在美國和密西西比之間……會選擇密西西比……即便（要付出的代價或意味著）要走上街射殺黑人。」每次我看到這段發言，我都會去信糾正，我的意思是這樣的：那是一個任何腦子清醒的人都不會說的話，只要有理智的人也不會相信，因為這樣的發言不只愚蠢，而且危險，此外做出這種選擇及相應行動的那一刻永遠不會到來，但就算只是提出這種可能性，都只會進一步點燃美國少數人（我相信是少數人）的情緒，畢竟這些人仍相信這一刻有可能降臨。

　　以下段落節錄自我刊載於今年三月五日《生活》雜誌上的文章，標題是〈一封給北方的信〉，「信」中的這段話是特別要跟全國有色人種協進會（NAACP），以及其他積極參與廢除種族隔離運動的組織說的：「現在動作放慢一點。先稍微停下來，就一下。你們現在有權力了；你們有餘裕了，可以

暫時停止用到手的權力進攻。你們已經獲得很好的進展，你們已經打得對手措手不及，讓對方現在非常脆弱。可是就在這裡停一下吧；別給對方一個機會重拾優勢，不要讓整個議題失焦，因為人們可能會因為對方是落水狗而反射性地同情……你們已經讓南方人明白你們的能耐，以及必要時可以做到什麼程度；給予對方空間讓他喘息並內化理解現況；你們要好好觀察一下情勢並理解（一）沒有人要從外在逼迫他接受種族融合；（二）他只能自己解決自己土地上的過時問題；必須治癒的不只是一種道德病狀，還有身體上的病狀，而如果南方白人真想獲得一點平靜，就無法每年都被迫面對另一個法律程序或行動，而且年復一年，直到他死前都沒個停止。」

當我說「慢慢來，暫停一下」時，我的意思是，「要有彈性」。當我寫下這封信並運用所知的一切管道讓這封信及時刊載出來時，奧瑟琳·露西剛因為當地已經快要失控的暴力反應被迫暫時離開阿拉巴馬大學。我相信當法官判定她要求重新入學的權利有效時——他也勢必得這麼做——支持她的勢力一定會送她回去重新入學，而等到那時候她很可能會失去她的生命。這件事後來沒有發生。我想相信是那些支持露西小姐的勢力的智慧讓他們決定不送她回去——不只是拯救了她活命的那種智慧，而是能預見就長遠而言，就算是她殉道了，效果也不比讓她所帶來的威脅以簡單的、漫長的，永無止盡的阻撓價值而存在，這也是我之前說的意思，「還有身體上的病狀，而如果南方白人真想獲得一點平靜，就不能每年都被迫面對另一個（原文如此）露西小姐，而且年復一年，直到他死前都沒個停止。」

這不是要個別的黑人去放棄或稍微降低他對平等的盼望和意志，而是要

他們的領導人和組織在執行獲取平等的方法時，永遠能在面對當下的處境及地區特質保有彈性和適應力。如果我是在今日美國的一名黑人，我會希望我的種族領袖採納我所提出的這項建議：每天把一個有能力及能耐的黑人送到他有權去上課的白人學校──我這個種族的一個學生──讓他打扮得整潔亮麗，態度彬彬有禮，不帶一絲威脅或暴力氣息，然後要求入學；當他遭到拒絕時，我不會把他當作一個受到拒絕的個人案例，反而會在隔天送去另一個學生，而且同樣亮麗整潔又有禮，這次輪到這個人被拒絕，直到最後白人自己必須意識到，如果他不去解決這個困境，他此生都無法獲得一絲平靜。

這就是甘地的做法。如果我是一個黑人，我會建議我們的長輩和領導者將此作為我們始終如一且絕不動搖的行動路線──這是個具有彈性但又絕不動搖的非暴力路線，其針對的不只是學校而是所有排拒我們的公立機構，當時在對抗阿拉巴馬州的蒙克馬利公車線議題時用的也是同樣邏輯。不過一定要永遠有彈性：絕不動搖而且始終如一的是盼望與意志，面對不同的時間和地點和處境卻仍要保持彈性。如果我是黑人，我會願意成為全國有色人種協進會的一員，因為我們的美國文化中沒有其他事物像我的種族提供過這麼多的希望。可是若要我在這個組織待下去是有條件的：這個組織要認知到我們問題中最迫切的問題在於**數量**，但就我所知他們還沒有公開承認過；還有他們必須要把之前提到的那種彈性奉為行動方針。我會跟我的種族的其他人說，我們永遠不該壓抑自己的盼望及對平等權利的要求，純粹是在我們的行動及要求權利的過程中因為彈性而有所節制。我會對我的種族的其他人說，我不知道這種「慢慢來」的情況要執行多久，可是如果你們願意讓我把「慢慢來」解釋為具有彈性，

我不認為除了「慢慢來」之外還有任何其他方法可以讓我們的盼望逐漸成真。我會對我的種族說，我們的彈性方針必須是得體的、沉靜的、有禮的、有尊嚴的；就算出現了暴力和非理性的行為，那也不能是我們搞出來的。我會說所有蒙哥馬利的黑人都應該支持公車抵制行動，但絕不是說所有人都**必須**這麼做，因為那所謂的必須，代表我們會淪落到跟反對我們的人一樣，用他們壓迫我們的手段來壓迫自己人，這會讓我們的勝利變得一文不值，因此必須要大家的行動能出於自發而非被迫。我會說我們的種族必須在心理方面有所調適，我們所要因應的不是一個無止盡延續的種族隔離社會，而是如果要保持這種絕不動搖且不屈不撓的彈性，而且有必要保持多久就保持多久，到了最後白人自己就會厭倦、放棄與此對抗了。

隨便出一張嘴說「如果我是個黑人，我就會這樣或那樣做」是很簡單的事。然而白人畢竟只能暫時想像自己是黑人的情況；他不可能成為另一個種族的人去體會他們的悲傷與難處。所以有些問題他可以拿來向自己提問，卻無法提出解答，舉例來說：問、你會願意為了現實問題降低你對人生目標的眼界，並對你的抱負做出妥協嗎？答、不。我會想辦法在執行方法上更有彈性。問、這個態度也適用在你孩子身上嗎？答、我會教導他們抱負和彈性的重要。可是還有希望，因為生命的本身光是活著就有希望，因為活著就代表改變，而改變勢必代表有所進展或死亡。問、若要避免爭議及敵意，並為你的種族交朋友而非創造敵人，你會如何自處？答、讓自己得體、有尊嚴、遵守道德，並扛起社會責任。問、針對人類正義及種族救贖的議題，你會如何向上帝祈禱？答、我不認為人類向上帝祈禱是為了人類的正義和種族的救贖。我相信人類可以向

上帝證明，不朽的個人尊嚴永遠能比不正義更禁得起考驗，而且在個人尊嚴面前，任何家庭和宗族和部落只能稱自己為人類的其中一個種族，而非全人類的唯一種族代表，因此所有的興起和流逝和消失都跟世間的無數塵土無異。人類只能證明自己對個人的優雅、尊嚴及其不朽抱持信心，就如同杜斯妥也夫斯基筆下的伊凡也不接受奠基於一個孩童苦痛哭喊的天堂秩序。問、身邊圍繞著充滿敵意的白人，你會覺得不恨他們很難嗎？答、我會對我自己反覆誦念布克‧T‧華盛頓的話，他說：「我永遠不會讓任何人，無論對方是什麼膚色，激起我對他的恨。」

所以如果我是個黑人，我會對跟我同種族的人說：「讓我們永遠不屈不撓又絕不動搖地保持彈性吧。但要永遠得體、沉靜、有禮，帶有尊嚴而且不搞暴力。最重要的是，要有耐心。白人已經耗費了三百年來教我們要有耐心；跟他們相比這至少是我們的一個強項。就讓我們把這個當成用來對抗他們的武器吧。讓我們利用耐心這個特質，但不要將其視為被動消極，而是一種積極的武器。不過正如我一直說的，就讓我們在跟白人接觸時練習表現得整潔、得體、有禮又有尊嚴。白人已經教我們要如何對他們更有耐心、更有禮，但他們自己對我們都做不到那個程度；就讓我們在其他方面也變得比他們強吧。」

不過最重要的是，我會對我們種族的領導者說：「我們必須學著讓自己配得上平等，這樣我們在獲得平等之後才能緊緊抓住並保持不失去。我們要學會負起責任，那些伴隨平等而來的責任。我們必須懂得沒有不帶任何附帶條件的『權利』，因為沒有付出的收穫也就沒有任何價值：完全沒有。我們必須學會理解平等、自由和解放這些不可被剝奪的權利，還有對幸福的追尋，

都恰好驗證了我們建國前輩的話：享有自由及平等的**機會**的權利，當有資格的人獲得時，都會努力去爭取，而且要努力才能保住。另外重要的不只是獲得機會的權利，還要有意願和能力去承擔隨機會而來的責任——這些責任包括保持身體的潔淨及道德的正直、能在是非對錯之間做出有意識的選擇並擁有服從這些選擇的意志、面對他人時表現得可靠，以及保有不接受施捨及救濟而獨立的自尊心。」

「白人沒有教我這些。他只教我們要耐心有禮。他甚至不明白我們就有足以自學如何保持潔淨、獨立、正直和可靠的環境。所以我們一定要在這些方面自立自強。我們的領袖要教我們自立自強。我們這個種族一定要想辦法自己站起來，好讓我們有辦法承擔平等的責任，這樣我們才能在獲得平等之後保住平等。我們的悲劇在於，白人吹噓這些負責任的美德專屬於他們，然而我們黑人，我們必須要表現得比他們更好。我們的希望是，在耐心有禮這方面打敗他們之後，我們或許也能在這些其他項目打敗他們。」


原文刊載於《黑檀》雜誌，1956年9月；此處的內文取自福克納的打字原稿。

## 導讀

　　1956年非裔社會運動家露西入學阿拉巴馬大學的事件，造成美國社會極大的動盪與對立。為了回應事件發酵後廣為討論的族群融合等議題，福克納陸續投書並且接受記者的採訪。然而，不管是他所謂「慢慢來」的立場，或在不得不和社會對抗的前提下，他仍堅持捍衛密西西比這片他所愛的土地，即使這意味著「走上街射殺黑人」的說詞，都引發各界的強烈抨擊。知名的非裔作家杜波伊斯（W. E. B. Du Bois）更提議兩人為此進行辯論，但福克納透過電報以兩人之間並不存在分歧點為由拒絕。誕生於前述的歷史脈絡中，這篇發表於《黑檀》雜誌、原題名為〈假如我是個黑人〉的文章，是他緩解失言風波的後續回應之一。讀者可以看見福克納一再重申自己被誤解，解釋「放慢一點」的具體內涵是建議黑人應該更有彈性、適度地調整策略，並堅持以非暴力、拒絕走向極端的「甘地式作法」以順利達成融合之目的。然而，儘管福克納試圖設想自己是黑人，以拉近與讀者的距離，他同時也意識到自己身為白人的侷限性，知道白人永遠不可能變成真正的黑人，理解他們的痛苦與處境。也正因為白人難以真正成為其他有色他者，加上文章重複強調黑人應該要得體與耐心的指導性立場，導致這個回應的效果仍未能盡如人意。（文：謝伊柔）

當我們跨越後現代，回頭再看從前的小說們，有時候看到的已不只是明確的小說這件事，而是作者在斷垣殘壁中如何書寫、如何思考，更是思考要成為一個什麼樣的作家。

——蔣亞妮，〈我們的當代，如何現代〉

第三部分

# 初相識與再邂逅

## 現代主義運動在臺灣

# 現代人的藝術情感：
# 臺灣的現代主義文學

王梅香

　　本書第一部分聚焦美國現代主義的三位大家：海明威、費茲傑羅與福克納，三位作家處於類似的社會背景，以及受到戰爭影響下的作品書寫；第二部分收錄海明威、費茲傑羅與福克納的現代主義散文翻譯；第三部分則是探究在美國現代主義文學影響下，臺灣現代主義的面貌又產生什麼不同的變化？臺灣現代主義文學歷經不同歷史階段（日治和戰後）、不同外部力量交織形構而成。有鑑於此，很難一言以蔽之，簡單回答「臺灣現代主義文學」是什麼。有鑑於此，本書臺灣現代主義文學部分，集結目前國內青壯年的學者、作家和譯者書寫，分別從研究、翻譯和生命經驗書寫等不同面向，思索與剖析臺灣現代主義文學的內涵，透過不同行動主體的多元書寫，期待逐漸廓清臺灣現代主義文學的面貌。

　　在這些不同篇章中，我們可以看到不同作者筆下的作家如何受到美國現

代主義文學的影響，尤其是海明威、費茲傑羅與福克納的作品。在討論不同作者的篇章之前，可以針對美國新聞處、今日世界出版社與臺大外文系的作家群們進行討論，搭建美國現代主義進入臺灣的相關背景。美國文學或美國現代文學輸入臺灣，其實早於戰前就已經開始，日治時期的臺灣作家透過日文翻譯接觸美國文學相關作品。1953年，美國新聞總署成立，美國在世界各國的美國新聞處扮演教育、文化輸出與交流的角色。對於當時處於戒嚴體制下的臺灣，美國新聞處的存在成為知識分子攫取外來藝文資訊、最新思潮的管道。其中，香港美新處的出版品《今日世界》（World Today, 1952－1980年），以及今日世界出版社的「今日世界譯叢」，出版包括華盛頓・歐文（Washington Irving）、納撒尼爾・霍桑（Nathaniel Hawthorne）、赫爾曼・梅爾維爾（Herman Melville）、愛倫・坡（Edgar Allan Poe）、馬克・吐溫（Mark Twain）、亨利・詹姆斯（Henry James）、威廉・福克納、厄尼斯特・海明威、費茲傑羅等，都滋養著1950 － 1970年代臺灣的文學青年。其中，最為大家所熟悉的，就是臺大外文系的作家群，包括以下個別篇章著者所書寫的作家，例如1956年創辦《文學雜誌》（1956 － 1960）的夏濟安，以及深受夏濟安影響的白先勇、王文興、歐陽子和王禎和等人，在夏濟安赴美之後，接續創辦《現代文學》（1960 － 1984），有系統地譯介美國現代主義。當此之際，本身主修美國文學的臺北美新處處長麥加錫（Richard M. McCarthy），透過贊助或購買前述刊物，並鼓勵臺灣作家前往他的母校愛荷華大學進修、學習寫作，並將這些年輕學子的作品外譯，由Heritage Press出版系列英文叢書，透過刊物、書籍和寫作班，逐漸將臺灣文學推向世界的舞臺。

為了讓讀者更深入了解這段歷史，單德興〈今日世界出版社的美國文學翻譯與文明化任務〉一文，揭示一整個時代的社會與文化脈絡，提綱挈領地說明本書其他章節之所以發生，是在文化冷戰背景、美國公共外交的氛圍下進行。本身是英美文學研究者，也是資深譯者的單德興，透過訪談香港美新處工作人員李如桐所獲得的第一手資料，再加上今日世界出版社各種譯介書籍的詳實分析，勾繪美國文學在臺港如何從無到有，透過臺港翻譯「夢幻隊」生產與傳播的歷程。更重要的是，儘管對於冷戰是否結束，或者是否進入冷戰2.0的說法存在各種爭議，但是，當年這些譯介作品的影響力仍然持續到今日，這便是作者在結語所說的文學翻譯的現世性與超越性。

接著，陳允元〈誰是最初的點火人？〉一文，為我們揭開臺灣現代主義的迷霧，他認為臺灣現代主義文學並非從1950至1960年代開始，而應該追溯至1920、1930年代，現代主義文學早已透過日文譯介進入臺灣。1933年，楊熾昌、李張瑞、林修二等人在臺南成立風車詩社，引進日本超現實美學，而日本的現代主義則是譯介自歐美，臺灣作家再透過日文「間接」接收西方現代主義。在想像的飛躍、熱情的燃燒中，作家們企圖抓住比現實更現實的東西。此外，戰後1950年代發起現代詩運動的紀弦，在上海時已是上海現代派作家的一員，日後再與彰化詩人錦連、林亨泰連繫起來。由此，現代主義的跨域移動，從西方到日本和中國，最後匯流到臺灣，共同形塑出臺灣現代主義文學的部分面貌。

到了戰後，臺灣整體社會邁向現代化的進程，文學也追求現代化，一開始體現在美國文學的譯介；其次，則是臺灣作家各種形式的學習與轉化。在譯

介的部分，王惠珍〈巴別塔下的譯者鄭清文〉一文，釐清臺灣對於美國文學的接受歷程，她指出「美國現代文學在臺接受的過程，除了借重跨海來臺的中譯本和譯者的生產傳播，尚有一條重譯日譯本的生產涓流。」易言之，臺灣對於美國文學的接受，不僅是大家所熟悉的美援文化、美國新聞處或是美援文藝體制，對於本省籍知識分子而言，他們仰賴日譯本、中譯本作為吸收美國文學的取徑。例如龍瑛宗雖讀過愛倫・坡和賽珍珠（Pearl Sydenstricker Buck），可是卻沒有讀過海明威和福克納。相對於此，鄭清文從不諱言自己對於海明威「冰山理論」的學習，以及對於福克納作品的喜愛。除了透過日語學習美國文學，另外則是透過中文翻譯接觸美國文學。例如李惠珍〈臺灣盜版商的最愛〉一文，細數1949年之後，最受臺灣出版市場青睞的美國作家海明威。1950年代在臺灣市面上，光是《老人與海》一書，就有三個不同的中文譯本。誠然，「美國的」海明威之所以成為「世界的」海明威，得獎所增加的文化資本自不待言，包含1953年獲得美國普立茲小說獎，1954年又榮獲諾貝爾文學獎。然而，海明威為什麼成為盜版商的最愛？從李惠珍的書寫中，我們看到在版權觀念尚未普及的年代，海明威之所以受到極大關注的兩個重要原因，一方面是好萊塢電影的加持效果，例如1953年《雪山盟》（*The Snows of Kilimanjaro*）、1957年《妾似朝陽又照君》和1958年《老人與海》等電影，讓海明威更為臺港讀者熟知；另一方面，海明威的文字簡潔，使得他的作品在語言轉譯上又更加受到喜愛。

後半部分是學者和作家對於美國現代主義文學的學習與轉化，從個人生命經驗書寫的有張錦忠〈美國現代主義文學翻譯與文學養成〉一文，描繪

1960年代馬來西亞的文學青年，透過今日世界出版社的出版品，在遙遠的馬來半島東海岸，閱讀、想像和汲取現代思潮的現身說法。我們可以看到作者如何感受美國文學的形式與內容，以及透過香港友聯出版社創辦的《蕉風》雜誌，攀爬一座又一座英美文學的高山。同樣是作家現身說法的篇章，向陽和朱和之透過不同世代的愛荷華經驗，為我們展現出走愛荷華的文學養成。向陽在〈秋光明亮：我的愛荷華記憶〉一文，記錄自身參與國際寫作計畫的前因後果，以及在愛荷華的歲月中，與楊青矗和他國作家的互動與交往。當然，最令他難忘的就是在聶華苓的家中夜會，那是所有熱愛文學的心靈匯集之處，忘卻自身身上的國家標籤，透過文學真誠交流的地方。這個充滿溫暖的所在，也出現在朱和之〈在無盡的暮色裡〉，向陽、朱和之雖屬不同世代的寫作者，但都不約而同提到聶華苓的家，不變的溫暖和熱情，唯一不同的是保羅·安格爾（Paul Engle）；在朱和之的筆下，安格爾辭世的歲月，聶華苓的時間彷彿也停止流動。

不同學者對於個別現代主義作家的論述與分析，包含臺大外文系的作家白先勇、王文興、歐陽子和王禎和等人。在臺灣現代主義文學作品中，可以看到不同作家在形式（如打破線性時間、語言實驗等）與內容（挑戰既有社會規範和秩序）上的實驗與創新。首先，黃儀冠在〈白先勇與現代主義〉中，介紹從1956年夏濟安創辦《文學雜誌》，以及1960年《現代文學》承繼《文學雜誌》，引介、翻譯並傳播現代主義思潮，也提供年輕作家發表的園地。她清晰扼要地指出，白先勇的現代主義文學兼融中國文學傳統與西方現代主義，

其中《遊園驚夢》中以意識流手法描繪男女主角幽會最為人所熟知。彭明偉〈奮鬥不懈的文體家〉談的是孜孜矻矻於文字的王文興，他與文字的關係就像永不休止的戰爭，這反映出王文興現代主義文學追求文字精確，和語言符號創新的風格。王文興的「現代」不僅表現在精準文字的追求，還有內容上對於既有秩序、倫理的質疑與反叛。彭明偉點出王文興早期的小說講的多半是青春的騷動，後來的〈母親〉這篇小說，運用意識流的寫法，和白先勇的〈遊園驚夢〉都是在時序上的交錯，而呈現出非線性時間的破碎樣態，顯示現代主義文學的特色。

　　在現代主義的女性作家中，歐陽子、叢甦、陳若曦和李渝的小說常被並置討論。王鈺婷在〈破壞的建設工作：歐陽子與《秋葉》〉一文，探討歐陽子的寫作主題，刻畫同性情誼、畸戀和家庭倫常的議題，透過多元的敘事觀點，採用內心獨白的手法，探究人性中的情感與欲望。不管歐陽子或是前述的白先勇，都受過福克納的啟發，歐陽子說：「在福克納作品中，doom（命、劫數）、curse（孽、天譴）等字，一次又一次地出現。」她的小說〈近黃昏時〉，便是受到福克納《我彌留之際》的影響，不僅在寫作技巧上有所改變，在寫作內容上也深受啟發。另一位受到福克納影響的臺灣現代主義作家是王禎和，關首奇的〈王禎和作品與美國現代主義〉便是著重說明王禎和在現代主義語言使用上的創新性和特殊性，包含多語書寫和地方語言的交雜。關首奇說：「王禎和透過換置主詞、動詞、虛詞的位置和扭曲詞彙等手段創造適當的語調和語感。」、「他刻意選擇把其他語言（英語、臺語）的語法與作為主要語言的中文交雜在一起。」

在王禎和的《玫瑰玫瑰我愛你》中，可以看到作者在語言上的遊戲與實驗，關首奇認為，這或許是王禎和受到美國現代主義文學影響，但同時在他的內心深處，對於美國的文化帝國主義卻又是帶著批判和反思的視角。

此外，在談論臺灣現代主義文學的時候，所謂的本省籍作家時常會被忽略。相較於臺大外文系學院派的現代主義，日治時期的臺灣作家，包含風車詩社和小說家（如龍瑛宗等人），其實早在戰前便透過日文吸收日本現代主義。到了戰後，鄭清文透過中譯本學習海明威和福克納等作家作品。他十分認同海明威的冰山理論，因此，鄭清文的小說兼具「節制」和「含蓄」特徵。也因此，臺灣導演吳念真認為鄭清文小說容易改編為劇本，原因在於他的小說留給讀者很多的想像空間。另一位本省籍作家鍾肇政，提到自己在臺灣現代主義風潮形成之前，他已經嘗試寫作過意識流的作品。到了 1960 年代，他的小說 "Feet"（〈腳的故事〉）運用意識流的寫作方式，打破線性的時間順序，而採「現在、過去、現在」的敘事模式，透過文中人物的回憶，回想一生的經歷或是創傷。即便是具有顯著現實主義色彩的李喬，在其早期的作品〈痛苦的符號〉和〈恍惚的世界〉等，便是運用西方意識流和內心獨白的技巧。

最後，蔣亞妮〈我們的當代，如何現代：美國現代文學如何影響了臺灣當代小說〉一文，從 1950 年代迄今，為美國現代小說對於臺灣作家的影響，做了總體性的回顧。臺灣現代小說家不管海明威派、費茲傑羅派或是福克納派，各有其追隨者，其影響甚至持續至今。吳明益曾自述：「我走的比較像海明威的路。」其他的海明威派追隨者還有小說家陳思宏、黃崇凱和編輯陳夏民；

在費派的追隨者，有新世代作家伊格言和旅美作家裴在美；福派的追隨者則有駱以軍等。該文為我們呈現美國現代主義文學在臺灣文學史上的滯後作用，直到今日，仍然持續影響著臺灣作家。

　　總體而言，戰後學習現代主義的臺灣小說家，更多是在現代主義技巧上，例如意識流手法、內心獨白等，僅有少數作家同時在形式與內容都進行創新和批判。其次，臺灣現代主義文學的發展從戰前跨越到戰後，即便同是學習美國現代主義，即便都是閱讀福克納，不同世代作家分別透過日文和英語作為媒介學習。這種想要「現代」的意識，體現在對於既有社會處境的感受，當既有的藝術形式和書寫內容不足以反映當下的情感，語言的實驗與內容的創新、反叛便油然而生，雖然當時的臺灣仍是農業社會型態，但在一片反共抗俄、白色恐怖的氛圍下，美國現代主義帶給當時的臺灣作家其他的書寫選擇和可能性。

# 15

# 今日世界出版社的
# 美國文學翻譯與文明化任務

單德興

## 冷戰與美國文化外交

　　第二次世界大戰剛落幕，美國與蘇聯的對抗便急速升高。1947年，美國戰略家喬治・肯楠（George F. Kennan）以匿名在《外交事務》（*Foreign Affairs*）上發表文章，提出「圍堵政策」，主張美國身為自由世界的領袖，應聯合政治理念相同的國家，全面圍堵以蘇聯為首的共產勢力擴張，凡能使敵消我長的策略都在考慮之列。其中，意識形態之戰涉及軟實力，也就是把美國形塑為自由、民主、進步的典範，盟國的效法對象，因此倡議「文化外交」。

　　中華民國雖然1949年在國共內戰中戰敗，退守臺灣，卻一直是全球反共的前哨。1950年韓戰爆發，美國總統杜魯門（Harry S. Truman）派遣第七艦隊協防臺灣，成功扼阻中共入侵。美援源源不斷進入中華民國，除了軍事援助之

外，還有經濟、工業、農業、社會、醫療、文教等方面的技術協助、合作與開發，有意把中華民國打造為現代化的自由中國，以對抗鐵幕內的赤色中國。

因此，美國在臺灣大力推動文化與教育交流，而在美國研究（American Studies）方面，則以美國文學的推展成果最令人矚目。若說培養美國文學師資，以及在大學開設美國文學課程是菁英式、建制性的措施，那麼翻譯美國文學則更為草根，而且影響廣闊。

## 香港雀屏中選

根據1957年7月17日美國國家安全委員會「美國對香港政策」NSC 5717號文件，美國計畫以香港為據點，運用駐香港總領事館和美國新聞媒體駐港機構，針對中國大陸進行意識形態宣傳與滲透，以遂行軍事措施與經濟手段難以達成的目標。其中以立竿見影為目標的快速媒體（fast media），如畫報、雜誌，由新聞組負責；以潛移默化為目標的慢速媒體（slow media），如書籍，則由文化組負責。雙方各司其職，分工合作。

香港之所以雀屏中選，主要原因如下：

- **文化背景相近**：香港與海峽兩岸同文同種
- **地理位置優越**：香港不僅是面對中國大陸的最前線，也方便連結臺灣與東南亞
- **政治地位中立**：在英國統治下，不明顯左傾或右傾
- **言論市場自由**：左派與右派各行其道，彼此角力，遠非戒嚴下的臺灣或中共

統治下的大陸所能及

- **各路人才濟濟**：香港的特殊文化與政治環境吸引許多文化人居留，包括南來文人
- **經濟環境優越**：物質條件充沛，在華人世界首屈一指

　　因此，鄭樹森稱香港為當時華人世界「唯一的公共空間」，以及「文化人的避難所」。

　　冷戰時期的譯書計畫，由香港美國新聞處底下的「今日世界出版社」執行，主要目標在於宣揚美國價值，傳播反共理念，提倡自由民主制度，鞏固美國文化霸權。因此，美國新聞處就成為美國向外執行文明化任務（civilizing mission）的首要機構。

## 今日世界出版社

　　其實在「美國對香港政策」頒布之前，今日世界出版社已於1952年成立，在政策發布之後，其執掌與目標更為明確。該社致力於翻譯、出版具有代表性的美國作品，內容頗為多元，涵括文學、藝術、歷史、地理、政治、經濟、社會、法律、宗教、教育、新聞、外交、科技、英語教學等類別。多年來的出版品數以百計，而以美國文學為大宗，且最為人稱道，影響至廣且深。

　　美國新聞處挾著豐厚資源，扮演贊助者（patron）的角色，旗下的今日世界出版社則以代理人（agent）的身分，聘請華籍編輯執行翻譯計畫，主事者

先後有林以亮（宋淇）、李如桐、韓迪厚、戴天、余也魯、胡菊人、董橋、岑逸飛等，負責選書、尋找譯者、核對並編校譯文。值得一提的是，當時中文世界欠缺智慧財產權的觀念，盜譯之風盛行，今日世界出版社則恪守規範，竭盡所能取得版權，載明於版權頁，為中文世界示範了對智慧財產權的尊重。

有關選書，長期主事的李如桐2004年接受筆者訪談時表示：「書是我們（華籍員工）自己選的，但是由美國人指導，參考一些美國的目錄，裡面有介紹內容，我就研究一下，考量市場的需要，是很有系統的。」出版社選定書籍、取得版權後，就邀請港臺兩地中英文造詣俱佳的人士翻譯。偶爾也有譯者主動挑選書籍，如比較文學博士劉紹銘，與戴天同為臺大外文系畢業的僑生，當時正任教於香港中文大學，便主動推薦並翻譯了幾部猶太裔美國文學作品，開華文世界的先河。

為了展現美國文學的繁複多樣，譯作既有傳統的文學經典，也有具特色的近當代作品。因為志在文化外交，當然著力於呈現美好的一面，暴露美國社會黑暗面的作品則排除在外。以黑人作家為例，拉爾夫・艾里森（Ralph Ellison）的長篇小說《隱形人》（*Invisible Man*）因為反映種族歧視、社會不公，便不在翻譯之列。而布克・華盛頓（Booker T. Washington）的自傳《力爭上游》（*Up From Slavery*，思果譯）則成為宣揚美國夢與民族融合的勵志之作。

## 美國文學翻譯系列

今日世界出版社從事譯介不遺餘力，出版品琳瑯滿目。1976年印行的《今

日世界譯叢目錄》列出三百本以上的譯作，其中以文學類數量居冠，遠超過其他六類（藝術類、傳記類、史地類、社會科學類、科技類、英語教學）。文學類又細分為四類：「總集」（包括文學史和文學評論）、「小說」、「詩・散文」、「戲劇」，其中以小說（71本）最多，超過總集（15本）與其他文類（詩與散文15本，戲劇18本）的總和。

文學系列的原作者包括美國文學史上的經典作家、二十世紀諾貝爾文學獎得主，以及具有代表性的近當代作家，其中以小說家最多，劇作家次之，散文家再次之：

**小說家**──華盛頓・歐文、納撒尼爾・霍桑、赫曼・梅爾維爾、愛倫・坡、馬克・吐溫、亨利・詹姆斯、史蒂芬・克萊恩（Stephen Crane）、傑克・倫敦（Jack London）、辛克萊・劉易士（Sinclair Lewis）、伊迪絲・華頓（Edith Wharton）、舍伍德・安德森（Sherwood Anderson）、凱薩琳・安・波特（Katherine Anne Porter）、約翰・史坦貝克、薇拉・凱瑟（Willa Cather）、威廉・福克納、厄尼斯特・海明威、史考特・費茲傑羅、歐・亨利（O. Henry）、湯瑪士・伍爾夫（Thomas Wolfe）、詹姆斯・瑟伯（James Thurber）、芙蘭納莉・歐康納（Flannery O'Connor）、尤朵拉・韋爾蒂（Eudora Welty）、約翰・歐哈拉（John O'Hara）、羅柏・佩恩・華倫（Robert Penn Warren）、索爾・貝婁（Saul Bellow）、伯納德・馬拉末（Bernard Malamud）、楚門・卡波提、喬伊斯・卡羅爾・歐茨（Joyce Carol Oates）、康拉德・李希特（Conrad Richter）、卡森・麥卡勒斯（Carson McCullers）、瑪喬莉・金南・勞林斯（Majorie K. Rawlings）等。

**劇作家**——尤金・歐尼爾（Eugene O'Neill）、田納西・威廉斯（Tennessee Williams）、桑頓・懷爾德（Thornton Wilder）、亞瑟・米勒（Arthur Miller）、威廉・殷吉（William Inge）、波西・麥凱伊（Percy MacKaye）、約翰・派翠克（John Patrick）、西德尼・金斯利（Sidney Kingsley）、詹姆斯・霍恩（James A. Herne）、林・瑞茲（Lynn Riggs）等。

**散文家**——拉爾夫・沃爾多・愛默生（Ralph Waldo Emerson）、亨利・大衛・梭羅（Henry David Thoreau）、愛德溫・威・提爾（Edwin Way Teale）、利奧波德・提曼德（Leopold Tyrmand）等。

這份名單洋洋灑灑，呈現了美國文學豐富多采的樣貌。然而倘若沒有譯者，這些作品就無法超越文字障礙，在中文世界覓得讀者，因此從事翻譯的港臺譯者、作者與學者都扮演著不可或缺的角色。在出版社與譯者之間發揮關鍵作用的，就是曾主持叢書部的宋淇。宋淇家學淵源，西洋文學造詣深厚，並承襲當年上海文藝圈的人脈，如臺北美新處職位最高的華籍人士吳魯芹與臺大外文系教授夏濟安都是他的上海舊識，故能透過他們邀集許多臺灣的譯者。此外，夏濟安的弟弟夏志清任教於美國大學，熟悉當代文藝思潮，根據中文世界所需熱心提供協助。

經由宋淇、吳魯芹、夏濟安等人穿針引線，許多港臺知名人士應邀加入美國文學翻譯計畫的行列：作家包括張愛玲、徐訏、余光中、於梨華、葉維廉、葉珊；香港譯者包括湯新楣、喬志高、姚克、劉紹銘、思果、金聖華、王敬義；臺灣譯者包括梁實秋、夏濟安、朱立民、顏元叔、陳祖文、陳紹鵬、朱炎、田維新、丁貞婉、陳蒼多。其中許多在各自領域早享盛名，便把已有的光環帶

入此譯叢。因此，這個團隊堪稱民國翻譯史上的「夢幻隊」。若沒有美新處的慷慨贊助，主事者的高瞻遠矚與卓越效率，不可能組成這個空前絕後的翻譯團隊，交出亮麗無比的成績單。

## 贊助、目標與翻譯策略

今日世界出版社的目標在於普及美國文化與思想，尤其是透過文學作品，因此翻譯策略上主採歸化手法，譯文盡量貼近中文，以期吸引更多讀者。譯稿經由編輯對照原文校讀，確保譯文忠實、通順。除了譯文本身，譯者還添加譯註與作者介紹等附文本（paratext），提供文本詮解與背景說明，讓讀者在欣賞譯作之際，可進一步了解作者的時代背景、作品的特色與影響，甚至在美國文學史上的地位，對美國文學與文化有更多的認識，發揮啟蒙的效果。

此一美國文學譯叢數量眾多，自成體系，品質優良，口碑甚佳，如林以亮編選的《美國詩選》（*Anthology of American Poetry*），姚克翻譯的米勒劇作《推銷員之死》（*Death of a Salesman*），喬志高翻譯的費茲傑羅長篇小說《大亨小傳》，夏濟安編譯的《名家散文選讀》，都受到專家學者的高度肯定與一般讀者的普遍推崇，在市場上所向披靡，可說是既叫好又叫座之作，因此成為中文世界接收美國文學的首要管道。另一方面，此譯叢不僅使已享盛名的參與者增加收入，錦上添花，也使原先並非那麼有名的參與者因廁身其中而提升知名度，名利雙收，不少人在此系列結束後繼續從事翻譯，在不同領域促進文學與文化交流。

## 文學翻譯的現世性與超越性

文學的特色在於除了涉及作家及其歷史背景之外，更超越一時一地的時空限制，訴諸普遍的人性，也就是既有現世性，又有超越性。此一美國文學譯叢發行甚廣，不僅在當時具有很大的影響力，即便在冷戰結束後不再印行，依然為人津津樂道。

以今天的「後見之明」來看，雖然今日世界出版社設立的宗旨在於圍堵共產主義擴張、彰顯美國價值、執行文化外交政策，並隨著冷戰降溫而完成階段性任務，但其成果與影響絕不囿限於狹

《文星》封底的今日世界出版社「美國文庫」廣告。（圖片來源／國立臺灣文學館）

隘的國家利益與意識形態，不僅為當時的中文世界讀者提供量多質精的譯作，也為冷戰時代政治戒嚴、思想封閉、視野狹隘、創作貧瘠的臺灣知識界與文學界，引進了重要的源頭活水，以潤物細無聲的方式，執行其文明化任務。

如今美、中對峙態勢升高，許多人喻其為「新冷戰」或「冷戰2.0」，除了政治戰與經貿戰之外，心理戰與認知戰也扮演著重要角色，並因為新科技與新媒體的蓬勃發展，而發揮更全面且迅速的作用。雖然每個歷史情境都是獨一無二，無法完全類比，然而對於冷戰時期文化外交的認識，當有助於察覺其中

一些不變的特質，如意識形態的競逐、文化霸權的運作與文化生產的重要性，協助我們面對當前的處境。這也是當今重新省思冷戰時期的文化外交及文化生產機制的意義之所在。

**參考資料————**

- 王梅香，〈隱蔽權力：美援文藝體制下的台港文學（1950—1962）〉（新竹：清華大學社會學研究所博士論文，2015）。
- 單德興，《翻譯與脈絡》（臺北：書林出版有限公司，2009）。
- 傅月庵，〈今日世界出版社〉，《蠹魚頭的舊書店地圖》（臺北：遠流，2003），頁148—153。
- 鄭樹森，〈東西冷戰、左右對壘、香港文學〉，馮品佳編，《通識人文十一講》（臺北：麥田，2004），頁165—172。

**延伸閱讀————**

- 單德興，《從文化冷戰到冷戰文化：《今日世界》的文學傳播與文化政治》（臺北：書林出版有限公司，2022）。
- 單德興，《翻譯家余光中》（杭州：浙江大學出版社，2019）。
- 貴志俊彥、土屋由香、林鴻亦編，李啟彰等譯，《美國在亞洲的文化冷戰》（臺北：稻鄉出版社，2012）。
- 游勝冠編，《媒介現代：冷戰中的台港文藝國際學術研討會論文集》（臺北：里仁書局，2016）。
- 趙綺娜，〈美國政府在臺灣的教育與文化交流活動（一九五一至一九七〇）〉，《歐美研究》31卷1期（2001），頁79—127。

# 16

## 誰是最初的點火人？
## 臺灣現代主義文學的複線傳播

陳允元

> 人們常說，中國新詩復興運動的「火種」，是由紀弦從上海帶到台灣來
> 的。又有人說，紀弦是台灣現代詩的「點火人」。甚至於還有人說，紀弦是
> 台灣現代詩的「鼻祖」。對於這些說法，我從不否認。
>
> ——紀弦，《紀弦回憶錄》

論及臺灣的現代主義文學，不少人從戰後的1950—60年代談起。1956年
2月，曾活躍於上海文壇的中國來臺詩人紀弦，假其主編的《現代詩》發起「現
代派」運動，在詩壇掀起巨大的波瀾。紀弦主張「詩是橫的移植，而非縱的繼
承」，自命「我們是有所揚棄並發揚光大地包容了自波特萊爾以降一切新興詩
派之精神與要素的現代派之一群」，強調知性與純粹，奠定了戰後臺灣新詩
現代化的基本格局；1960年3月，成長於戰後的臺大外文系學生白先勇、王文

興等人創刊的《現代文學》，則是小說現代主義的先驅。藉此園地，他們大量譯介西方現代文學與思潮，也發表了相當多具實驗性的小說作品。白先勇膾炙人口的《臺北人》中的多篇即刊登於此。總的來看，中國來臺作家引介的中國新文學、以及冷戰／美援體制下西方文學的翻譯引入，共同將戰後臺灣的現代主義文學推向高峰。但事實上，早在日本殖民統治下的1920─30年代，現代主義文學已透過日本的譯介與實踐，極小時差地影響了臺灣，毋須等待戰後紀弦渡海「點火」，或外文系師生的翻譯引進。有趣的是，現代主義的世界旅行，也不是單線、單向的傳播抵達臺灣，而是透過複線多向的人的移動、翻譯、實踐，在戰前與戰後逐漸匯聚成形。

## 日本：西洋文化的翻譯與轉介

第一次世界大戰前後，未來派、達達、超現實主義等前衛運動在歐陸次第展開，很快地傳播至日本。1909年，馬里內蒂（Filippo Marinetti）發表〈未來派宣言〉（"Futurist Manifesto"），同年日本便有森鷗外的抄譯。1916年，查拉（Tristan Tzara）在蘇黎世展開達達運動，四年後日本的《萬朝報》也有了介紹。1924年，布勒賀東（André Breton）發表第一次〈超現實主義宣言〉（"Manifeste du Surréalisme"），三年後北園克衛、上田敏雄、上田保起草了日本版的宣言書〈A NOTE DECEMBER 1927〉，英譯後寄送至巴黎。傳播的速度，雖然不像一百年後的網路通訊時代那樣即時，但也不能算是慢了。只是，從概念的翻譯，進入大規模的文壇實踐，還需要一些條件與時間。

1923年9月1日，日本發生芮氏規模7.9的「關東大地震」，東京近半的區域淪為焦土。震災後，帝都復興計畫隨即展開。鋼筋水泥、摩登享樂的新東京，以及小說的現代主義──新感覺派，也從廢墟之中誕生。小說家橫光利一曾謂，災後各種「近代科學的具象物」，包括速度的變化物（汽車）、聲音的畸形物（收音機），以及鳥類模型的實用物（飛機）成為日常的一部分：「都市化為焦土、近代科學的尖端陸續成形出現的青年時期的人的感覺，在某些意義上不得不改變。」除了都市新感覺，歐美文學思潮的譯介，也給了他們不少刺激。1924年10月，橫光發表小說〈頭與腹〉（頭ならびに腹）於《文藝時代》創刊號。冒題的一句「正午。特別快車滿載旅客以全速奔馳。沿線的小車站如石頭般不被理睬」，被文藝評論家千葉龜雄稱為「新感覺派的誕生」：「它並非只是單純地將現實作為現實來表現，而是藉由細微的暗示與象徵，特意讓內部人生全體的存在與意義透過一個小小的洞穴顯露出來的，以微妙的態度產生藝術⋯⋯其感覺之新穎，栩栩如生的飛躍性，無疑能讓新的文化人在觀賞之際感到愉悅。」新感覺派的重要人物，還有川端康成與片岡鐵兵等。他們在小說呈現因都會而起的新感覺，同時也懷抱對現代的不安與批判。作為「文學革命」的新感覺派，與作為「革命文學」的普羅列塔利亞文學約略同時崛起，是文壇新勢力的代表。二者分庭抗禮，又共同對抗既成文壇。

　　新感覺派崛起的1924年，詩的現代主義運動，也在日本的外地點燃烽火。11月，詩人安西冬衛、北川冬彥等在大連創辦詩誌《亞》，發起短詩運動。他們反對冗蔓雜蕪的民眾詩派，追求詩的純化與緊密化。安西的名作〈春〉為其代表：「一隻蝴蝶飛過韃靼海峽。」〈春〉全詩僅有一行，卻由蝶（纖細脆弱）

與海峽（洶湧廣闊）這兩個關係遙遠、甚至相反對立的意象組合，構成奇妙的張力與想像空間。

　　現代主義以詩運動的形式在中央文壇大規模展開，是1928年9月創刊、春山行夫主導的《詩與詩論》（詩と詩論）。其創刊，匯聚了現代主義詩的各路人馬，包括大連派《亞》的安西、北川，名古屋《青騎士》的春山、曾發表〈第一回神原泰宣言書〉的未來派的神原泰，以及《薔薇‧魔術‧學說》的超現實主義者上田敏雄等共十一人。日本超現實主義的奠基者西脇順三郎，也以筆名J‧N寄稿。這份詩誌高舉「新精神」（Esprit Nouveau）的旗幟，以新銳之姿登場，誓言「打破舊詩壇無詩學的獨裁，正當地呈現今日之詩」。他們積極譯介同時代西方世界的前衛藝術思潮，以期在日本創造足以比肩歐美的作品；也以春山行夫為中心，建構排除抒情感傷、主知主義的詩學：「只有讓詩進化的才是詩人……。讓詩進化的，正是技術。而讓技術進化的，便是方法。而讓方法進化的，無非就是主知。」他們引進以各色各樣的主義作為方法，實驗詩的表現形式，革新明治以降日本的近代詩傳統。不僅在中央文壇引發革命，其影響也外溢至中國、朝鮮，以及臺灣。

《詩與詩論》創刊號，與收錄安西冬衛〈春〉一詩的詩集《軍艦茉莉》書影。（圖片來源／陳允元）

## 現代主義在臺灣：從現實到超現實

　　日本現代主義運動風起雲湧的1920年代，臺灣的新文學才正要誕生。新文學最初的設定，是知識分子對大眾進行政治文化啟蒙，或抵抗殖民的媒介工具。用現在的話來說，是覺醒青年、社運青年的武器。到了1930年代，新文學逐漸與政治社會運動脫鉤，「文學青年」也於焉誕生。原因有二。其一、一度蓬勃的政治社會運動屢遭總督府分化、鎮壓。失去實踐空間的青年們，遂將行動重心轉向文學及文化運動。其二、臺灣的日語世代作家開始成熟。他們懷抱作家志向，追求文學的藝術高度與純粹性，並透過日文接收世界最新的文學思潮，矢志將臺灣文學帶向新的層次。臺灣的現代主義文學，即在這樣的背景下誕生。

　　1933年，臺籍詩人楊熾昌糾合了李張瑞、林修二、張良典及三位日籍詩人，在日本統治下的臺南成立「風車詩社」，發行同人詩誌 *Le Moulin*。他們反對當時文學主流的現實主義及感傷主義，嘗試引進超現實主義美學，為滯悶的臺灣詩壇吹送新風。有趣的是，他們對超現實主義的理解並非源於歐陸，而是取徑日本。同人中的楊熾昌、李張瑞、林修二，皆有東京留學經驗。他們受到前述《詩與詩論》的影響，就讀慶應大學英文科的林

風車詩社同人詩誌 *Le Moulin* 1934年3月第3輯書影，楊熾昌主編。（圖片來源／國立臺灣文學館）

修二更直接親炙將超現實主義引介至日本的巨匠西脇順三郎。如果說歐陸的超現實主義嘗試繞過理性，探求未知而自由的潛意識世界；風車諸君則承繼了日本的理解，將超現實主義視為一種方法，追求知性與技術。

楊熾昌理論與創作兼擅，是詩社的靈魂人物。他曾謂：「新的思考世界總是對美的高度要求和詩的更美好的祭典。我非常喜歡在燃燒的頭腦中，跑向詩的祭典，摸索野蠻人似的嗅覺和感覺。」這裡的「野蠻人」並非貶義，而是不同於主流文明的新思考、異端觀點，是推動美學革新的前衛性。他也說：「詩的祭典之中有所謂超現實主義。我們在超現實之中透視現實，捕住比現實還要現實的東西。」他認為詩並非現實的反映，亦非現實本身，而是現實的裁斷與重組。透過想像力的飛躍，構成新鮮的符號秩序，才能違抗現實世界的運行法則產生詩，如同離地不斷上升的輕氣球。在現實的變形與轉換之中，反而更能透視、掌握被現實的表象所遮蔽的「現實」。

這種悖論式的論理，正是構成其詩的張力所在。〈日曜日式散步者〉（日曜的な散步者）的首句「我為了看靜物閉上眼睛……／夢中誕生的奇蹟」即為一例。這裡的「看」並非透過肉眼、外在現實投於視網膜上的感光，毋寧是某種精神性的符號顯影，例如夢境。夢是現實記憶的重組。它源於現實，卻在燃燒的頭腦中構成了新的秩序。

## 東京臺灣留學生的「中央文壇」之夢

同樣在1933年，以張文環、蘇維熊等留日學生為核心的「台灣藝術研究

會」在東京成立，開啟臺灣小說的新局。研究會的前身，是作為左翼運動外圍組織的「東京台灣人文化同好會」（東京台湾人文化サークル）。惟經逮捕、解散後的改組，路線逐漸傾向純文學。身處東京、嫻熟日文的這一批文學青年，被評論家劉捷稱為「處在中央文壇膝下，對世界文學的潮流有最敏銳的感受」。他們不同於銳意改造社會的啟蒙知識分子、衝撞體制的左翼青年，而是懷抱作家之志，在東京進行文學藝術的修煉，期盼有朝一日能夠進軍「中央文壇」，創造臺灣人的文藝。

就讀明治大學文藝科的巫永福，即受教於「新感覺派」大將橫光利一、後來被稱為「文藝評論之神」的小林秀雄等人。1933年7月，巫永福在研究會的機關誌《福爾摩沙》（フォルモサ）創刊號發表小說〈首與體〉（首と体）。他在題名致敬恩師橫光的名作〈頭與腹〉，惟故事完全是臺灣的。小說的主角，是留學東京的兩位文學青年，其一正苦惱於「首與體相反對立的狀態」：「他自己想留在東京，可是他的家卻要他的『體』，一封接一封的家書頻頻催他『返鄉』。理由是要他回家解決重大的結婚問題。」巫永福採用意識流及自由聯想的方式，讓意識穿梭於心理的內部現實與外部現實，二者相互發明、映射，交織出一幅臺灣知識分子「輾轉於理想與現實、自我與傳統、精神與肉體的矛盾」（施淑語）的精神圖景。巫永福的作品，多兼有現代主義的表現手法及濃厚的臺灣鄉土色彩。近年學者謝惠貞重新發掘的〈愛睏的春杏〉（眠い春杏），正是一篇揉合了意識流與底層書寫的傑作。

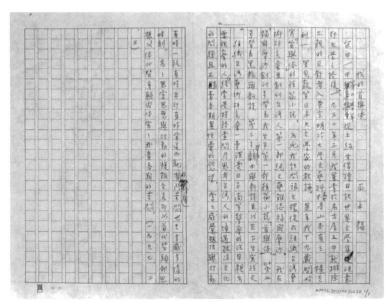

巫永福1997年追憶〈首與體〉創作過程的短文〈我的首與體〉。（圖片來源／國立臺灣
文學館）

　　頂著蓬亂河童頭的翁鬧，在東京沒有正式學籍。他寓居高圓寺，四處旁
聽，逛講演會、書店或參加各種座談會，以浪人之姿進行他一個人的文藝修
煉。他的〈天亮前的戀愛故事〉（夜明け前の戀物語），是通篇以獨白體構成
的奇妙小說。來自南國的第一人稱敘事者，叨叨絮絮地對身旁來自北國的女性
傾訴自己對戀愛的嚮往與挫敗、對都會文明的厭倦、自我的否定與青春的消
逝。天亮之後，只能日復一日投入庸碌無趣的上班族生活，成為「意志與行為
極端分裂」的男人。小說呈現高度的頹廢感、人類在資本主義都市社會的異
化，在日治時期文學中是罕有的。

　　翁鬧描寫農村的作品也值得注意。他以現代主義的手法，呈現臺灣如何從

孤立／獨立自足的島嶼，被牢牢地編制進入帝國／現代世界的網絡之中。殖民現代性對於臺灣人命運及精神造成的矛盾與悖論，是翁鬧小說最深刻的探問。

## 上海現代主義與日本路徑

　　出身柳營望族的劉吶鷗，早先風車詩社諸君及巫永福、翁鬧一步，在1920年代初期即已赴東京留學。他也因此遭遇了1923年的關東大地震，見證帝都復興，以及隨後「新感覺派」的誕生。1926年，劉吶鷗完成在青山學院高等部英文科的學業。原想留學法國，但母親以「歐洲路途遙遠」為由拒絕，遂轉赴有「東方巴黎」之稱的上海。他插班就讀震旦大學法文特別班，結識了日後重要的文學伙伴戴望舒、施蟄存等人。翌年，他在日記中將上海視為「將來的地」，不久後正式定居上海，與戴望舒、施蟄存創辦書店、出版同人刊物。他也譯介日本新感覺派橫光利一、片岡鐵兵等的作品，並將新感覺派的技巧，運用於書寫以「魔都」上海的摩登男女為主題的短篇小說集《都市風景線》，奠定上海新感覺派的基礎。上海新感覺派，可說是因臺灣人的中介而發端的。

　　有趣的是，戰後移居臺灣、發起「現代派」運動的紀弦，在戰前也曾是上海現代派作家的一員。1934年，他以「路易士」為筆名投稿《現代》，結識戴望舒、施蟄存、杜衡等人。雖然沒有直接的證據顯示紀弦與劉吶鷗有交遊，但紀弦在來到臺灣之前，也許已與臺灣有了交會。1936年，紀弦學了日文，赴東京留學。雖然因故最終只待了兩個多月就返回上海，但東京一行，使他的文學視野煥然一新：

> 有時，我去逛逛書店……一買就是幾十本，買了不少有關藝術與文學的舊書。從日本詩人堀口大學的譯詩集《月下之一群》，我間接觀光了現代法國詩壇，深受阿保里奈爾之影響。同時，又從其他的日譯本及報章雜誌的介紹，使我眼界大開，廣泛地接觸到了興起於二十世紀初期之諸流派。──立體派的繪畫，超現實派的詩，我無不喜愛。……於是我開始寫超現實主義的詩。

假使沒有東京一行，戰後的紀弦是否會在臺灣發起「現代派」運動呢？當然，歷史沒有如果。但若不是曾到東京開眼界，也許紀弦不會有如此豐厚的現代主義養分，也不會與臺籍跨語世代詩人林亨泰展開合作。按他的性格，大概還是會發起「現代派」運動吧。只是這個運動，說不定不會是如今我們所知的這個模樣。人的移動與美學的傳播是多路徑的，充滿各種巧合與機遇。

## 現代主義在戰後臺灣的匯流

1954年，彰化詩人林亨泰在書店見到紀弦主編的詩誌《現代詩》，眼睛一亮。作為日語世代的他，在戰後的國語政策下面臨失語危機，不得不如小學生般重新學習另外一種「國語」。而反共體制底下的「戰鬥文藝」政策，又讓他想起太平洋戰爭時期千篇一律的國策文學。這些在在都讓他對從事文學感到灰心。然而眼前的這份詩誌，竟介紹了法國現代派詩人阿保里奈爾（Guillaume Apollinaire）與考克多（Jean Cocteau），「我腦海中突然並且快速地重新浮現

1956年2月紀弦於其主編的《現代詩》第13期發起「現代派」運動及刊登加盟名單。
（圖片來源／國立臺灣文學館）

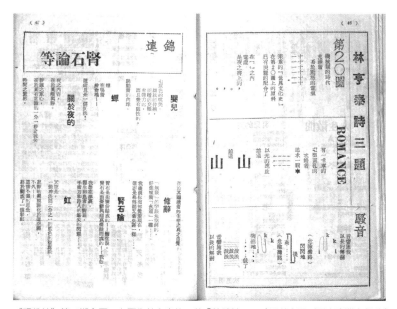

《現代詩》第14期內頁。右頁為林亨泰的三首「符號詩」。（圖片來源／國立臺灣文學館）

中學時代曾經『亂讀』過那些錯綜複雜但相當有趣的各種派別前衛作品的影像」，讓他感到久違的興奮，彷彿重新發現另一個可能性。於是他開始投稿《現代詩》，並與主編紀弦通信。1956年初，紀弦發起「現代派」運動，寄了油印的加盟通知函給林亨泰，並附上「現代詩社編輯委員第一號聘書」，獲林亨泰的支持。2月18日，紀弦與葉泥連袂南遊，首站即拜會彰化的林亨泰與錦連，在林的八卦山居借住一宿。那一晚，據林亨泰回憶，「就現代主義思潮有關看法和理想，我們痛快地聊了一個晚上。這是我們的第一次見面。」紀弦也說這次的會面「愉快之至」，甚至還寫了詩，發表在報紙副刊。

中國來臺詩人紀弦、葉泥，與在日本殖民統治下度過少年時期的彰化詩人林亨泰、錦連，他們的背景不同，語言大概也不太通，卻一見如故，這是件有趣的事。也許是因為他們有三個共通點吧：日文，現代主義，與詩。藉由日文，紀弦在東京開了眼界，間接觀覽法國詩壇及20世紀初期之前衛諸流派。葉泥嫻熟日本文學，並藉日譯本翻譯法國文學。林亨泰對西歐新派文學、現代主義文學的興趣，也始於中學時期在舊書店購得的《詩與詩論》。翻閱錦連日記的閱讀筆記亦可得知，他是藉由日文通讀世界文學的。所謂「兩個球根」在戰後臺灣的匯流，事實上早已透過日文，在美學系譜上有了預先的交會。於是，當紀弦發起「現代派」運動，在詩壇引起軒然大波，只有林亨泰能透澈理解紀弦的用意，憑藉閱讀日本詩誌取得的現代主義文學養分，發表一系列頗有見地的詩論及前衛的符號詩支援他的運動。而當林亨泰投稿《現代詩》的那些「像是打翻印刷版面的『怪詩』」遭受非難，紀弦也立即撰文為林亨泰辯護，說明這是必須用「眼睛」理解的詩，請大家不必大驚小怪。

《現代文學》編輯委員會1960年5月9日合影。
前排左起：陳若曦、歐陽子、劉紹銘、白先勇、張先緒
後排左起：戴天、方蔚華、林耀福、李歐梵、葉維廉、王文興、陳次雲（圖片來源／白先勇）

　　儘管林亨泰、錦連等跨語詩人，某種意義上仍傳承著日本時代的伏流，
並與知日的中國來臺作家交會；但曾經活躍於戰前臺灣的日文現代主義傳統，
卻因作家早逝，或戰後政治、語言的因素而斷絕了。取而代之的，是在戰後
國民政府統治及冷戰／美援體制下成長的中文世代的現代主義。1960年3月，
一群臺大外文系的學生，以初生之犢的氣勢創辦了《現代文學》。除了創作，
他們也翻譯包含了卡夫卡（Franz Kafka）、湯瑪斯‧曼（Thomas Mann）、喬
伊斯、勞倫斯（D. H. Lawrence）、費茲傑羅、沙特、福克納、史坦貝克等的

西洋文學作品，影響了一代文壇。白先勇回顧，當他們把第一期印出來，送給黎列文教授，黎教授對他們說：「你們很勇敢！」白先勇說，當時他們不懂教授的深意，只覺得洋洋得意。

教授的深意，是籌辦文學雜誌的辛苦，年輕的學生們當時還未能懂。他們大概也不懂，現代主義文學並不是第一次抵達臺灣。

然而這一點，他們的教授或許也不見得懂。

島嶼上大多數的人們也不會懂。

參考資料────

- 千葉龜雄，〈新感覺派の誕生〉，岩田光子編，《新感覺派の誕生》（東京：日本図書センター，1992），頁180─181。

- 小泉京美，〈短詩運動〉，《コレクション・都市モダニズム詩誌1 短詩運動》（東京：ゆまに書房，2009），頁757─771。

- 中野嘉一，《前衛詩運動史の研究：モダニズム詩の系譜》（東京：沖積舍，2003年）。

- 水蔭萍，〈炎える頭髮 詩の祭禮のために〉，《臺南新報》（1934.4.8、1934.4.19），5版。黃亞歷、陳允元編，葉笛譯，《共時的星叢：風車詩社與新精神的跨界域流動》（臺北：原點，2020），頁61─64。

- 水蔭萍人，〈日曜的な散步者〉，《臺南新報》（1933.3.12），5版。黃亞歷、陳允元編，葉笛譯，《共時的星叢：風車詩社與新精神的跨界域流動》（臺北：原點，2020），頁36─37。

- 王中忱，〈殖民空間中的日本現代主義詩歌〉，《越界與想像：20世紀中國、日本文學比較研究論集》（北京：中國社會科學出版社，2001），頁27─52。

- 白先勇，〈《現代文學》的回顧與前瞻〉，現文出版社編輯部編，《現文因緣20》（臺

北：現文出版社，1991），頁 193—209。

- 安西冬衛，〈春〉，《軍艦茉莉》（東京：厚生閣，1929），頁 22。

- 巫永福，〈首と体〉，《フォルモサ》創刊號（1933.07）。張恆豪主編，李鴛英譯，《翁鬧、巫永福、王昶雄合集》（臺北：前衛，1990），頁 173—184。

- 林巾力，〈想像「現代詩」：以林亨泰五〇年代的「現代主義」建構為例〉，《中外文學》35 卷 2 期（2006.07），頁 111—140。

- 林亨泰，〈現代派運動與我〉，初出：《現代詩季刊》復刊 20 期（1993.7）。呂興昌編訂，《林亨泰全集五──文學論述卷 2》（彰化：彰化縣立文化中心，1998），頁 143—153。

- 林亨泰，〈詩的三十年〉，呂興昌編訂，《林亨泰全集六──文學論述卷 3》（彰化：彰化縣立文化中心，1998），頁 2—24。

- 施淑，〈日據時代台灣小說中頹廢意識的起源〉，《兩岸文學論集》（臺北：新地文化藝術，1997），頁 102—120。

- 春山行夫，〈主知的詩論について〉，《詩の研究》（東京：厚生閣書店，1931），頁 187—192。

- 紀弦，〈現代詩信條釋義〉，《現代詩》13 期（1956.02），頁 4。

- 紀弦，〈談林亨泰的詩〉，《現代詩》14 期（1956.04），頁 66—69。

- 紀弦，《紀弦回憶錄【第一部】二分明月下》（臺北：聯合文學，2001）。

- 翁鬧，〈夜明け前の戀物語〉，《台灣新文學》2 卷 2 號（1937.01.31），張恆豪編，魏廷朝譯，《翁鬧，巫永福，王昶雄合集》（臺北：前衛，1990），頁 113—137。

- 張文薰，〈1930 年代臺灣文藝界發言權的爭奪──《福爾摩沙》再定位〉，《臺灣文學研究彙刊》創刊號（2006.02），頁 105—125。

- 陳允元，〈共時與時差〉，黃亞歷、陳允元編，《共時的星叢：風車詩社與新精神的跨界域流動》（臺北：原點，2020），頁 2—5。

- 陳允元，〈在帝國的延長線上──1927 年劉吶鷗的越境、閱讀與「上海憧憬」〉，臺大臺文所主編，《第八屆全國臺灣文學研究生學術研討會論文集》（臺南：國立

臺灣文學館，2011），頁8—38。

- 陳允元，〈紀弦、覃子豪的東京經驗及戰後在台詩歌活動潛藏的日本路徑〉，《台灣文學研究學報》31期（2020.10），頁191—232。

- 陳允元，〈殖民地前衛：現代主義詩學在戰前台灣的傳播與再生產〉（臺北：政治大學台灣文學研究所博士論文，2017）。

- 陳允元、黃亞歷編，《日曜日式散步者——風車詩社及其時代》（臺北：行人文化實驗室，2016）。

- 無署名，〈後記〉，《詩と詩論》創刊號（1928.09），頁213—214。

- 黃毓婷，〈翁鬧を読み直す—「戇爺さん」の語りの実験をめぐって—〉，《日本台湾学会報》10號（2008.05），頁159—175。

- 愛里思俊子，〈重新定義「日本現代主義」——在1930年代的世界語境中〉，王中忱等編，《重審現代主義——東亞視角或漢字圈的提問》（北京：清華大學出版社，2013），頁85—116。

- 楊佳嫻，〈路易士（紀弦）在「淪陷期」上海的活動——以《詩領土》為中心的考察〉，《台灣文學研究學報》11期（2010.10），頁45—88。

- 横光利一，〈解説に代へて〉，《三代名作全集——横光利一集》（東京：河出書房，1941年）。轉引自石田仁志，〈横光利一の形式論——都市文学の時空間〉，田口律男編，《日本文学を読みかえる12都市》（東京：有精堂，1995），頁150。

- 横光利一，〈頭ならびに腹〉，《文藝時代》創刊號（1924.10），頁50—56。

- 謝惠貞，〈巫永福〈眠い春杏〉と横光利一〈時間〉：新感覚派模写から「意識」の発見へ〉，《日本台湾学会報》12號（2010.5），頁199—218。

# 17

# 巴別塔下的譯者鄭清文：翻譯實踐中的英譯本與美國現代主義文學

王惠珍

## 跨時代的跨語譯者鄭清文

　　戰前臺灣因日本殖民統治，對世界文學的接觸主要受到日本文化界的影響，戰後美國現代主義文學才在臺廣為譯介傳播。然而，美國現代文學在臺接受的過程，除了借重跨海來臺的中譯本和譯者的生產傳播，尚有一條重譯日譯本的生產涓流。二戰之後美國以反共圍堵政策積極在東亞布局，美國現代文學才逐漸成為文化知識的主流擴展開來。美國文學在日本學術界肇始於小泉八雲（Lafscadio Hearn）1898年在東京大學的授課，當時美國文學尚屬英國文學的一部分，直至昭和初期才被認定為是一支獨立固有的文學。齋藤勇自1935年在帝國大學中講授「美國文學史」。儘管戰後日本隨即進入以美國為首的同盟國軍事占領時期（1945年9月2日—1952年4月28日），但美國現代文學並未

立即受到重視，直到六〇年代日本的大學才開始設置美國文學講座。

　　戰後初期臺灣本省籍知識分子積極學習中文，但仍多仰賴「日語」進行閱讀書寫，為因應當時「認識中國」之需，美國作家賽珍珠的小說《大地》（*The Good Earth*）也被日譯改寫流傳於閱讀市場。日語世代的龍瑛宗雖讀過愛倫・坡、賽珍珠、傑克・倫敦、宓西爾（Margaret Mitchell）的作品，卻未讀過美國現代主義作家海明威、福克納等人的作品。美國現代主義文學在臺的閱讀與接受情況，在省籍作家群中出現代際之間的明顯差異。

　　戰後第二代省籍作家鄭清文（1932—2017年）的母語是「臺語」，十四歲前接受過「日語」教育，政權更迭後重新學習「中文」，並學習第一外語「英語」和第二外語「法語」，個人卻喜愛俄國文學，是位具備多語能力的作家。身為銀行員的他在銀行資料室閱讀《日本產經新聞》等報章，因工作之需翻譯英語文獻資料。1972年他赴美舊金山加州銀行研習半年，期間到歐美各地旅行，蒐羅《當代拉丁美洲文選》（1967年）等英譯本，積極拓展個人的閱讀世界。他承繼戰前世界文學日譯本的殖民地文化遺產，戰後則透過英譯本大量吸收西方現代主義文學的技法，將其鎔鑄內化形成作家風格。鄭清文早期藉由「翻譯」作為練筆的方式，進行日中跨語書寫，譯作多以日本文學居多。然而隨著中譯本、英譯本在臺灣讀書市場的流通，英譯本亦成為鄭清文重譯文學作品的重要參考材料。同時，他也博覽譯本介紹美國現代主義文學等，這位跨語世代的省籍譯者於焉在巴別塔下展開他的譯介書寫。

## 俄國文學的譯介與英譯本的運用

　　鄭清文的日語書寫能力雖不及日語世代作家，「日語」仍是其重要的閱讀和譯出語。從鄭清文自述的閱讀經歷中，可知日本「圓本全集」[1]的影響效力，仍延續到戰後他這個世代的閱讀，成為他文學創作的文化底蘊。除了利用日譯本，他也透過中譯本、英譯本拓展自己的閱讀世界，模仿學習外國作者的創作手法和題材的處理方式，其中俄國的契訶夫和美國的海明威、福克納等人，都曾是影響他風格形成的文學家。

　　鄭清文特別喜歡俄國文學作品中所散發出的「泥土味」，貼近土地的氣味讀起來特別令人滿足。鄭清文文學的「泥土味」與俄國文學之間，似乎有其氣味相通之處。俄國文學在臺的受容過程，鄭清文的譯介活動有其承先啟後的時代意義與貢獻，其創作理念之塑形與翻譯實踐互為表裡，「翻譯」是他與世界文學連結的重要路徑。鄭清文不只大量閱讀翻譯文學，也自親地投入翻譯文學的實踐，每本譯作翻譯的動機與目的性不一，但在譯寫的過程中卻讓他更深刻地理解作品內涵。誠如他的寫作態度，非常注重內容和細節的正確性；因為失去細節的正確性，將容易失去故事的真實性。同樣地他為求譯文「信、達、雅」，反覆核對比較各種語言的譯本，以確保譯文品質。本著出好書的精神，

---

1. 「圓本全集」是指從大正末期到昭和初期，以定價一本一日圓廉價的方式出版的全集。為了打破關東大地震後的出版窘況，由改造社社長山本實彥所發想的出版企畫案，並出版《現代日本文学全集》（1926年）。日本各出社爭相仿效，掀起史上空前的圓本熱潮，其中包括新潮社的《世界文学全集》、第一書房的《近代劇全集》等套書出版。

以及「做得不好勝於不做」的信念，輾轉把它翻譯出來獻給讀者，實踐他的文化使命。

鄭清文曾受志文出版社之託，選譯契訶夫的短篇小說集《可愛的女人》（*The Darling*，1975 年），普希金（Alexander Pushkin）的《永恆的戀人》（*Eugene Onegin*，1977年）、托爾斯泰（Leo Tolstoy）的《婚姻生活的幸福》（*A Happy Married Life*，1978年）。例如其中《永恆的戀人》原文是俄文韻文體，為了慎重起見，他參閱比對三種散文體的日譯版本後，發現這三種版本為求「信」與「達」而犧牲「雅」，且譯本之間互有出入，甚至出現意思相反的譯文。因此，他再添購英譯本對照重譯，但因英譯本（譯者芭貝特・多伊奇〔Babette Deutsch〕）為韻文體，過分遷就體裁，為求「雅」而犧牲「信」與「達」，偏離文意。最後，他選擇以木村浩的日譯本為底本，以散文體重新譯出。又，

鄭清文譯《永恆的戀人》書影（臺北：志文，1977）。

托爾斯泰的《婚姻生活的幸福》的〈托爾斯泰的一生／代譯序〉中同樣地清楚交代所參考的日譯本和英譯本的出處。他認為相較之下英譯本比較精煉明暢，日譯本則比較周詳完整，因此各擇所長譯出中譯本。同時，他也參考各家譯本的〈解說〉，撰寫譯者序文，介紹作家生平、作品的梗概等。在重譯俄國文學的過程中，鄭清文除了日譯本之外，也設法取得英譯本進行對照，比對各個語言版本，詳記版本出處以取信讀者，力求譯文之精確與完整。

除了契訶夫的作品，他也潛心閱讀托爾斯泰《復活》（*Resurrection*）和屠格涅夫（Ivan Turgenev）《處女地》（*Virgin Soil*）的日譯本，其中有多部作品源自於現代叢書，由嘉芮特（Constance Garnet）譯出的英譯本，例如：《安娜·卡列尼娜》（*Anna Karenina*）、《戰爭與和平》（*War and Peace*）、《罪與罰》（*Crime and Punishment*）等等。然而，屠格涅夫的《獵人日記》（*A Sportsman's Sketches*），卻只讀得到中譯本，且譯作的引言部分多處遭塗抹，檢閱的歷史痕跡也留存於他的閱讀記憶中。鄭清文之所以特別選擇閱讀契訶夫、托爾斯泰、杜思妥也夫斯基的作品，除了這些作品本身就有其引人入勝的文學價值外，另外的主因是因為「難得」，所以讀得特別勤快。但，當他讀了嘉芮特英譯的《安娜·卡列尼娜》，發現譯者並未將上流社會所使用的法語譯出，他為進一步了解這些內容，積極學習法文。鄭清文為了閱讀和翻譯俄國文學遍尋日、中、英譯本，由此可見譯者鄭清文對於譯文精準度的執著。

## 從美國現代文學到世界文學的譯介

從鄭清文的隨筆和評論中，可見他博覽世界文學的勤奮和作家的文化教養。他經常提及海明威對自己創作的影響，如其最著名的「冰山理論」，教他如何精煉文字等等。海明威的影響，不只在於小說技巧，他的作品也為鄭清文帶來深刻的生命領悟，了解到對人類事物同情的心靈，以及世間的悲劇性。他甚至說：人無論如何就是有一種悲劇性存在。然而，鄭並未投入海明威作品的翻譯，畢竟當時臺灣讀書市場中已有不少海明威的譯作，如張愛玲、

余光中的《老人與海》中譯本，海明威作品的譯本數量高達88種（含盜印在內）。惟鄭清文為了光復書局重譯版的《新編世界兒童文學全集》，翻譯美國作家傑克·倫敦《荒野之狼》（*White Fang*，另一直譯名《白牙》）。他主要仍戮力於介紹美國文學名家的代表作品，包括愛倫·坡〈黑貓〉（"The Black Cat"）、舍伍德·安德森的〈林中之死〉、海明威的短篇小說〈印第安人的營地〉、〈殺人者〉（"The Killers"）、〈一個清潔而明亮的地方〉與福克納〈給艾蜜莉的玫瑰〉、史坦貝克的短篇小說〈菊花〉（"The Chrysanthemums"）等作品。

除了海明威之外，鄭清文也很喜愛威廉·福克納的作品，學習他使用大膽題材，認為作者在〈給艾蜜莉的玫瑰〉中不但呈現非常強烈的題材，也呈現非常不凡的手法。

另外，他介紹當代諾貝爾文學獎得主山繆·貝克特的評論〈關於貝克特〉（1969年），其中論及貝克特的作品時，多以英譯本為主，日譯本為輔，羅列參考文獻。介紹義大利作家莫拉維亞（Alberto Moravia）時，提到六〇年代在臺雖已見中譯本，但他仍在舊書攤上蒐得英譯本。跨時代的鄭清文在臺灣翻譯文學讀書市場中，除了善用日譯本之外，也努力閱讀英譯本開啟新的世界文學視野，展現身為省籍作家的文化矜持與文學自信。

鄭清文的譯作量雖不及鍾肇政、葉石濤等人，大學時代曾短暫地鬻譯文購書，在這個階段他的翻譯行為卻較積極主動，譯作較貼近他個人的文學品味，譯作與創作之間的影響關係也較為清晰可辨。他雖自謙在翻譯方面多有力有未逮之處，因此選擇專心創作，將翻譯之事委由專業人士。但鄭清文的創作

理念形成與翻譯實踐應是相輔相成，他邊翻譯邊構思以臺灣鄉土為題材的作品，進而提升個人作品的文學藝術性。

戰前的臺灣日語作家多仰賴日譯本閱讀，汲取世界文學的養分，戰後的中文世代則仰賴從中國輸入的中譯本，鄭清文處於這兩個語言世代的夾縫中。他勤學中文、英語、法語，投身臺灣翻譯文學的生產工作，他的譯介活動在臺灣文學翻譯史中深具承先啟後的意義。翻譯的過程中，他也比較舊俄與現代歐美作家的差異，認為現代作家作品的技巧較好，感覺較敏銳，但規模與深度可能趕不上舊俄時代的作品，他汲取他們箇中的優點，豐富自己的創作內涵。每位文學家在創作初期皆有其景仰的作者，並受其影響，但他們並非停滯於一味的模仿，而是在學習中慢慢找到自己寫作的位置與方式，進而建立獨特的文學風格。「風格的創造者」鄭清文博覽世界文學的譯本和翻譯實踐後，為臺灣這塊土地創造極具個人風格的文學，在翻譯領域亦做出了重要的貢獻。日譯本在鄭清文的翻譯生產過程中，因為殖民地歷史和地緣關係成為較為容易取得的文化資源，然而經由他個人的努力、語學的精進，英譯本的進口、中譯本的出版，日語譯本不再是唯一的選擇，而是其中之一。他力圖在譯介的過程汲取美國現代主義的養分，利用英譯本與世界文學接軌，進行脫殖民、建立臺灣文化主體的翻譯實踐。

**參考資料** ————

- 洪醒夫，〈鄭清文訪問記 誠實與含蓄的故事〉，《龐大的影子》（臺北：爾雅，1976），頁187。

- 重迫和美，〈日本におけるアメリカ文学史〉，《比治山大学・比治山大学短期大学部教職課程研究》1卷（2015.06），頁187—198。

- 黃武忠，〈風格的創作者 鄭清文〉，《臺灣作家印象記》（臺北：眾文圖書股分有限公司，1984），頁134。

- 國立國會圖書館編，《明治・大正・昭和　翻訳文学目録》（東京：風間書房，1972），頁400。

- 龍瑛宗，〈讀書遍歷記〉，《龍瑛宗全集 隨筆集（2）》7卷（臺南：國立臺灣文學館，2006），頁4。

- 鄭谷苑主編，《鄭清文全集》（全28卷）（臺南：國立臺灣文學館，2022）。

- 鄭清文，〈我與俄羅斯文學〉，《文學臺灣》，61期（2007.01），頁38。

- 鄭清文，〈普希金的生平與歐涅金〉，《永恆的戀人：尤金歐涅金》（臺北：志文，1977），頁41。

- 鄭清文，〈托爾斯泰的一生／代譯序〉，《婚姻生活的幸福》（臺北：志文，1978），頁19—20。

- 鄭清文，〈我的啟蒙書《安娜卡列尼娜》〉，《中央日報》（1996.05.27），副刊18版。

- 鄭清文，〈〈給艾蜜莉的玫瑰〉中的艾蜜莉〉，《聯合文學》，322期（2001.08），頁6。


**延伸閱讀** ————

- 王惠珍，〈譯寫之間：論戰後第二代省籍作家鄭清文的翻譯閱讀與實踐〉，《東華漢學》31期（2020.06），頁105—142。

- 李惠珍，〈談海明威在臺灣中譯〉，《翻譯學研究集刊》3期（1998.12），頁103—116。

- 許俊雅，〈導言〉，《鄭清文全集》（臺南市：國立臺灣文學館，2022），頁15—78。

# 18

# 臺灣盜版商的最愛：
# 海明威的作品在臺灣的翻譯

李惠珍

若以外文翻譯的觀點選出 1949 年以後在臺灣最受歡迎的美國小說家，這個獎肯定要頒給海明威。筆者的碩士論文以一家出版社出版一種翻譯小說為一筆資料，研究 1949 年至 1979 年這三十年間在臺灣流通的美國小說中文譯本，共得 481 筆資料，其中 88 筆屬於海明威，可見其小說在臺灣出版市場的高人氣。然而這近 90 筆的資料，除了少數是出版社商請譯者翻譯的新著，大部分其實是標記原譯者的重印本，和譯者不詳或使用假名的盜印本。

## 海明威小說中譯

海明威是二十世紀最具影響力的美國作家之一，下頁將以中譯本問世時間先後分述臺灣流通的海明威中長篇小說的中譯本。

### A Farewell to Arms

*A Farewell to Arms* 最早的中譯本為1940年代余犀翻譯的《退伍》，1939年上海啟明書局出版，不過最為人所熟知的譯本是民國初年文學翻譯家林疑今的《戰地春夢》，1941年上海林氏出版社發行。1950及1960年代臺灣流通的《戰地春夢》全為林疑今的舊譯。1970年代任職於香港今日世界出版社的林以亮認為林疑今的譯本多所錯誤，商請湯新楣先生重譯該書。1979年臺灣遠景出版社推出宋碧雲所譯的《戰地春夢》，這是 *A Farewell to Arms* 在臺的第三種譯本。

湯新楣新譯《戰地春夢》書影（香港：今日世界社，1972）。

### The Sun Also Rises

此書抒發第一次大戰「失落的一代」的迷惘，為海明威的第二本單本小說，出版於1927年，直至1957年拍成電影始見彭思衍的譯著《旭日初升》，此為該書臺灣僅見的中譯本，其他不是盜譯便是改譯。

### For Whom the Bell Tolls

這本融合戰爭與愛情的小說於1940年問世後，1941年在中國即有謝慶堯的首譯本《戰地鐘聲》，上海林氏出版社出版。1943年 *For Whom the Bell Tolls*

搬上銀幕，由知名影星賈利・古柏（Gary Cooper）和英格麗・褒曼（Ingrid Bauman）主演，1950年代該片在臺灣重映多次，1953年大中國書局推出彭思衍的重譯本《戰地鐘聲》，臺灣該書的盜譯本多半盜自彭思衍的譯本，1979年宋碧雲的《戰地鐘聲》則為另一重譯本。

### The Old Man and the Sea

這是海明威最重要的作品，在此之前他的小說 Across the River and Into the Sea 被評為失敗之作，海明威也被譏為江郎才盡。1952年九月初美國《生活》雜誌刊登 The Old Man and the Sea，佳評如潮震撼文壇，證明海明威依舊寶刀未老。這部小說1953年獲得美國普立茲小說獎，1954年海明威榮獲諾貝爾文學獎，評審特別提及這部作品。

如此轟動的小說不難想見在臺港兩地造成搶譯，1950年代計有三種譯本：張愛玲的《老人與海》（1952），辛原的《海上漁翁》（1953），余光中的《老人和大海》（1957）。余光中的譯本最晚出版，但他自己認為是 The Old Man and the Sea 最早的中譯，他在譯序有如下說明：

> 「老人與海」在中國已有好幾種譯文；最初印成單行本者，恐怕要推「拾穗」月刊的譯文，但是「拾穗」之連載本書譯文尚遲於大華晚報之連載筆者的譯文（自四十一年十二月一日起，至四十二年一月二十三日止），因此筆者的譯文可說是最早的中譯本了。

不過1953年香港美國新聞處發行的四月號《今日世界》月刊在介紹 *The Old Man and the Sea* 一書時，曾有如下的敘述：

> 關于這書的中譯本，有一段文壇佳話：名作家徐訏主持的創墾出版社，香港的中一出版社和拾穗月刊，可能尚有其他出版社，同時聘請名家翻譯，結果中一出版社范思平譯本「老人與海」先出，這譯本出于一位青年女作家手筆，譯筆極為出色，但伊顧及流落大陸的慈母安全，竟不能發表真名。

這位青年女作家就是張愛玲，1952年美新處將她的《老人與海》交由中一出版社發行。從這段敘述可以感覺，美新處注意到《拾穗》月刊連載辛原的《海上漁翁》，但似乎未注意到大華晚報刊載余光中的《老人和大海》。另一方面，余光中注意到辛原的《海上漁翁》，但對張愛玲的《老人與海》似乎不清楚。這三種譯本的問世時間非常接近，中間相隔幾乎可以日計，反映出海明威這本小說當時的轟動程度。比較可能的情形是余光中的譯文最早面世，而張愛玲的譯文最早出版單行本。

*The Old Man and the Sea* 一書，從1949年至1993年的四十年間，共有47家出版社出版過此書的中譯本《老人與海》，這種現象在臺灣翻譯界，如不屬空前大概也稱得上絕後。

書目乍看之下洋洋灑灑，好似出版界甚為熱衷譯介這本小說，其實沒有註明譯者的譯本十之八九是未經譯者授權的盜版，即便附上譯者姓名，也未必

張愛玲以「范思平」為筆名譯之
《老人與海》書影（香港：中一出
版社，1952）。

辛原譯《海上漁翁》書影（高
雄：拾穗出版，1953）。

余光中譯《老人和大海》書影
（臺北：重光文藝，1957）。

真由此人所譯，有時根本就是假名。張愛玲的《老人與海》遭到盜用的次數最多，譯者不詳之著大部分都是張愛玲的譯本。張愛玲是知名作家，以小說家的身分翻譯外國小說可謂相得益彰。另一方面，她並非臺灣本土譯者，出版公司香港今日世界出版社又位於香港，天高皇帝遠，麻煩也比較少。

臺灣出版社如此青睞《老人與海》，一方面由於此書於1953年獲得美國普立茲小說獎，翌年又榮獲諾貝爾文學獎，雙獎在身構成很大的出版誘因，再搭配電影演出可說是氣勢如虹。譯文不但可以列入世界文學名著，也可放入諾貝爾文學獎選集之中，此外更可以用英漢對照的方式拿來當作中學生的英文輔助教材，甚至加上注音符號即可作為國小學生的課外讀物。其他外國名著或許需要簡化內容及縮短長度，《老人與海》長度適中無此問題，在讀者群方面堪稱一網打盡。出版翻譯小說能夠如此一舉數得，出版商焉能不趨之若鶩。

*Islands in the Stream*

　　這是海明威辭世後發表的遺著，海明威1961年自殺後，第四任妻子將其遺稿存入紐約市立銀行。*Islands in the Stream* 是其遺稿中最為完整的一部作品，稍加編定後於1970年問世，知名作家的新作自是引起注意，1971年隨即有兩種譯本問世，其一為時任政大西語系的何欣教授所譯的《灣流中的島嶼》；另一本為《溪流灣中的島嶼》，分上下兩冊，上冊署名「海峨」，「學淵謹識於臺大」，顯見譯者為學人。

*The Torrents of Spring*

　　這是海明威的第一本小說，卻最晚譯介成中文。1972年 *Islands in the Stream* 帶動翻譯市場上另一波海明威風潮，臺南市王家出版社出版 *The Torrents of Spring* 的中譯本《春潮》，這本譯著大概也是翻印本，只是查不出原譯為何。

## 譯介海明威小說的誘因

　　海明威是1954年的諾貝爾文學獎得主，然而桂冠頭銜不足以說明他在翻譯市場上何以能叫好又叫座。出版商不僅翻譯他的得獎小說，更願意翻譯他的其他作品。相較於臺灣出版市場搶譯和重譯某些作家的特定小說的因習，海明威的作品廣泛受到青睞，原因很多，但明顯可見的助因有下列兩個。

## 海明威與好萊塢

1950 年代是海明威的風光年代，他不僅得意於文壇，獲頒諾貝爾文學獎，作品更走紅於好萊塢，改編成賣座的電影。美國同時期的幾位知名作家，例如費茲傑羅、史坦貝克、福克納都曾投身好萊塢編寫劇本，也有作品搬上銀幕，但成績似乎都不及與好萊塢保持一定距離的海明威。在改編數量和票房口碑上，海明威不僅有高達 10 部之多的小說改編成電影（詳見下表），其中大部分在票房及口碑方面都相當出色，有幾部甚至重拍多次。這 10 部小說依照改編電影的出品年整理如下：

| 原著書名 | 電影片名 | 電影出品年 | 中文片名 |
|---|---|---|---|
| A Farewell to Arms（1929） | A Farewell to Arms | 1933<br>1957 | 戰地春夢 |
| For Whom the Bell Tolls（1940） | For Whom the Bell Tolls | 1943 | 戰地鐘聲 |
| To Have and Have Not（1937） | To Have and Have Not<br>The Breaking Point<br>The Gun Runners | 1945<br><br>1950<br>1958 | |
| The Killers（1956） | The Killers<br>The Killers | 1946<br>1964 | 殺人者<br>狂龍怒虎一嬌鳳 |
| The Short Happy Life of Francis Macomber（1936） | The Macomber Affair | 1947 | |

| 原著書名 | 電影片名 | 電影出品年 | 中文片名 |
|---|---|---|---|
| My Old Man（1923） | Under My Skin | 1950 | |
| The Snow of Kilimanjaro（1936） | The Snow of Kilimanjaro | 1952 | 雪山盟 |
| The Sun Also Rises（1926） | The Sun Also Rises | 1957 | 妾似朝陽又照君 |
| The Old Man and the Sea（1952） | The Old Man and the Sea | 1958 | 老人與海 |
| In Our Time（1925） | Adventure of a Young Man | 1962 | 天涯游子淚 |

　　這些電影大部分在臺灣上（重）映過，促成出版社譯印原著或重印舊譯。1940年代的舊片《戰地鐘聲》在臺重映多次，多少刺激彭思衍的重譯本《戰地鐘聲》。1952年海明威的短篇小說〈吉力馬扎羅的雪〉拍成電影，1953年東方書局的《美國現代小說選》收錄彭思衍的譯作〈雪山盟〉，其中包括另一部也在臺上映過的《殺人者》。

　　1957年 The Sun Also Rises 搬上銀幕，大中國書局隨即推出彭思衍的譯著《旭日初升》，並以斗大的字在旁註明「電影片名：妾似朝陽又照君」。1957年底 A Farewell to Arms 二度攝成電影，翌年林疑今的舊譯《戰地春夢》被翻印上市。1962年 In Our Time 改編成電影，同年臺北藝光出版社立刻譯印原著，

書名直接採用電影片名《天涯游子淚》。從上述例子明顯可見電影對海明威小說中譯的影響力。

## 簡潔的文字風格

　　海明威寫作風格的一大特色是文體簡潔，對譯者而言，這毋寧是最切身的因素。他的文字直接了當，很少使用冗長艱澀的修飾語，文句簡單易懂。以《老人與海》為例，這是一部非常勵志的小說，有些出版社甚至發行中英對照版本，直接作為中學生的課外讀物。

　　若是比較海明威與福克納，或許就可看出寫作風格對作品譯介成他國文字的重要性。兩位作家均獲頒美國普立茲小說獎和諾貝爾文學獎，作品也都曾搬上銀幕。下表是福克納小說改編成電影的情形：

| 原著書名 | 電影片名 | 電影出品年 | 中文片名 |
|---|---|---|---|
| Turnabout（1932） | Today We Live | 1933 | |
| Pylon（1935） | The Tarnished Angels | 1957 | 碧海青天夜夜心 |
| The Hamlet（1940） | The Long Hot Summer | 1958 | 夏日春情 |
| The Sound and the Fury（1959） | The Sound and the Fury | 1959 | 雨過天青 |
| Sanctuary（1931） | Sanctuary | 1961 | 恨海情天 |
| The Reivers（1962） | The Reivers | 1969 | 華麗冒險 |

若論好萊塢助攻的誘因，海明威與福克納其實是旗鼓相當。然而福克納的作品在臺灣的翻譯出版似乎不像海明威的作品那般熱絡，關鍵就在於福克納的意識流（stream of consciousness）語言相當難譯，對譯者是極大的挑戰。福克納文體晦澀冗長的「缺點」，相形之下即突顯出海明威文體簡潔易懂的「優點」。

諾貝爾獎聲勢，配合電影改編的推波助瀾，再加上獨樹一格的海明威文體，讓海明威成為1949年以後在臺灣名氣最響亮的美國小說家，然而從這份風光的背後也能一窺臺灣的翻譯生態。

前述481筆美國小說中譯本的資料，其中88筆屬於海明威，若假設每家出版社推出的譯本均是新譯，則應有88種譯本，然而對比內容發現卻只有16種新譯。換言之，近五分之一強的出版資源都投注於1949年以前在中國出版的舊譯本，或是盜譯1949年以後在臺灣出版的新譯本。

臺灣翻譯出版的內外銷市場不大，在商業取向下，臺灣出版商不免固守幾位知名作家，不願貿然譯介新作家。結果造成「相乘效果」——出版社一窩蜂地搶譯知名作家的小說，譯得越多，這位作家在臺灣的名氣又更大。所以談起美國小說翻譯，往往給人一種「海明威是美國小說代言人」的感覺。我們欣喜見到外國小說家能如此充分引介至臺灣，卻也希望海明威不是最後一位。

參考資料————
• 今日世界出版社編，〈文壇佳話「老人與海」〉，《今日世界》26期（1953），頁13—14。

- 余光中，〈譯者序〉，《老人與大海》（臺北：重光文藝，1957）。
- 李幼新，《名著名片》（臺北：志文，1978）。
- 李惠珍，〈美國小說在臺灣的翻譯史：一九四九至一九七九〉，（臺北：輔仁大學翻譯學研究所碩士論文，1995）。
- 林以亮，〈介紹戰地春夢的新譯〉，湯新楣譯，《戰地春夢》（香港：今日世界，1972）。
- 林德海主編，《民國時期總書目：外國文學》第2冊（北京：書目文獻，1987）。
- 國立中央圖書館編，《中譯外文圖書目錄》（臺北：國立中央圖書館，1972）。
- 陳玉剛編，《中國翻譯文學史稿》（北京：中國對外翻譯出版公司，1989）。
- 劉紹銘，〈「老人與海」的兩種中譯本〉，《幼獅文藝》36卷2期（1972），頁10—21。
- 歐梵，〈一九五七的好萊塢 漢明威大走紅運〉，《皇冠》9卷1期（1958），頁42—43。
- 應鳳凰，〈海明威著作中文書目〉，《文訊月刊》42期（1976），頁119—123。

**延伸閱讀** ————

- 孔立，〈可憐一卷茶花女，斷盡支那蕩子腸：介紹翻譯家林紓〉，《國文天地》6卷4期（1990），頁48—51。
- 何欣，《海明威創作論》（臺北：重光文藝，1970）。
- 余玉照，〈美國文學在臺灣：一項書目研究〉，朱炎主編，《朱立民教授七十壽慶論文集》（臺北：書林出版有限公司，1990），頁67—101。
- 林德海主編，《民國時期總書目：外國文學》，《民國時期總書目》第2冊（北京：書目文獻，1987）。
- 陳世悠，〈不合理競爭：略談翻譯界盜印、剽竊、搶譯之怪現象〉，《新書月刊》創刊號（1983），頁20—22。
- 國立中央圖書館編，《中譯外文圖書目錄》（臺北：國立中央圖書館，1972）。
- 卡洛斯‧貝克著，楊耐冬譯，《海明威傳》（臺北：志文，1990）。

# 19

# 美國現代主義文學翻譯與文學養成：
# 艾略特、海明威與福克納

張錦忠

## 《美國詩選》與現代主義詩人

上一個世紀六〇年代末，我在馬來半島東海岸邊城關丹讀書，生活變化不大，然而時代社會已迅速在變動。當時華文報紙文藝副刊的詩與小說幾乎同一個模子印出來，讀了相當無感，「少年的閱讀」就像在夜空迷惘地尋找不知名的星座。那些年城中頗有幾間書店，有家小書店可以找到港臺文藝書，特別是臺灣現代詩集與港版文星叢刊，以及高原出版社與今日世界叢書。某日，我買了一本林以亮編的《美國詩選》。書中那些遠方域外詩人陌生的名字，彷彿引領我進入一個新世界。在這之前，我已在《讀者文摘》（*Reader's Digest*）讀過介紹梭羅的文章，買了吳明實譯《湖濱散記》（*Walden*），從此成為梭羅的追隨者。《美國詩選》收入梭羅的幾首小詩，也譯愛默森、惠特曼（Walt

林以亮主編之《美國詩選》，
以及當中譯者余光中日後編譯
的《英美現代詩選》書影。
左：林以亮編，《美國詩選》
（香港：今日世界，1961）。
右：余光中編譯，《英美現代
詩選》（臺北：水牛出版社，
1968）。（圖片來源／國立臺
灣文學館）

Whitman）、狄瑾蓀（Emily Dickinson），以及艾德嘉·愛倫·坡。他們當然
不是美國文學史上的現代主義詩人，但愛默森、惠特曼與狄瑾蓀的表達自由、
獨創形式，坡的節奏美，於當時的我而言，已很「現代」，遠比我較早時讀的
力匡詩作現代多了。《美國詩選》附有每位詩人生平與著作介紹，以便讀者讀
詩人其詩亦知其人。我讀這群十九世紀美國東海岸詩人，尤其是惠特曼與坡，
對他們勇於主張個體主義、大膽追求藝術創新、忍受寫作生活之苦的精神，深
感佩服。

美國現代主義文學在二十世紀初由詩人搶灘登岸，艾略特、龐德
（Ezra Pound）、愛米·洛爾（Amy Lowell）、華萊士·史蒂文斯（Wallace
Stevens）、康明思（e.e. cummings）、威廉·卡羅·威廉斯（William Carlos
Williams）等人捲起美國現代詩潮。我從《美國詩選》那群十九世紀東海岸詩

人再往下讀，跨過世紀之交的邊界，就「遇見」愛米・洛爾、佛洛斯特（Robert Frost）、艾肯（Conrad Aiken）、麥克里希（Archibald MacLeish）這批向現代主義傾斜的詩人了。《美國詩選》收入從愛默森到麥克里希十七家詩，半數可歸為現代主義詩人，但是未收入艾略特、龐德等現代詩風明顯者，編者林以亮自承除了篇幅限制之外，「現代詩比接近傳統的詩難譯得多」。倒是詩選其中一位譯者余光中後來自己編譯《英美現代詩選》，美國篇部分收入十五家，除了狄瑾蓀之外，都是現代詩人，佛洛斯特以降的重要詩人盡收書中，只遺漏了卡羅・威廉斯，或羅勃・洛爾（Robert Lowell）。

## 《蕉風》的美國現代主義文學譯介與艾略特

讀《美國詩選》不久之後，我又「遇見」佛洛斯特、麥克里希這些詩人的名字。那是在高中圖書館不多的中文書中發現的一疊《蕉風》。這疊過期文藝雜誌開本大小不一，其中有批正方形的尤其吸引我，裡頭有詩有小說創作，有翻譯有作家畫像。某期《蕉風》有首譯詩〈詩藝〉（"Ars Poetica"），作者是麥利斯，附牧羚奴（陳瑞獻）插圖。「麥利斯」就是《美國詩選》裡最後一位詩人「麥克里希」，〈詩藝〉也收入其中。佛洛斯特的名字則出現在六〇年代的《蕉風》：1963年的第126期刊載了陸離譯〈佛洛斯特詩選〉，錢歌川在同年第130期談佛洛斯特的〈述懷〉（"Into My Own"），1965年一月號刊載了余光中譯佛洛斯特的〈詩的譬喻〉（"The Figure a Poem Makes"），1966年還有梁實秋譯〈補墻〉（"Mending Wall"）。至於七〇年代賴瑞和譯佛洛斯

特的〈荒地〉（"Desert Places"）一詩及布魯克斯（Cleanth Brooks）與潘華倫（Robert Penn Warren）的析文則是後話了。

那疊《蕉風》有幾期是詩專號、戲劇專號與小說專號，後者都是兩期合刊的特大號，很有分量。詩專號整本都在談外國詩與詩人，以及他們的詩作翻譯。歐陸詩人之外，在前幾期《蕉風》用毛筆給作家造像的牧羚奴譯了艾略特的〈多風之夜狂想曲〉（"Rhapsody on a Windy Night"）及批評家布列勃祿（M.C. Bradbrook）的析詩文章，讓詩可解可讀；那是我第一次讀艾略特的詩。後來我又讀了牧羚奴譯的艾略特詩〈空洞的人〉（"The Hollow Men"）以及《南洋週刊 · 文叢》版新加坡作家孤鳴談龐德刪改艾略特長詩《荒原》原稿與艾略特傳記的評論文章，始知《荒原》才是現代主義補天柱地之作，也看到英美現代主義文學開端的曙光。《荒原》於彼時的我就像一座文學界的名山，文學讀者有朝一日總要攀登攻頂。另外兩座二十世紀現代文學高山是喬伊斯與維吉尼亞·吳爾芙。

在談現代主義文學時，我常常引用完顏藉（梁明廣）的一篇長文〈開個窗，看看窗外，如何？〉。文章原刊於新加坡大學一份學生刊物，後收入作者的評論集《填鴨》。文章先談現代詩的難懂與象徵手法，所舉的例子就是《荒原》。事實上，早在1961年5月與6月，維廉（葉維廉）譯《荒原》就在《蕉風》刊出了。而且還有葉逢生（主編黃崖的筆名）的簡介。那是馬華文學史上第一波現代主義浪潮的開端，艾略特、吳爾芙、海明威、福克納、康拉德、湯瑪斯·曼等名字陸續登場，到了1965年，艾略特過世，《蕉風》在第149期推出「艾略特紀念」特輯，內容包括伍希雅（王無邪）譯〈焚毀的諾墩〉（"Burnt

Norton"）、羅繆（楊際光）論《荒原》、葉維廉論〈焚毀的諾墩〉、錢歌川談艾略特詩及譯詩〈窗前的早晨〉（"Morning at the Window"），相當可讀。

但是1961年，或1965年，以我的年齡，當然不可能是《蕉風》讀者。我要到七〇年代初以後，在圖書館翻閱六〇年代的《蕉風》舊刊時，才讀到艾略特的《荒原》與〈焚毀的諾墩〉，那是一個後生讀者遲到很久的現代經驗了。然後一直到大學與研究所修習美國文學或英美詩歌課時，才細讀艾略特的詩文，包括《荒原》與〈傳統和個人才賦〉（"Tradition and the Individual Talent"），當然，那時讀的是原文了，但今日世界出版的《荒原》導讀本還是很有幫助。那是1980年代初，新批評與現代主義在英美學界早已退潮多年，後現代主義等各種後學已陸續登陸。不過，新批評是二十世紀重要文學文本閱讀策略與方法，現代主義則是對西方現代性與文明的反抗與反思，那些年讀英美文學的人大概無法繞過；繞過不讀的結果可能可以用「不知有漢，毋論魏晉」來形容。

## 海明威：失落一代的海上漁翁

所謂「魏晉」可以指喬伊斯與吳爾芙夫人那兩座現代小說的頂峰，但二十世紀上半葉美國現代小說的崇山峻嶺是海明威、福克納、費茲傑羅。1961年海明威過世，《蕉風》在第106期刊載悼海明威文及小說〈殺人者〉。但我認識海明威乃始於王尚義的《從異鄉人到失落的一代》與劉紹銘的《老人與海》書評。回想起來，王尚義書中的海明威、貝多芬（Ludwig van Beethoven）、

存在主義散發出文學、音樂、哲學的感染力，於少年的我而言，不啻是卻曼（George Chapman）筆下的荷馬（Homer）之於濟慈（John Keats）的閱讀經驗。海明威的戰爭創傷書寫像帝國的龐大陰影，籠罩在冷戰時代遠方無知年少的心靈。我也試圖感受這種失落感，以及對強大生命意志的肯定，進而像王尚義一樣追尋文學藝術與思想世界的慰藉與寄託。家裡有本香港版的《戰地鐘聲》（可能是彭思衍的譯本），可是讀得似懂非懂。直到1972年我買了某期《蕉風》，裡頭有個海明威夫人瑪莉訪問記，再往前追讀1971年第222、223期的《蕉風》，才進一步趨近海明威。那是《蕉風》分兩期推出的「海明威專題」，由賴瑞和組稿，大部分是他自己寫跟譯。專題內容豐富，主要是考利（Malcom Cowley）、沃梅爾（Joseph Waldmeir）、史匹卡（Mark Spilka）、布魯克斯、潘華倫，以及賴瑞和自己論述海明威的文章，加上徐文達譯短篇〈殺人者〉的轉載。細讀〈殺人者〉與布魯克斯、潘華倫的文本分析，簡直是我的新批評、美國現代主義、海明威三合一教材。多年以後，我來臺就讀國立臺灣師範大學英語系，「閱讀指導」課讀本選文就有〈殺人者〉，對我來說只是溫故知新，一點都不難讀。大一暑假，我把《戰地春夢》與《老人與海》讀了一遍。讀《戰地春夢》其實是為隔年的「研究方法」課預習，但開學時換了個教授，而我寫報告時並沒有做海明威，改為寫我當時更喜歡的沙白羅（Saul Bellow）的早期小說《受害者》（*The Victim*）。但海明威始終是我很喜歡的美國作家，手邊有本企鵝版的《沒有女人的男人》（*Men Without Women*），那是1987年購自吉隆坡諧街印度人擺的舊書攤的一本小書，沒事常常翻閱。而讀《老人與海》則是受了劉紹銘書評的影響，找了張愛玲譯本來參考。

《蕉風》的那個海明威專輯，還有賴瑞和分析海明威文體及海明威談寫作的訪問。賴瑞和從戈登（Caroline Gordon）與泰德（Allen Tate）所編《小說之屋》（*The House of Fiction*）中的《戰地春夢》開頭評介（原為戈登論海明威與卡夫卡文中的部分段落）談起。戈登的評文是經典文章，早在1959年夏濟安就在他的《現代英文選評註》中以〈海明威的寫作技巧〉為題，詳細評註了戈登分析小說開頭四句的其中四個段落。戈登的評析闡述小說題旨，令人廓然開解，夏濟安的評註補述海明威文體特色甚詳，十分受用。賴瑞和引用戈登論海明威文體，可謂與夏濟安英雄所見略同。世人皆知小說家海明威喜歡冒險犯難，寫作苦心修改如無盡的修煉，追求文字極度簡潔的藝術，因此讀海明威談寫作的訪問，跟彼時讀李昂的〈長跑選手的孤寂：王文興訪問錄〉一樣，惠我良多（王文興講究文字，對海明威十分推崇，自己簡直就是中文世界的海明威）。當然，《巴黎評論》的〈關於小說藝術之訪問第二十一〉更是海明威訪問記的經典，我自己上大學時就從圖書館的《巴黎評論》過刊影印了一份反覆閱讀。

## 福克納：玫瑰、熊與約克納帕陶法

海明威譯介之後，七〇年代初的《蕉風》接著推出福克納專題，在第225期刊出賴瑞和譯〈給愛密麗的玫瑰〉及布魯克斯與潘華倫的文本分析，同時引介現代主義文學與新批評的精讀策略。不過，值得一提的是，跟譯介艾略特和海明威一樣，《蕉風》在七〇年代譯介福克納，其實是延續六〇年代的

譯介工作。1961年,《蕉風》就已譯介福克納,刊載聶華苓譯的《熊》(*The Bear*)了;翌年福克納辭世,刊物亦發表〈悼福克納〉文,此後不時有福克納相關文章出現。1967年9月,第179期的《蕉風》更在「世界現代文學評介」欄推出福克納專輯,發表王潤華譯〈給愛蜜麗的玫瑰〉及其評文,還有淡瑩譯福克納的受獎演說文。第225期刊的〈給愛密麗的玫瑰〉為賴瑞和新譯。無獨有偶,夏濟安的《現代英文選評註》也選析了《熊》的幾句話構成的長段文字。福克納的文體風格與海明威恰恰相反。海明威簡潔明淨,福克納複雜艱深,兩位諾貝爾文學獎得主分別呈現了現代主義文學的兩個面向——簡明而富象徵涵義,艱澀而感覺深刻精細。夏濟安的文體言談分析雙管齊下,更見功力。

我「初遇」福克納,是在《蕉風》第212期「小說專號」裡頭的伊思列(Calvin Israel)那篇〈我遇見威廉·福克納〉("The Last Gentleman"),以及賴瑞和譯的〈給愛密麗的玫瑰〉(我找了原文跟譯文對照細讀)與夏濟安的《熊》評註。後來唸大學時跟談德義(Rev. Pierre E. Demers)老師讀了《癡人喧囂》(即《聲音與憤怒》),認識意識激流的波濤洶湧,上研究所讀的是《八月之光》。某年夏天讀《百年孤寂》時,在馬奎斯的小說中發現了海明威與福克納的合體,從此成為馬粉,遂矢志有朝一日要在自己的小說世界打造一座約克納帕陶法,或馬康多,儘管時至今日那個世界的創世紀彷彿還在遙遠遙遠的時光以外。

**參考資料**————

• 《蕉風月刊》222 期（1971.07）。

• 《蕉風月刊》223 期（1971.08）。

• 林以亮編，《美國詩選》（香港：今日世界社，1961）。

• 完顏藉，〈開個窗，看看窗外，如何？〉，《填鴨》（八打靈再也：蕉風出版社，1972），頁 104—131。

• 王尚義，《從異鄉人到失落的一代》（臺北：水牛出版社，1964）。

• 夏濟安評註，《現代英文選評註》（臺北：臺灣商務印書館，1959）。


**延伸閱讀**————

• 福克納著，陳錦慧譯，《八月之光》（臺北：聯合文學，2015）。

• 福克納著，李文俊譯，《暄嘩與騷動》（上海：上海譯文出版社，2010）。

• 葉維廉，《〈荒原〉‧艾略特詩的藝術》（臺北：國立臺灣大學出版中心，2018）。

• 余光中編譯，《英美現代詩選》（臺北：水牛出版社，1968）。

• 海明威著，余光中譯，《老人與海／錄事巴托比》（臺北：九歌出版社，2020）。

• 海明威著，張愛玲譯，《老人與海》（臺北：臺灣英文雜誌社，1988）。

# 20

# 秋光明亮：我的愛荷華記憶

向陽

　　年中整理書房，翻出了一張拍攝於1985年9月的照片，地點在美國愛荷華大學，照片總共擠進了四十多人，其中主要是來自美國以外的各國詩人、小說家、評論家近四十名，美國詩人保羅‧安格爾和他美麗的妻子、小說家聶華苓也在照片之中——他們兩位是主人，主持愛大的「國際寫作計畫」（International Writing Program, IWP），廣邀來自全球各國的作家來這個夙負盛名的寫作計畫進行文學交流。

　　愛荷華大學的國際寫作計畫創設於1967年，迄今仍年年舉辦。根據《亞洲週刊》報導，美國學者艾力克‧班尼特（Eric Bennett）在檢索安格爾捐贈給愛大的四十箱檔案後發現，愛荷華國際寫作計畫的創辦經費，來自美國中情局的周邊組織法菲德基金會（Farfield Foundation），除此之外，亞洲基金會（Asia Foundation）、洛克菲勒基金會和國務院也都曾資助愛荷華國際寫作計畫。這

1985年秋，愛荷華大學國際寫作計畫全體作家合影。桌前右為計畫主持人聶華苓，第四排左二為創辦人保羅‧安格爾；第三排左一為楊青矗、左二向陽，第三排左五為方梓。（圖片來源／向陽）

是美國政府在冷戰年代透過邀請外國訪問作家，宣揚美國文化及反共思想的策略之一。[1]

　　我未讀到艾力克‧班尼特的原文，不過這則報導應屬可信。我在1985年應邀前往愛荷華大學參加寫作計畫時，已知道應邀前往的外國作家的經費（來

---

1. 陳之岳，〈中情局資助愛荷華寫作計畫曝光〉，《亞洲週刊》28卷 46期（2014.11.23，來源：https://www.yzzk.com/article/details/%E4%B8%96%E7%95%8C%E5%8B%95%E6%85%8B/2014-46/1415850914818/%E4%B8%AD%E6%83%85%E5%B1%80%E8%B3%87%E5%8A%A9%E6%84%9B%E8%8D%B7%E8%8F%AF%E5%AF%AB%E4%BD%9C%E8%A8%88%E5%8A%83%E6%9B%9D%E5%85%89，檢索日期：2022.12.20）。

回頭等艙機票、三個月的生活費及兩次美國國內旅行支出）來自美國國務院；但臺灣作家例外，因為已非美國邦交國，是聶華苓特別向愛荷華市的韓國華僑勸募而來，待遇與其他外國作家一致。聶華苓退休後，邀訪臺灣作家經費曾經由《聯合報》、《中國時報》提供，其後則由文化部組織評選委員會甄選作家，並支付生活費用。

聶華苓和安格爾一直對臺灣作家有感情，臺灣作家也同樣感念他們伉儷的邀請，1987年夏天，曾經到過愛大的作家籌備「愛荷華大學國際寫作計畫在臺作家聯誼會」；1989年冬，聯誼會在臺北歡迎流亡美國的中國作家劉賓雁，無分左中右統獨的臺灣作家齊聚；2011年5月21日，趨勢教育基金會、《文訊雜誌》社和國家圖書館合辦「百年小說研討會」，特別邀請聶華苓回國專題演講並參加「愛荷華國際寫作計畫與華文小說家」座談會，由我主持，參與座談的作家有尉天驄、瘂弦、李銳、李渝、格非、蔣韻、駱以軍、董啟章、林懷民、鄭愁予、楊青矗、管管、應鳳凰等十三位，就足可說明臺灣作家對聶華苓與愛荷華國際寫作計畫的感念。

\* \* \* \* \*

回到第一張照片，黑白攝影，雖然距今已經數十年，我仍保存得相當好，色澤未褪，它標誌著我寫作生涯中相當重要而關鍵的分水嶺。在這之前，我已經發表了相當多被視為代表作的臺語詩和十行詩，並出版了《土地的歌》和《十行集》，受到評論家的重視，也因此獲邀與剛從美麗島事件冤獄中服刑出

1987年夏，曾參加愛荷華大學國際寫作計畫的作家，在陽明山籌辦聯誼會合照。後排右起高信疆、向陽、王禎和、管管、尉天驄、七等生、王拓、吳晟；前排右起柯元馨（高信疆夫人）、殷允芃、王曉藍（藍藍）、李歐梵、姚一葦、瘂弦。（圖片來源／藍藍）

1989年冬，「愛荷華大學國際寫作計畫在臺作家聯誼會」在臺北歡迎流亡美國的中國作家劉賓雁來臺大合影。前排（坐者）右起：李昂、季季、張香華、劉賓雁、王拓、柏楊、劉賓雁夫人、齊邦媛、蕭素梅（楊逵長媳）、劉紹唐；後排（站者）右起：呂正惠、東年、楊青矗、彭歌、陳映真、許世旭、尉天驄、高信疆、商禽、黃春明、楊資崩（楊逵長子）、向陽、高準、管管。（圖片來源／向陽）

來的小說家楊青矗兄一起赴美參加寫作計畫。1985年秋的愛荷華之行，透過與各國作家的接觸，閱讀他們的作品，彷彿放眼秋天蔚藍的長天，我的眼界、視野因此更加寬闊，思想和文學觀點也產生了新的變化，從單純的文學書寫，到企圖在創作之中形塑更明晰、獨特的個人風格；從寫作臺灣鄉土、尋覓新詩形式，到希望突破格局，表現一個更深沉、寬厚的文學觀照，探觸全球議題……都因為這個秋天的愛荷華之旅而有了改變。

我撫摸這張珍貴的照片，嘗試辨認當年一起參加寫作計畫的各國作家，他們的臉顏都還彷如昨日相見，當時所有受邀的作家都住在愛荷華大學名為「MAYFLOWER」的學生宿舍的同一樓之中，朝夕相處有三個月之久，因此，這些來自不同國家、有著不同膚色、文化背景的作家臉顏，即使在四分之一個世紀之後，我依然清楚記得，然而多半已經無法將他們的名字和臉顏結合在一起了。我看著照片，聶華苓大姊和菲律賓小說家埃德加多·馬拉南（Edgardo Maranan）坐在正中央的桌前，周邊和後排則有來自玻利維亞、法國、以色列、羅馬尼亞、阿根廷、南斯拉夫、烏干達、芬蘭、西德、土耳其……的作家，其中包括奧罕·帕慕克（Ferit Orhan Pamuk），2006年諾貝爾文學獎得主，沒有記錯的話，他站在最後一排左三。我和青矗兄坐在第二排左側，在我身後站的就是計畫主持人保羅·安格爾；照片中能清楚辨認的，是站在安格爾身邊的中國小說家馮驥才，日本詩人平出隆，他的身邊則是新加坡詩人王潤華，接著是中國小說家張賢亮，還有一位可辨識的是南韓小說家孫章純（Jang-soon Sohn），以及我的太太方梓——年深日久，我也由當年三十歲的青年成為今日的入老之人了，無法完全辨識，也是理所當然的吧。

*　*　*　*　*

　　我難忘1985年秋的愛荷華歲月。愛荷華是美國最美麗的農業州，愛荷華大學就位在愛荷華河畔，公園中種植著閃亮著金黃葉片的銀杏樹，校園內松鼠與行人結伴，秋天的陽光灑落校園的每一寸土地，就像流金一樣映照著校園。

　　在愛荷華大學，每個人的臉上也因此洋溢著快樂的光。參加寫作計畫的作家，在這所大學中猶如來自全球的候鳥，不只是這一年，從1967年寫作計畫開辦迄今，根據愛大寫作計畫的統計，已經有來自全球一百二十多個國家的上千名作家來過愛荷華大學，他們在每一年秋天帶來不同的寫作經驗，到了冬天離開，返回各自的國家，繼續寫作。愛大國際寫作計畫彷彿就是世界文學的候鳥之驛，讓愛荷華除了農業之外，也有全球文學的光澤，添加在美麗的秋色之中。

　　作為不同國家作家的交流站和對話窗口，國際寫作計畫在形式上相當自由，以1985年我的經驗為例，我們在抵達愛荷華大學向國際寫作計畫報到，住進宿舍，參加由安格爾和聶華苓等主持的歡迎酒會之後，每週固定有兩場reading，分由作家朗讀自己的作品，分享給所有作家和與會的愛大師生，並進行討論。儘管作家來自不同的國度，語言分殊，但透過翻譯，仍能暢所欲言，分享不同的寫作經驗和創作美學。1985年較特殊的是，華文作家特多，除了我和青矗兄來自臺灣，還有來自中國的張賢亮、馮驥才，以及來自新加坡的王潤華，當時兩岸關係仍然緊張，楊青矗是美麗島事件受難作家、張賢亮是文革浩劫受難作家，備受各國作家矚目，因此聶大姊特別安排我們五人以「作

家的角色：海峽兩岸對話」為題同席座談，現場氣氛熱絡，笑聲、掌聲不斷。這場座談全程錄音，二十多年後的今天，還保存在愛荷華大學語音數位檔案之中，可在愛大寫作計畫的網站中聽到。當時我以「角色：作家與童心」為題談我寫作臺語詩的經驗，並朗讀臺語詩〈搬布袋戲的姊夫〉，手中耍弄李天祿製作的布袋戲偶，也引發與會作家的笑聲和掌聲。

由於這場座談會引起矚目，當時在芝加哥大學任教的李歐梵兄接著安排我們五人於10月中到芝加哥大學主辦的「海峽對話」討論會，也同樣引起熱烈討論，在臺灣尚未解除戒嚴、臺海之間依然緊張的情境下，臺灣作家與中國作家在美國對話，相信也是這年國際社會重視的話題吧。

＊　＊　＊　＊　＊

除了這朗讀作品、座談之外，寫作計畫也安排作家到贊助愛荷華大學的相關企業、銀行、農場參觀，讓與會作家了解當地的民情、風土；印象深刻的是，工作人員帶我們到當地的銀行開設帳戶，取得支票，並使用支票在愛荷華市買書、購物的特殊經驗。到了10月中旬，又安排作家搭乘遊艇，展開從愛荷華州到密蘇里州的密西西比河之旅，拜訪馬克‧吐溫《湯姆歷險記》（*The Adventures of Tom Sawyer*）中的寫作場景。密西西比河的壯闊，遊艇上作家的笑聲，交互激盪，在那一年秋天。

寫作計畫還特別為非英語系國家的作家安排英文會話課程，結果報名的都是遠東國家的作家，臺灣、中國、日本、南韓的作家加入這個特殊「補習班」，

一週兩次共四節課，我們重回校園，在美籍老師伊娃那的教導下，學習使用英文聊天。由於都是作家，且年歲稍大，兩個月下來，只識得簡易會話，但這年秋天愛荷華大學的學堂生活，可能也是我人生學習中最美麗的課程了。

這年國際寫作計畫中最認真的作家非楊青矗兄莫屬了。剛從美麗島事件的牢房中被放出來一年不久的他，來到愛荷華之後，展開訪談這年邀訪作家的行動，他向辦公室提出請求，由寫作計畫協助找尋各國語言翻譯，選定部分作家進行訪談，這個工程相當浩大，如果是英語系作家還較單純，只要一位英譯人員即可，但遇到法語、西語、日語、俄語等作家，就必須找兩名譯者轉譯。青矗兄在愛荷華大學幾乎都與訪談結在一起了。他的毅力驚人，短短兩個月，居然完成了這艱鉅的工作，一疊疊厚厚的原稿紙，都是他白天訪問、晚上聽錄音帶筆錄的結果。回到臺灣的次年，他的心血以《楊青矗與國際作家對話：愛荷華國際作家縱橫談》一書出版。這可能是臺灣作家與國際作家對話、交流的一個里程碑。

此外，國際寫作計畫更提供作家依個人意願進行出訪計畫，可以是美國東部重要大學、出版社，或都市遊覽，由寫作計畫負責機票、住宿。我、方梓與青矗兄因此有了機會到美國東部，暢遊美國首府華盛頓、紐約、波士頓、多倫多，並遊尼加拉瀑布後再返回愛荷華。我們這一行，都由還是「黑名單」無法返臺的臺灣同鄉接待，使我更了解政治對於人權的殘

《楊青矗與國際作家對話》書影（臺北：敦理出版社，1986）。

害，這使我返臺後，透過主編的《自立晚報》副刊開始大量刊載這些有家歸不得的臺人作家的作品，也使我在此後的寫作中關注政治議題。

＊　＊　＊　＊　＊

但我最難忘的，還是在聶華苓大姊家中，我們五位華文作家的「夜會」了（實際上是七人，還有王潤華夫人淡瑩、我太太方梓也都是常客），這並不在國際寫作計畫的安排或行程中，而是聶大姊對華文作家的恩寵。只要晚上沒事，我們大約吃完飯後就會到她和安格爾位在愛大山坡上的家中聚會聊天、喝酒。談話的內容甚多，有時聽楊青矗談高雄事件，有時是張賢亮談他在文革時期被下放勞改的折磨，有時則是馮驥才暢談他的小說計畫，安格爾總是在旁陪我們，聶大姊權充他的翻譯。我們相處，總是笑聲不斷，那是文學的夜，儘管青矗兄、我和張賢亮、馮驥才之間相隔一個海峽，透過文學，還是擁有一樣的夢想和喜樂。正確地說，我們政治立場是不同的，但作為文學家，透過文學表現永恆的美的理想是一致的。在聶華苓家中，只要她在，我們總覺得回到了自己的家，她和保羅・安格爾主持國際寫作計畫，不僅榮耀了愛荷華大學及其座落的愛荷華市，使得愛荷華市成為世界上第三個由聯合國教科文組織認定的文學之城（另兩個城市是澳大利亞的墨爾本、英國的愛丁堡），同時也使華文作家在美國擁有一個可以依靠的家。

我們在愛大的宿舍，每兩間共用一個廚房和餐廳，我與潤華兄隔鄰，有時潤華兄和方梓也會掌廚，請青矗兄、張賢亮兄、馮驥才兄一起聚餐。這是臺

灣、新加坡和中國作家暢談的另一個時光。1985年，兩岸隔閡還在，潤華兄是新加坡人，在臺灣求學、寫詩、揚名臺灣詩壇，治學魯迅，居間潤滑，使得每次餐敘，都能相互交換不同經驗，透過文學交流，政治的汙穢與殘忍被擺到一旁去了。

「國際寫作計畫」在這年11月20日結業，當晚愛荷華大學校長在家中舉辦了歡送會，頒發給參加計畫的作家「榮譽作家」狀，我們因而也意外成為愛荷華大學校友，這說明了愛荷華大學對國際寫作計畫的重視、對主持人安格爾和聶華苓兩人奉獻的肯定。在相互敬酒道別的燈影中，來自全球各國的文學候鳥將回到他們各自的國境，繼續個人孤獨的書寫，但我相信，愛荷華大學國際寫作計畫將是他們書寫記憶中不可磨滅的一盞燈，以書寫而存在於記憶之中。

結束愛荷華大學的寫作計畫之後，我們五位華文作家又應明尼阿波里大學之邀，出席該校主辦的「作家的社會責任與角色」座談會，其後回到愛荷華，向聶華苓、安格爾道別，分別展開回國的行程，這時已是11月底了。青蠹兄、我與方梓搭機離開愛荷華，我們一路經過堪薩斯、拉斯維加斯、大峽谷、洛杉磯、舊金山，至西雅圖之後轉夏威夷回到臺灣。在這短短的三個月中，美國東西海岸的主要城市幾乎都浮光掠影地走了一遭。

\* \* \* \* \*

我懷念1985年的這個秋天。這年我三十歲，人生之路還很長，因此也還相當美麗。從太平洋上的島嶼來到美國中部，愛荷華市幾乎成了當時我對美國

唯一的印象。從9月初到達，迄11月底寫作計畫結束，將近三個月的愛荷華駐校生活，以及與各國作家結緣的種種畫面，雖然隨著時光逐漸褪去、模糊了，但是在愛荷華大學的種種美麗感覺卻益發明亮。伴隨著這個明亮感覺的是，在聶華苓和安格爾家中的燈光，溫暖了以文學為志業的眾多國家作家的心。

從1985年之後，我繼續寫作，返臺後完成詩集《四季》，以二十四節氣寫臺灣的四季，其中諸多詩篇醞釀或完成於這個秋天，從愛荷華回看臺灣，我以《四季》總結我三十歲之前的文學階段，開始嘗試投向一個具有全球視野的文學書寫；不過，由於回國後不久，1987年解除戒嚴、次年報禁解除，我由副刊主編轉為報社總編輯、總主筆，導致詩的書寫時起時歇，直到2005年方才結成詩集《亂》，由印刻出版公司出版，初步表現了此一企圖。從《四季》到《亂》，1985年秋的愛荷華經驗與記憶，如此深刻地鑿印我心。

# 21

# 在無盡的暮色裡：
# 二〇二二愛荷華國際寫作計畫札記

朱和之

有一次我在河裡看到水獺。S說。

真的嗎？我問。

我不記得S的回覆是更加堅定還是轉為遲疑，但我也曾兩度在夜裡彷彿看
到水獺的影子。那是躲在人行步橋下抽菸時，理應黑沉如同無夢睡眠的河面底
下，忽然游來可疑巨影，載浮載沉，偶爾像是就要探頭出水，偵查岸上這個吞
雲吐霧的人族，然而不待彼此看清便旋即警覺地潛行而下，猶自恍恍惚惚地逡
巡不肯逕去。

或許那只是一尾格外肥碩的土魚？但這大學校園裡既有野兔乃至野鹿自
在來去，河裡有條水獺並不值得都市俗兼亞熱帶俗人大驚小怪。

也罷，就當作真見著了吧。無論是與不是，巨影畢竟已然打斷本來思緒，
懸念不散，讓河水顯得更加深不可測。偷句尼采的話，當你凝視著幽深可疑的

水怪暗影，那暗影也在凝視你。

　　我們不只一次被告誡，在這座中西部小城，以及國際寫作計畫裡並無特別限制，沒有義務出席任何活動，盡可以鎮日關在房裡讀書、四處晃遊、狂歡爛飲或蒙頭大睡，唯獨千萬不得跳進愛荷華河。河水很髒，他們說，以前還真有作家試著跳下去游泳，但就算不怕你溺水也怕你浸出一身癬。

　　水獺從不在白天現身，至少我無緣見過。河水確實混濁異常，奇怪在如此上游，理應沒有太多汙染才是，然而視線卻絕不可能穿透水面三十公分以下。

　　和故鄉海島上慣見的荒溪都不同，河流恆常波瀾不興靜好安穩，水面雖不寬廣，卻有浩蕩之勢，暗示著內裡伏流洶洶。

　　每當暮色降臨時，混濁止水霎時幻化為黑曜石般的鏡面，映照天光雲霞、秋樹火影，纖毫不爽，甚至比現實形影更加清晰，端端乎明心見性，讓人跟著裡外通透起來。

　　終究是大自然，暴烈有時，這看似無害的愛荷華河也曾在2008年狂濤怒漲，將兩岸校舍盡數吞滅，累得校方耗費多年陸續清理重整。我們來時，正巧趕上最後一棟復原的史坦利美術館重新開放，不免也去觀覽一回。小城館舍不能求全，但有意外亮點，馬德威爾（Robert Motherwell）《西班牙共和國輓歌126號》（*Elegy to the Spanish Republic No. 126*），還有庫房裡挖出遭遺忘塵封多年的巨幅波拉克（Jackson Pollock），經過細細清洗修復，重新綻放畫家躁狂難馭翻車邊緣的精神狀態，安放在光亮周全的展廳裡，任我們隔岸觀火似的從容欣賞。

夜裡再次走過步道橋，天色暗深，只有水面上下燈影綽綽，遠處噪音匯成低頻，嗡嗡隆隆。S說好像她兒時記憶裡的故鄉。

## 聶華苓老師

出了幾條棋盤街道圍成的市區就是郊野，與河平行的大道旁暗暗有路遁入森林。聶華苓老師（或者老派人尊稱的聶先生）那棟反覆被人們書寫的著名紅色房子就矗在林中小丘上，據地不高但路途陡急，甚且彎曲纏繞扭人脖項。

數年前冬日大雪埋徑，聶老師兀自步行登坡，一個失足跌得不輕，著實折騰良苦。老年人怕摔，聶老師度此一劫，調養後卻顛倒勇健起來，益發清朗。

週日午後，三個華人小輩相偕上山拜訪。聽說聶老師剛搬進這屋子時還可以眺見愛荷華河，但那已是上世紀中葉的舊事，如今我們前來，北國喬木樹冠亭亭似天棚，不促不緩地環抱著紅房子，顯得幽而不蔽。

進了玄關，循內梯上樓，必先看到掛滿面具的大牆，都是聶老師和夫婿保羅・安格爾雅藏的精品，從非洲、南亞、中國到日本，特別商請藝術家張掛好的，無論神鬼精怪，威怒諧謔，都能各安其位。而萬千表情都讓時光服貼了，融會成一面定靜的情緒，纖塵不染。

稍停，聶老師拄行而出，熱心招呼。她就像傳聞中的親切率直，說話中氣十足，笑聲爽朗依舊，殷殷問候我們名姓，從哪裡來，又說這房子不好找吧？

長居柏林的春樹從機場買了伴手，萬里跨洋攜來，不知怎麼卻不是德白

而是一瓶波爾多。原意是讓老師留著，改日聚會時可以拿來招待，但聶老師見著，大手一揮說，開了！

九十七歲的老太太竟要開喝，三小輩面面相覷，不知闖了什麼禍。同來的聶老師好友葉教授卻說不妨，熟門熟路找出螺栓和高腳杯，拔了瓶塞倒上，一眾舉酒祝福。

聶老師自問，我來這裡多少年啦，應該有三、四十年了吧？我說不止呢，都快六十年了，她笑開一臉歲月說，你算得比我清楚！

老年人自有老年人的當下，只是與現實不同步調。聶老師再三詢問我們名姓，反覆說她到這裡三十幾年了。我後來才醒悟，那是安格爾先生辭世的年月，聶老師的時間一如愛荷華河緩緩倒流，保羅不在，她也就不肯流動了。

九十七歲的聶華苓非常高貴，非常優雅，衷心喜愛美好的事物，打從心底真誠待人，又能率直而爽朗地大笑，看到客人帶來紅酒，大手一揮就說開了！她的當下就是那麼美好，她就是那個聶華苓。

聶華苓與保羅・安格爾1972年4月合影。（圖片來源／國立臺灣文學館）

## 新綠與蟬鳴

我在坐慣讀書的樹下撿到一枚蟬殼。

從小就對蟬殼很著迷。人類對形似真實之物莫名眷戀，仿製轉化，模擬象徵，動物糕餅，五禽拳法，鋪天蓋地的玩偶公仔，不斷鏡像投射，想要化身為萬物也想收羅占有萬物。

而蟬蛻卻是一真物，並非模型，而是某個生命階段具體的樣態，雖然已無生機，但也無惡腐的死亡意味，讓人彷彿可以窺見某種生命奧祕。我總羨慕蟬兒能夠自然感應內裡成熟的天啟時刻，篤定果決裂背而出，抖擻薄翅便已知悉所有關於飛行的技藝，無礙翔逸而去。也訕笑自己對著空洞的軀殼，泛生被遺落的惆悵。

這樣說來，書寫何嘗沒有擬態和收藏的性質？而文學作品某種意義也像是作者卸下的殼。

8月底的愛荷華氣溫意外高，中午可到三十度，但風過處十分舒服。蟬聲四面八方大力放送，走到哪響到哪，提醒你這小城裡樹高且多。

那是什麼在叫？衣索比亞的安達拉季塔（Endalegeta Kebede）大哥疑惑地問。

蟬，西卡達。我說。

那是一種蟲嗎？他說。

我立刻估狗找到圖片秀出。他看了說，像蟋蟀。大哥穿一件飾有民族紋樣的白衫，面貌深思而溫厚，在陽光下好看極了。

島國的生活經驗早把蟬鳴和盛夏相連繫，那是赤焰烈日的聲音，是熱汗黏膩的聲音，是催人躲進冷氣房吃冰的聲音。我有點詫異接近赤道的非洲國家竟沒有蟬，但隨即對自己的無知和本位思考感到可笑。

不像南國島嶼強烈的日照把樹葉都釀成濃稠墨色，此間植物多青嫩，春芽不老，看起來都是新的。草坪新，空氣新，百年大樹也新，大學城裡滿街人群都新。

從機場被接到市區來時，一靠近校區就見到滿山遍野身穿艷黃色罩衫的大一新生，昆蟲過境似的一堆堆一群群被領著認識校園。我笑說該不會下了車也給我們一人發一件黃蟲外套？

從下榻的愛荷華屋進市區覓食購物，必得爬上舊州廳後的小坡，只見草坪間、老樹下早有舊生們老神在在悠哉坐臥，或者拉了吊床懸晃。很快地，我也找到自己喜愛的地方，一棵喜愛的樹，時常背靠樹幹感受著縱裂紋的凹凸，沉浸於帶有身體記憶的閱讀。

## 灰色的擁抱

綠草地讓我感到害怕，巴勒斯坦的雅亞（Yahya Ashour）這麼說。這是他第二次受邀來美國，上回初訪在俄亥俄駐留半年，第一個月完全不敢出門，因為草坪太多、顏色太綠嚇壞他了。

巴勒斯坦一切都是灰色的，才二十四歲卻已經歷五次戰爭的雅亞說，天空灰、土地灰，飽受狂轟濫炸的市街更灰。他的世界是用灰屑構築而成的蜂巢

蟻窩，無法想像世上有地方可以有這麼多閒置無用的草坪，還有綠得可憎的茂盛樹木。

《三生三世聶華苓》紀錄片中，蔣勳老師說了一則動人故事，兩交戰國的作家同時受邀來IWP，見面如仇寇，眼睛裡噴火，四個月計畫結束後兩人卻在機場緊緊擁抱痛哭如手足訣別。

但並非所有的仇恨都能輕易捐棄如童話，至少雅亞不行。他是傾訴巴勒斯坦苦難的大使，凡有發表機會，座談朗讀大學課堂還有電影放映，斑斑血淚控訴以色列對迦薩的暴行。

他拒絕和以色列作家諾娃（Noa Suzanna Morag）有任何形式的交流，一句話、一個眼神都徹底扼殺，乃至於不願參與大合照。

倒是諾娃堅持出席雅亞所有的發表，展現她作為獨立創作者，未必同意政府作為，也試著理解迦薩人的感受。而這比想像的困難和煎熬，對雙方都是。

旁觀他人之痛苦，即便並非透過氾濫的影像而是目睹當事者從烽火中現身，依舊很殘忍地有其極限。猶如〈祝福〉裡祥林嫂哭訴阿毛遭狼銜了去，聞者莫不落淚，但聽個三五回便再也無感，末了乃至真有些厭煩的耳語。

我反省，也懷疑莫非文學的本質終究只是蒼白空洞的囈語，亦或者是自己缺乏那樣的感受、洞察與能量，以發揮真正的文學之力？

雅亞到最後都不曾擁抱諾娃，但我分別獲得他們深刻的擁抱，都如手足分離。諾娃說，朱，我要你知道，有一天你到特拉維夫來的時候會有個家可以落腳；至於雅亞，我們都知道迦薩是只有他能獨自歸返的地方，這使我們在放

開彼此的時候，心頭落上了沉甸甸的重量。

## 懸日無盡

北國向晚，暮色如如。

南人似我者，看慣亞熱帶瞬息萬變、曾不能以一瞬的絢麗雲霞，不免驚怪於本地夕靄之悠長。一時抬望，或者是銀輝的雲粒，或者是瑰色的澄光，都如萬頃之茫然，遂忘此生何寄。

美麗的天色定格在那裡，漫長的夕暮一動也不動，柔和金光打透綠葉，一輩子都會這樣透亮下去似的，要是過分認真端詳起來宛若誤闖永恆。

於是有那麼一個坐在河邊的傍晚，霎時感傷起來，不斷流淚不斷流淚。我不記得自己曾經這樣哭過，無聲卻洶湧，並且漫長無盡，就跟這似乎永不會消失的美麗暮色一樣。只要太陽永遠掛在那裡，我就永遠哭下去。

然後我知道這將會是我生命中最美的時刻之一。無以名狀，永生不忘。

我也知道，再過一會兒，夕陽畢竟還是會落入地平線的盡頭，然後將我溫柔地一起抹去。

於是我在這裡。一切都將會有新的開始。我在這裡。

# 22
# 白先勇與現代主義

黃儀冠

## 《現代文學》雜誌引介西方思潮

1960年代白先勇創辦《現代文學》雜誌，承繼夏濟安1956年所創辦的《文學雜誌》，以引介、傳播現代主義思潮為主，當時另有些前衛、小眾的文學雜誌諸如：《筆匯》、《劇場》等也積極介紹西方美學、現代思潮，六〇年代遂被史家定位為移植西潮的「現代主義時期」。在文學技巧上，「現代主義」挖掘內心幽黯，情慾深淵，在語言的實驗上以超現實，意識流等種種為技巧。現代主義小說在臺灣開展於冷戰年代，七〇年代與鄉土／寫實分裂鮮明對比的兩方，然而臺灣的現代派文學，其實有其「在地性」，甚至現代主義與鄉土文學也非壁壘分明，在現代主義小說我們讀到人道悲憫與鄉土關照，而在鄉土文學的泥土芳香中也融入現代主義技法。故現代主義與鄉土文學皆是當

時對於現代化的一種反思、一種反動。白先勇與臺大同學歐陽子、陳若曦、王文興等人成立現代文學雜誌社，自1960年至1973年共出版《現代文學》51期，後再發行復刊至第22期，橫跨20餘年艱辛的編輯出版，終至1984年停刊。白先勇曾輯錄38位作家自述與《現代文學》的互動交流，出版《現文因緣》一書，記錄雜誌創刊、停刊、復刊、休刊、重刊的曲折歷程。這份雜誌也成為了許多作家發表創作的園地：例如白先勇的「臺北人」系列、歐陽子〈魔女〉、陳映真〈將軍族〉、施叔青〈倒放的天梯〉、王文興〈玩具手槍〉、陳若曦〈辛莊〉等傑出作品，直至今日仍對臺灣文壇有深遠影響。除了以「西方」作為核心進行文藝介紹與文學創作外，《現代文學》雜誌也刊載許多篇關於中國古典文學與現代文學的研究、評論，顯見其對中國文學的重視，對中國古典及現代文學做出貢獻。

　　《現代文學》雜誌介紹西方文學著作，尤以意識流小說、存在主義等受到年輕世代共鳴，其中沙特、卡繆、喬伊斯、吳爾芙、普魯斯特等小說家，

夏濟安1956年的《文學雜誌》創刊號，以及白先勇等人1960年3月籌辦的《現代文學》創刊號書影。（圖片來源／國立臺灣文學館）

成為創作者心靈追慕的文學導師。意識流所強調的探究夢境潛意識，以內心獨白、自由聯想、時間與空間的蒙太奇等實驗性藝術性手法，再再為當時《現代文學》創作群所汲取並實踐。尤其白先勇自己率先寫作多篇雜揉意識流手法的小說，探究生存意義、壓抑的欲望、人性的貪、嗔、痴所造成的悲劇性。運用巧妙隱晦的象徵比喻將抒情傳統融鑄於現代主義小說，人物內心的囈語在其筆下往往揭露其痴狂的偏執、背德亂倫的欲望，以及痛苦而傷逝的過往。早期短篇小說〈小陽春〉運用多重的敘事觀點，從樊教授的內心獨語，敘事視角轉換到樊太太，然後又轉到幫傭阿嬌，最後又回到樊教授，視點的轉換也帶出無人關心的小女孩麗麗葬身火場的悲劇。另一短篇〈黑虹〉以一個出走的家庭主婦闖入五光十色的中山北路，如同當代的《玩偶之家》（A Doll's House）。娜拉（Nora Helmer）是易卜生（Henrik Ibsen）所塑造的一位勇敢的家庭主婦，因不願成為丈夫的玩偶，婚姻的傀儡，憤而出走。然而如同魯迅所言：娜拉出走之後怎麼辦，如何在殘酷的社會中生存？白先勇的〈黑虹〉即探索女性離開婚姻家庭、出走之後，她往何處去，通篇完全是內心獨白，將主婦的焦慮及崩潰邊緣的精神狀態，以意識流式的喃喃自語流淌而出，最後恍恍惚惚中與陌生人在旅舍共度一晚，最後她想洗掉氣味（帶有滌淨自我意味），看見水潭霧裡出現一拱黑色的虹，她想撈住它，卻讓潭水漸漸滅頂。現代主義透過意識流凝視欲望深淵與死亡恐懼，在夢境裡度過永遠的一天，迷戀的青春，以及悼亡的銘記。

# 永遠的臺北人

　　《臺北人》為白先勇對舊時代最後的回眸及輓歌，此本小說集主要描述1949年之後因種種人生際遇輾轉來到臺灣的外省族群，有昔日位高權重的軍官，滿口自由民主的五四知識分子，艷麗風華的秦淮河名伶，亦有底層僕役、打雜的勞工，不論其職業身分、教育程度、社經地位，在經歷過時代動盪，戰亂不平，流離失所的歲月後，各自回顧過往的繁華似錦，豐功偉業，然而角色不為人知的內心真實的欲望與投射，往往是以如夢似幻的意識流筆法所呈露。歐陽子云：「《臺北人》一書中只有兩個主角，一個是『過去』，一個是現在。籠統而言，《臺北人》中之『過去』代表青春，純潔，敏銳，秩序，傳統，精神，靈魂，成功榮耀，希望，美，理想與生命。而『現在』，代表年衰，腐朽，麻木，混亂，西化，物質，色慾，肉體，失敗，猥瑣，絕望，醜，現實與死亡。」

　　《臺北人》以今昔對比來講述原鄉所代表的美好已回不去了，此群異鄉遊子彷若被永遠地放逐，卻又必須面對現實當下的醜惡不堪，白先勇以一種二元對立的描繪，意識流的虛實交融的手法，慨嘆往昔美好的不可再得，往事卻又時時浮現腦海，揮之不去，此種心理時間不斷回到過去，形成小說敘事時間上一種回溯反覆耽溺的狀態。在錢夫人藍田玉、金大班、雲芳等展露往事不堪回首的內心話語，人生際遇與欲望、回憶交錯，現實裡沉浸於往昔迷霧中，又在驀然回首時驚見此時此刻的衰頹，多少恨事已隨時光消散，卻又魂兮歸來。白先勇小說中對於女性細膩的描寫，似乎比寫男人更動情更動人。小說中對於女性心靈深處的孤寂與傷感，其同情共感往往令人動容，從〈永遠的尹雪豔〉、〈金大奶奶〉、

〈玉卿嫂〉、〈謫仙記〉、〈一把青〉到〈遊園驚夢〉，女性角色塑造在他的小說世界中占有舉足輕重的地位，透過感性與理性、回憶與現實、外在繁華與內心幽怨，以女性的生命史為軸，融鑄時代風雲變化與兩岸流離變遷。

白先勇的小說筆法兼融古典與現代，以現代主義技法書寫一群放逐漂泊的異鄉人，以潛藏的意識流、豐富的意象營構出人性內心幽微之處，成為現代派重要的文學名家。再者，白先勇小說中的家國之思，今昔對照又奠定其歷史縱深的層次感。小說文本場景桂林、上海、臺北、香港傳達濃厚的地方感，各地方言、俚俗語又加深其地域文化的「鄉土感」。歷來研究者，以新批評細究白先勇小說的美學及藝術手法，並將其定位為現代派小說家，聚焦於小說所展現的外省族群流亡的焦慮，外省族群的國族關懷。然而白先勇小說筆下的女性主體及情慾書寫亦是相當重要的主題，從早期的〈月夢〉、〈青春〉，隱約含蓄觸及同志情感，中期長篇巨著《孽子》，以臺北新公園為核心，敘述同志的黑暗王國，記錄無家可歸的青春鳥故事，以及後期書寫紐約系列的"Danny Boy"、"Tea for Two"，將同志的暮年、疾病，娓娓道來，既深情又感人。白先勇以劃時代的前衛姿態，探索與刻畫性別與情慾的主題，不論是在世界文學史或華文文學史而言，皆是開先鋒者。

## 遊園驚夢的意識之流

〈遊園驚夢〉之名原係明代湯顯祖《牡丹亭》，原作統稱《驚夢》，今崑曲戲曲表演分為〈遊園〉與〈驚夢〉兩個折目，小說首次發表於1966年《現

代文學》，後收錄於《臺北人》小說集。此篇小說以南京秦淮河畔一群唱崑曲女伶為題材，美人遲暮之年相聚寶公館，頗有物非人亦非，今非昔比的悲涼之情，穿插兩岸家國流離史，亦有隔江猶唱後庭花之感傷。關於此篇小說創作背景，白先勇曾云：「記得初次接觸崑曲，立刻震於其藝術之精美，復又為其沒落而痛惋。當時我正在研究明代大文學家湯顯祖的作品《牡丹亭》，這一則愛情征服死亡，超越時空的故事，是浪漫文學傳統的一座里程碑，其中〈驚夢〉一折，達到了抒情詩的巔峰。」小說汲取戲曲原作愛情元素，以及如夢似幻的傷春，轉化為現代主義意識流的手法，是白先勇以古典學養融鑄西方思潮技巧的經典之作。小說敘事線以錢夫人來到臺北天母寶公館揭開序幕，寶夫人舉辦盛宴，將昔日南京秦淮河畔的姊妹淘及偏安臺北一隅喜好戲曲的達官貴人齊聚一堂。錢夫人曾是得月臺遠近馳名的藍田玉，崑腔曲藝頗得梅派真傳，尤其是〈遊園驚夢〉更博得滿堂彩，錢鵬志將軍聽她唱曲動了心，娶作填房夫人，希望她陪伴晚年唱曲作娛。錢鵬志年事已高，將芳華二十的藍田玉當女兒般疼惜，雖然錢夫人相當珍惜自己的名分，卻愛上錢將軍的參謀鄭彥青，並有越軌的行為。不久，在替唱戲的姊妹桂枝香（即後來的寶夫人）辦三十歲生日酒宴會裡，發覺親妹妹十三月月紅橫刀奪愛搶走鄭彥青，錢夫人在宴席心碎倒嗓，從此弦歌俱歇。後錢將軍病歿，國共戰事烽起，錢夫人來到臺灣，一人獨居南部，此次接到寶夫人邀約，來到臺北赴宴。究竟是閨蜜情深還是姊妹鬩牆，半輩子的恩怨情仇，豈能說得清，在歡宴的遊園與黃粱一夢的驚詫間，往事並不如煙。

　　〈遊園驚夢〉的崑曲改編自湯顯祖《牡丹亭》劇本，故事大意是南安太守的千金杜麗娘少女情懷待字閨中，因春色惱人，遊花園散心，後夢見素昧平

生的書生柳夢梅，在花園牡丹亭上纏綿，夢醒之後相思成疾而病逝。〈遊園〉一段所談的即是戲文常見的後花園私訂終身，小說敘事藉著徐太太演唱「原來奼紫嫣紅開遍，似這般都付與斷井頹垣。良辰美景奈何天，便賞心樂事誰家院」，此崑曲裡象徵意味深長的警句。而〈驚夢〉則引用「沒亂裡春情難遣，驀地裡懷人幽怨」，男女主角幽會那段最是露骨不過，但白先勇運用意識流的手法，將錢夫人與鄭彥青樺樹林出軌一段以隱晦象徵的夢境般的聯想，透過現實／回憶交錯，虛／實交融，戲曲唱詞與角色內心互為指涉，形成互文性的綿密符碼。白先勇善用兩兩對照：青春／年老、現在／過往、繁華／頹靡，在現實裡華燈初上，衣香鬢影，美酒佳餚，又有各票友粉墨登場，表演崑曲等餘興節目，鑼鼓笙簫無不備全，彷若歌舞昇平，然從錢夫人的視角看出去，頻頻勾起不堪回首的往事。

小說描寫竇夫人的盛宴堪比錢夫人當年在南京的排場派頭，月月紅／蔣碧月都穿著醒目大金大紅敬酒，都說著「姐姐到底不賞妹子的臉」，鄭彥青／程參謀都跟著一起勸酒鬧酒，連乾三杯，一幕幕如往事重演，蔣碧月與程參謀兩人眼神交錯，露出細白的皓齒，一如當年月月紅與鄭彥青四目交接流露情思。在大段錢夫人意識流的敘述中，當年唱〈驚夢〉幽會那段倒嗓時，驚見親妹妹橫刀奪愛，一如蔣碧月破壞姊姊桂枝香的姻緣，硬是攔腰撿個現成便宜，成了任夫人，難怪竇夫人（桂枝香）嘆息著：「是親妹子才專揀自己的姐姐往腳下踹呢。」今昔的界線已消融，現實與回憶糾葛，在花雕的醉意裡，分不清今夕是何夕。

小說透過錢夫人的敘事視角，代入既主觀又客觀的視野，她剛到竇公館時，隨時在觀察昔日姊妹淘的模樣，打扮是否入時，從南京到臺北依然爭妍鬥

艷，比名分比排場，錢夫人一向是優先入坐首席，現今錢將軍已逝，又居南部鄉下，一轉身照見鏡中的自己，卻是過時的長旗袍，杭綢在燈光下顯得黯淡，不再有翡翠光澤，顯然與時尚脫節。隻身前來，沒有私家轎車，也沒有司機，空有頭銜，賓客們表面還奉承她為「崑腔真傳」、「女梅蘭芳」，其實她的嗓子已喑啞，昔日風光華麗早已不復存。唱戲只為酒足飯飽的餘興趣味，錢夫人唱不唱沒人在乎，正如同眾人唱幾句崑曲只是附庸風雅，隨余參軍笑鬧作樂，並不真正領略戲曲藝術，崑曲也正在消亡中，藝術僅剩淺薄娛樂性質。錢夫人身分已不再高貴，年華消逝歲月滄桑，如同南京夫子廟所象徵的六朝金粉，朝代興衰，舊時王謝，終究飛入尋常百姓家。錢夫人感嘆昔日美好已不存，過去「那麼細緻那麼柔熟」的大陸絲綢，與「粗糙光澤扎眼」的臺灣衣料相比，「濃郁醇香」的大陸花雕與「有點割喉」的臺灣花雕，明顯的今昔對比，突顯對過往美好的悼念。今日快速變遷的時代，人浮於事，世風日下，充斥中產階級輕淺的品味，小說結尾竇夫人問：「你這麼久沒來，可發覺臺北變了些沒有？」錢夫人沉吟半晌：「變得我都快不認識了——起了好多新的高樓大廈。」新的世代終將取代舊時秦淮文化，臺北新興資產階級起高樓影射傳統貴族的沒落。

　　現代主義以夢魘召喚記憶的一縷幽魂，揭露生命的荒謬與現實的醜惡，白先勇的小說則以二元對位結構形塑兩個世界，雙重空間，時空的交錯串接起過去與現在，展現大時代的氛圍及歷史感的層次，託喻尖銳的現實與如夢的象徵，多數的人物都深陷在回憶的故園裡，迷失於回歸與浪逐的矛盾間，這群離開故土流落他方的漫遊者，被迫遷徙的命運與文化斷裂的精神徬徨，使他們同時感傷自己身世與民族歷史之滄桑，在焦慮與失落之間哀悼傳統之斷

裂，典範之消逝。這群精神上無家可歸的異鄉人，雖身處在現實的臺北空間，卻時時精神返鄉，回味昔日故土故人，處處移植家鄉的味道與歷史記憶，「永遠不老」的，揮之不去的，乃是飄泊於今昔的歷史幽魂，以及封存於時空膠囊的青春理想。但實體鄉土空間是回不去了，而文化精華也形似神不似了，擺盪在其間的「異鄉人」只能時時遙指原先在美好記憶中的人事物，卻是無法與原物本色真正指認，常常造成錯認／誤認，如〈那片血一般紅的杜鵑花〉的麗兒並不是王雄家鄉訂親的小姑娘妹仔；〈秋思〉移植菊花想重現「一捧雪」的繁花似錦，然花叢的冷香夾著黃腐與白霉；〈孤戀花〉上海的五寶與臺灣的娟娟；〈遊園驚夢〉昔日的鄭彥青及現今的程參謀。在依戀過往的驀然回首中，不斷復刻記憶深處的人物、空間、事物，然而物非人亦非，一切都回不去了。

這群「臺北人」的時空意識一直擺盪於過去（離鄉）──未來（返鄉）兩個時空點流浪游移，現實的生活如同寄居蜉蝣，在臺北的一切彷彿是複製又像是暫時的，青春的回憶，複製的中式客廳，移植的花園，然而日久他鄉變故鄉，臺北成為精神返鄉與撫慰傷痛的新生地，於是尹雪艷在仁愛路的洋房建構新公館，金大班在西門町踩著醉人的舞步，度過最後一夜，花橋榮記的老闆娘在長春路生龍活虎地賣桂林米粉，而女孩們的嬉笑聲穿梭在那血一般紅的杜鵑花叢中，依然迴蕩。


綜言之，戰後臺灣的現代主義遠紹日治時期的現代性，連結三〇年代現代派，在冷戰結構下1960年代的《現代文學》引進多種前衛文藝作品，白先勇及同世代的作家以充滿實驗精神，尊奉自由想像力，以個性化、風格化書

寫，作出種種嘗試，全面激發當時文學家、藝術家與抽象思維的美學思潮，與當時肅殺的威權政治氛圍，嚴密監控的社會文網，進行相當的辯證、妥協、超越與試驗，最後為二十世紀下半葉的臺灣奠定華文世界醇厚的現代文學滋養。二十一世紀之後。兩岸三地的舞臺劇、影視劇導演也相當喜愛改編白先勇的小說，作家、演員與導演以敘事文類／戲劇文本作為演練場域，以各種類型跨域改編、角色形塑、符號語言的表述，再現歷史滄桑、現實生活經驗，以及各個族群形象、性別議題延伸思索。白先勇的作品成為一再被詮釋、再創作的經典文本，可見其藝術禁得起時代考驗，如同永遠也不老的尹雪艷，在每個時代召喚年輕世代再次進入抒情的青春遊園與意識流的驚夢之旅。

**參考資料**────
- 白先勇，《臺北人》（臺北：爾雅，1983）。
- 白先勇，《寂寞的十七歲》（臺北：允晨出版社，2000）。
- 白先勇，《紐約客》（臺北：爾雅，2007）。
- 歐陽子，《王謝堂前的燕子》，（臺北：爾雅，2008）。

**延伸閱讀**────
- 范銘如、陳芳明主編，《跨世紀的流離──白先勇的文學與藝術國際學術研討會論文集》（臺北：印刻，2009）。
- 白睿文、蔡建鑫主編，《重返現代》（臺北：麥田，2016）。
- 張誦聖，《現代主義‧當代台灣：文學典範的軌跡》（臺北：聯經出版公司，2015）。
- 白先勇編，《現文因緣》（臺北：聯經出版公司，2016）。

# 23

# 奮戰不懈的文體家：
# 談王文興的寫實與現代主義

彭明偉

## 奮戰不懈的文體家

　　王文興是個虔敬的小說藝術創作者，也是個極具鮮明個性、自由意志的文體家，在文學史上一般被歸為 1960 年代臺灣「現代主義」的代表性作家。他早年在臺大外文系就讀並留學美國愛荷華大學小說創作班，獲得藝術碩士學位返國後在臺大任教。他畢生可說是以讀書教書為業，課餘則專心致志於小說創作，全心奉獻給文學，從大學時期開始創作發表，多年來始終如一，規律地保持創作／工作的習慣，到退休後仍執筆寫作、保持創作活力。王文興的第一部長篇小說《家變》寫作七年，第二部長篇小說《背海的人》上下兩集耗時二十三年完成，晚年耗費十三年時光投身創作第三部長篇《剪翼史》，就寫作時間之緩慢漫長而言不知是否創了世界紀錄，但肯定是在臺灣文學史上

絕無僅有的。

　　王文興的作品不算多，但每一篇每一部都是苦心經營之作，歷年來發表了小說集《十五篇小說》，長篇小說《家變》、《背海的人》、《剪翼史》，另有散文、評論集《書和影》、《小說墨餘》、《星雨樓隨想》等。關於自己投身創作的目的或動機，他自陳：「我，為自己寫作，所為的純是寫作當時的充實之感。寫作可以使一天中，工作的二、三小時，化為更有意味的二、三小時。」[1]王文興並不是為了外在的利祿功名，也不是先打著什麼冠冕堂皇的旗幟才寫作。他謙遜表示，他是為自己寫作，在寫作過程中獲得充實感，享受創作，如此而已。

　　不過，王文興長年的文學創作過程也並非一直「躺平」安逸舒適地寫，相反的，他的文學創作長期處於緊張「對峙」的狀態，特別是與文字之間無休止的戰爭。他表示：

> 無休止的戰爭是要談和我有關的文字之爭。可是我並非談論他人對我文字的異議，而是打算談談我，個人，與文字間冗長戰爭。這場戰爭已經進行卅年，我也已經筋疲力竭，但顯然這場戰爭還要無休止的持續下去。[2]

1. 王文興，〈為何寫作〉，《書和影》（臺北：聯合文學，1988年初版／2006年二版），頁181。
2. 王文興，〈無休止的戰爭〉，《書和影》（臺北：聯合文學，1988年初版／2006年二版），頁195。

王文興於報上連載《背海的人》。《中國時報》（1980.9.14），8版。（圖片來源／國立臺灣文學館）

以戰爭來形容作家與文字之間的關係，有些滑稽且誇張生動，但他的創作也的確如浴血奮戰，艱辛異常。他所奮戰的不僅在於追求文字之精準，同時也在追求文字與現實之間的渾然契合。

對於王文興而言，美國作家海明威的小說樹立起輝煌的創作標竿：

> 是在我廿二歲那年，我閱讀海明威。自此之後，我更加投身於我和文字的戰爭中了。從此，我每日和文字浴血奮戰，拚殺得你死我活。是的，是海明威使我陷入於這樣的戰爭中，日日赴湯蹈火，極嚐艱苦，可是我可以甘之若飴。海明威，他懸起一個如何輝煌的理想！他不只包含佛樓拜爾，莫泊桑，托爾斯泰的低沉徐緩，他還進一步做到簡鍊，甚至生動，活色生香的生動。一讀之下，我這一生就奉獻給了這一個目標的追求去了。[3]

儘管長年與文字搏鬥、備嘗艱辛，但王文興甘之如飴，海明威小說的文體為他樹立了最高典範：「簡鍊，甚至生動，活色生香的生動。」他畢生的小說創作追求這樣的目標。「不論我語言上出現了多少奇特的符號，句法如何的整改，這都不是對海明威的叛離，而是力圖接近海明威的痕跡。」[4]就王文興的小說來看，也確實都具有這樣低沉徐緩、簡鍊、生動的風格，正如他自己所述：「每一個現代小說家似乎都負有一肩使命：必須也是個文體家。」[5]

---

3. 同註2，頁195—196。
4. 同註2，頁196。
5. 王文興，〈淺論現代文學〉，《書和影》（臺北：聯合文學，1988初版／2006二版），頁189。

## 生活經驗的寫實與感染力

王文興曾談論許多外國作家與電影導演，他一貫的品評標準就是作品能否透過文字、影像、聲音等媒介真實而深刻地摹寫生活經驗，並由卓越寫實而產生動人的感染力。例如，他讚賞日本導演黑澤明的電影《夢》（*Dreams*）中對暴風雪場面的描摹之真實深刻，甚至可媲美俄國文豪托爾斯泰中篇名作《主與僕》（*Master and Man*）中對暴風雪的描寫。王文興說：

> ……《夢》的大風雪，勝過我見過任何影片的大風雪，黑澤明的寫實令人每秒鐘都感覺活不下去，也不想活了，他能使你感覺面對自然界神威時生意殆盡，這種「感同身受」的感染力（empathy），是藝術的最高要求。此大風雪描寫的成功，大概可媲美托爾斯泰《主與僕》中描寫的大風雪。[6]

王文興自己的創作可說基本是在摹擬「經驗」，一心一意以文字來摹寫生活經驗，他早期短篇小說題材大多是描寫青少年的成長經驗，到第一部長篇《家變》可謂是集大成之作。他明白表示：「理想的小說，我以為，技巧毫不重要，生活經驗的表呈才屬重要。」[7]就這一點而言，王文興可謂是虔誠的寫

---

6. 王文興，〈視覺至上──黑澤明的改變〉，《小說墨餘》（臺北：洪範書店，2002），頁165。

7. 王文興，〈《家變》後序〉，《小說墨餘》（臺北：洪範書店，2002），頁92─94。

實主義者，從早期到晚期的創作都是以此為根基，始終如一。他接受作家李昂的訪談時也曾表示：

……我認為經驗可以分為兩種：一種是浪漫的經驗，一種是普通的經驗，很多人以為只有浪漫的經驗才是經驗，事實上普通的經驗更加重要。尤其，從事創作的人應該有能力從普通經驗之中得到許多收穫，而普通經驗比比都是，就看你是否睜大了眼睛，豎起了耳朵去接納。[8]

王文興特別強調普通的生活經驗之重要性，而非偶然特殊的、激情的浪漫經驗，普通的日常生活經驗也成了他下筆時最偏愛的題材。對於創作者而言，真正的關鍵在於，一位好的作家必須能夠對普通的生活經驗有深入細緻的觀察與把握，才能看到別人所不見的，才能寫出別人所寫不出的深刻細節與特殊感受——不落俗套、推陳出新，或用王文興自己更為通俗而生動的方式表達，就是不至於讓讀者看著看著打起哈欠。

他在代表作《家變》這部長篇小說中大膽改造語言文體，主要為了逼近日常生活的原始經驗——揭露我們一般習焉不察的真實經驗，他同時也大膽改造傳統寫實小說連貫性的故事組織，將故事情節砸碎成為一百多個片段，以便更為貼近主角范曄的內在意識或潛意識的片斷接續狀態。我們看看《家變》

---

8. 李昂，〈長跑選手的孤寂——王文興訪談錄〉，康來新編，《王文興的心靈世界》（臺北：雅歌出版社，1990年），頁65。

開頭的「B節」片段或細節：

> 他的臉青癯俊秀，在鼻樑的左邊頰上有一顆醒目的黑點；他的黑髮濃重
> 地斜斜遮住他蒼白額面的上半：他的目光這時洩露仇恨的光閃 ；他撿起
> 鏡腳張開的眼鏡戴上。
>
> ……（中略）
>
> 取下眼鏡，他重拾起書。
>
> ……（中略）
>
> 他站起，戴上眼鏡，即刻摘下，高舉起雙臂呼道：
>
> ……他點著眼鏡腳，……[9]

　　王文興藉以上這一段給主角范曄的眼鏡做了特寫，也對范曄這人的性格
做了刻畫。眼鏡這種現代物品在1960、70年代臺灣不算普及，成了大學生或
知識分子的配備。以往的小說不乏關於「眼鏡」的描寫，但像王文興這樣就眼
鏡這一物品綿密描繪其各種樣態並賦予眼鏡多樣表情的，實在絕無僅有。「他
撿起鏡腳張開的眼鏡戴上」，這描述看來贅字連連，不夠精煉，一般作家不
會特別強調「鏡腳張開」這狀態，但這必要的細節卻為後面「他點著眼鏡腳」
這句來鋪陳。王文興用了更為精確客觀的眼光來描寫的眼鏡，才會造成如此特
別且具說服力的閱讀效果。此外透過眼鏡這道具，作為C大歷史系助教的范曄

---

9.　王文興，《家變》（臺北：洪範書店，1978年初版／2001年新版二刷），頁2—3。

與母親衝突的情緒起伏能更細膩、更具體地呈現出來。這是令人讚賞的，我還未見過哪位作家這樣充分展現眼鏡潛在的性格，這樣的日常生活經驗總是被我們疏忽，因我們過於熟悉而麻木，沒能感覺到他們的存在。王文興的語言實驗可說是透過改造語言文體的手段，更貼近現實日常生活經驗的細節。

王文興畢生與文字的浴血奮戰，所追求的可說就是以苦心經營的文字來逼近普通生活的經驗，摹寫經驗之真實感。但描寫普通生活的經驗又不能落入俗套，必須讓人看了有新意，甚至看了感到意外，最好讓讀者大吃一驚、留下深刻印象——正如王文興所最敬仰的詩人杜甫所言：「為人性僻耽佳句，語不驚人死不休。」

## 青春的叛逆與現代主義

王文興早期小說多半是青春騷動的故事，主要描寫青少年成長經驗的主題，著力刻畫青少年人物張揚的自我意識與性的欲望，以及反叛成人社會的權威、規範、禁忌所帶來的劇烈衝突。例如在〈母親〉、〈草原底盛夏〉這兩篇王文興自己的得意之作中，在形式上不僅減少傳統小說的故事性成分，並運用意識流、詩化象徵等現代主義手法來摹寫青少年騷動的性欲望或挑戰權威宰制之自由意志。他的著名長篇《家變》基本上也延續早先小說的這些特點而發展的。

關於「現代主義」，誠如美國文學批評家Ｍ・Ｈ・艾布拉姆斯（Meyer Howard Abrams）所言：「現代主義對傳統的文學形式和主題的反叛，是在第

一次世界大戰的空前浩劫動搖了人們對西方文明和文化的基礎和連貫性的信念之後強烈地表現出來的。」[10]現代主義的文學藝術浪潮在歐美的興發，是源於第一次世界大戰之後歐美社會傳統價值崩解的背景，主要表現為對於西方文明和文化的反叛精神。

在〈現代主義的質疑和原始〉一文，王文興表示：「現代主義的精神在於質疑和原始兩者。」[11]伴隨質疑和原始這兩種現代藝術精神的變化，在表現形式上，現代主義藝術特色是：

> 現代主義藝術精神上的不同，自然也帶給它型式上的改變。由於質疑精神對傳統型式的不滿，故而發生碎不成形的「砸碎」型式。而原始的精神，力求反璞歸真的需要，也帶來童穉如兒童一般的「簡化」新型式。[12]

在王文興許多小說中不乏這樣「砸碎」或「簡化」的形式，他運用這些有別於以往的新鮮形式並非趨時髦、炫奇炫技，而是整體配合苦心經營的文字更為逼近他所要摹寫的普通生活經驗之真實、深刻。以摹寫普通經驗為根本，王文興的小說創作力圖在故事內容與其表現形式妥善結合，而非流於空洞炫技

---

10. M・H・艾布拉姆斯，朱金鵬、朱荔譯，〈現代主義〉，《歐美文學術語詞典》（北京：北京大學出版社，1990年），頁195。譯自 M. H. Abrams. "Modernism.", *A Glossary of Literary Terms*,1900.
11. 王文興，〈現代主義的質疑和原始〉，《書和影》（臺北：聯合文學，1988年初版／2006二版），頁183。
12. 同註11，頁184。

的形式主義。

　　我們可以他幾篇早期小說〈最快樂的事〉、〈母親〉、〈草原底盛夏〉、〈大地之歌〉等為例來說明由反叛傳統（道德價值觀與文學形式的）的精神而表現形式隨之產生新的「砸碎」或「簡化」之變化。

　　例如王文興的得意之作〈草原底盛夏〉著意刻畫某種原始感。故事大概是敘述一百多個青年士兵接受訓練，由戴黃色鋼盔的長官（連長）帶隊到盛夏山谷中的草原打靶。上午和正午的豔陽曝曬，酷熱難忍，一到午後，驟然來了大雷雨，任何人世間的力量都無法抗衡，建立在權力之上的所有文明秩序，全都崩毀、消失。一切文明全被大雷雨給摧毀，人還原為原始人。

　　在〈最快樂的事〉這篇故事全部篇幅不及一頁，可說是將短篇小說「簡化」壓縮到了極致。故事唯一的情節是敘述一位抑鬱寡歡的年輕人初次體驗性愛（初嘗禁果）──人們所說的「最快樂的事」，他事後反倒感到嫌惡。他於是自問：「假如，確實如他們所說，這已經是最快樂的事，再沒有其他快樂的事嗎？」[13] 由性愛經驗來追問整個人生的意義，產生更大的困惑，在故事最後這人生的困惑帶來了他的自殺。王文興藉由這極短篇寫出了戰後一代青年的迷惘與失落感，彌漫了濃厚的存在主義精神，後續的〈大地之歌〉這篇不足三頁的短篇也描寫類似的青年迷惘失落的題材與主題。

　　又如〈母親〉這篇主要刻畫三個人物的心理活動、印象，通篇並無一個完整的故事，僅僅描述某個夏日午後母親與她的兒子貓耳及年輕女子三人內心

---

13. 王文興，〈最快樂的事〉，《十五篇小說》（臺北：洪範書店，1979年初版），頁27。

思緒的流淌而已。如描寫生病母親時不時擔憂仍是小學生的貓耳的安危，不安的思緒流動、浮想聯翩：

她醒了。　蒼白且憂傷，流露卅以後的美麗。

「貓耳，來──」她說。　臥室外面的房間，保持不變的空洞，寂靜。

他在我睡著的時候溜走。　外面大太陽。　假如他中了暑氣。　常常讓媽媽操心。　我不知道他去那裡。　我一點不知道他去那裡。　會不會──十輪卡，黑暗唉啊不可以不能不會。　安靜些安靜些。　醫生說妳要保持情緒的平靜。　激動的時候想些別的事情。　有時我就是禁不住。　谷方也叫我不要擔心。　孩子這麼大。……[14]

王文興運用了意識流的手法來摹寫臥病在床的母親，不時想東想西，一會擔憂貓耳在路上出意外被大卡車輾死，一會又想起醫生和丈夫谷方常勸她不要過度擔心，要保持心情平靜。這種意識流手法是現代主義文學的典型表現形式，也就是王文興所說的碎不成形的「砸碎」形式，在白先勇的小說名作〈遊園驚夢〉也曾善加運用來描寫女主角錢夫人微醺神情恍惚時今昔交錯的思緒與聯翩印象。

---

14. 王文興，〈母親〉，《十五篇小說》（臺北：洪範書店，1979年初版），頁29—30。

王文興追求極致的寫實逼真精神，其實帶有鮮明的先鋒反叛精神，與現代主義的精神相互融合而不顯矛盾。王文興的寫實，與現代主義的精神及表現手法是完全可以契合的，以生活經驗為本，配合卓越的寫實表現力，能產生感動人心的感染力，讓讀者讀之而「感同身受」，甚至讓讀者感到震撼、震驚。王文興的早期短篇小說、長篇《家變》乃至近期長篇《剪翼史》都展現高度的文體實驗性，深具反叛性與質疑精神，他絞盡腦汁搜尋最恰當的語詞句法，不惜改造漢語，大膽違逆讀者所習以為常的漢語語法，全是為了追求表達的「生動，活色生香的生動」這唯一目標。

**參考資料** ————

• 王文興，《家變》（臺北：洪範書店，2001）。
• 王文興，《十五篇小說》（臺北：洪範書店，1979）。
• 王文興，《書和影》（臺北：聯合文學，2006）。
• 王文興，《小說墨餘》（臺北：洪範書店，2002）。
• 王文興，《剪翼史》（臺北：洪範書店，2016）。
• 康來新編，《王文興的心靈世界》（臺北：雅歌出版社，1990）。
• Ｍ・Ｈ・艾布拉姆斯，朱金鵬、朱荔譯，〈現代主義〉，《歐美文學術語詞典》（北京：北京大學出版社，1990），頁195。


**延伸閱讀** ————

• 王文興，《家變六講：寫作過程回顧》（臺北：麥田，2009）。
• 黃恕寧、康來新主編，《嘲諷與逆變：《家變》專論》（臺北：臺大出版中心，2013）。
• 易鵬編選，《臺灣現當代作家研究資料彙編48：王文興》（臺南：國立臺灣文學館，2013）。

# 24

# 「破壞的建設工作」：歐陽子與《秋葉》

王鈺婷

## 《秋葉》論戰

在1960年代的現代主義作家中，歐陽子獨樹一幟，《秋葉》刻畫同性情誼、畸戀等異常態的情感，偏向描述人內心幽微情感，和同為現代主義陣營的王文興《家變》與白先勇《孽子》相似，都是處理家庭崩裂的主題。《秋葉》推出之際，於1972至73年曾被唐文標、尉天驄、何欣、唐吉松與王紘久（王拓）等人批評，也引發一場與《秋葉》有關的論戰，陳芳明將其視為鄉土文學論戰之前，第一波對現代主義的批判。此一時期臺灣面臨保釣運動與退出聯合國等種種外交危機，鄉土文學浪潮逐漸風起雲湧，堅持寫實主義與左翼立場的尉天驄在〈對現代主義的考察〉中，曾以「病態」評價歐陽子的小說，尉天驄認為臺灣現代主義建立在中國封建貴族生活與西方沒落產物兩大潮流上，

歐陽子大量刻畫心理扭曲的小說便受到尉天驄強力的批評，特別是他提出歐陽子小說所涉及的道德問題，其中突顯男性批評家所處的論述位置及其立場。

然而，1990年代臺灣文學研究與臺灣女性主義文學研究興起之時，1960年代臺灣現代主義女性文學受到重新評估，從陳若曦、歐陽子、施叔青、李昂一脈所開展出的現代主義女性文學，展開與女性寫實主義不同的路數，開闢出殊異的書寫路徑；歐陽子受到當時西方思潮的影響，運用現代主義美學藝術的創作手法，也在臺灣文學論述場域受到重視，獲得獨特的書寫位置。關於歐陽子的研究，包括兩大研究路徑，一是對於《現代文學》雜誌脈絡的討論，探討歐陽子與同為「現代主義」陣營的白先勇、陳若曦的差異之處（以江寶釵研究為核心）；二為從女性主義的視角，重新研究歐陽子小說，探討核心為歐陽子小說的多面性，並帶出其與父權的拉鋸與性別角力（以邱貴芬、范銘如、梅家玲研究為核心）。

## 臺灣女性主義文學典範對歐陽子的詮釋

1990年代臺灣女性主義文學典範建構之際，1950至60年代臺灣女性文學也成為此一時期女性文學評論探討的起點，其中學者也特別關注獨特的歐陽子。邱貴芬的研究揭露出歐陽子作品中非理性的欲望，提出小說中人物的行為，如何觸及小說表象和真實的張力，特別是其大量內心寫實，趨近日常臨界點，觸碰到生活的另一種真相：

歐陽子最拿手的是刻畫亂倫關係，呈現藏在潛意識裡暗潮洶湧的欲望如何爆破表面，震碎主角的倫理世界。……而除了母女／姊妹幾近亂倫的情慾糾纏之外，「表象」與「真實」所形成的張力更是歐陽子小說一再演練的主題。在這些小說裡，我們已經看到熟悉日常空間裡隱藏的碎裂危機，各種自覺與不自覺的慾望在日常生活空間裡悄然流轉，時時對這個空間的維持和完整產生潛在的威脅。[1]

范銘如進一步指出歐陽子作品在碰觸到生活的另一種真相之後，雖回返原本的社會機制與位置，卻透過這一個逃逸的過程，演繹人性的掙扎，逼視人性的臨界點：

她的文本結局並不推翻或直接挑戰家庭或是社會機制，反而將已然暴露本我的角色重新安置回原位。但是這樣短暫的開合逸出反而格外驚悚，使得女性的心理與慾望在社會框架下閃動盜離，質疑了「倫常」的恆久性與穩定性，儘管她的叛逃才踏出一小步。[2]

---

1. 邱貴芬，〈「在地性」的生成：從台灣現代派談「根」與「路徑」的辯證〉，《中外文學》34卷10期（2006.03），頁144－145。
2. 范銘如，〈台灣現代主義女性小說〉，《眾裡尋她》（臺北：麥田，2002），頁94。

歐陽子透過和1950年代以來臺灣女性文學抒情傳統不一樣的文學成規，從西方存在主義、現代主義與心理分析等論述資源汲取靈感，透過冷靜、客觀的敘述語言，與設計精巧的敘述觀點，呈現出創作者的自我意識，特別是她筆下透過畸戀呈現出非理性的人際狀態，呈現出人物內心想像中複雜的心理角力，以下將進行其作品之探討。

## 小說內容對於人性黑暗面之揭露

　　何欣曾針對歐陽子作品所表達的主題，提出歸納認為歐陽子作品呈現出「戀母情意結或母子亂倫之愛」、「畸戀」、「擺脫某種束縛，追求自我解放」及「東西文化的衝突」。歐陽子曾經對自己小說內容對於人性黑暗面之揭露，有其回應：

> 我總是在揭露他們自己都不敢面對的內心的罪，以及他們被迫面對真相以後的心靈創傷。對於他們的這種創傷，我是懷著悲憫之心的。關於象牙塔，涉及到作家的社會參與問題，值得專題討論。我認為，文學家作家本來就是或多或少留在象牙塔裡的人，一旦完全走出塔外，決定留在塔外，恐怕是不可能再從事文學創作的。[3]

---

3. 歐陽子，《移植的櫻花》（臺北：爾雅，1978），頁189。

在此從歐陽子作品中重要議題「畸戀」或是「戀母情意結或母子亂倫之愛」，來探討其作品中的主題。〈牆〉的女主角若蘭的父母親深陷於大陸淪陷區，在臺生活宛如孤兒，若蘭和姊姊長期相依為命，對於姊姊懷抱著戀母的情愫，她不滿於姊姊再婚，認為姊夫剝奪其與姊姊之間相互依存的情感，因而對於姊夫產生敵意，並抗拒姊姊對其的關懷，文中提及：「若蘭開始感覺愧疚，並儘可能避免和姊姊面對面。然而姊妹兩人顯得比以前更友善，更彼此體貼。她們的談話變得客氣起來，同時兩人都嘗試隱藏彼此之間一種不自在的感覺……」若蘭搬離她與姊姊共處的家，而後一次和姊夫親近互動後，潛意識為了報復與傷害姊姊，對於姊夫產生曖昧情愫的心態，每日黃昏與姊夫在窗口相視而笑，因而陷入自我譴責的罪惡感之中，小說的結尾若蘭放下情慾的拉扯回到倫常的框架：「突然間，若蘭對這一切感到厭惡無比。她決定停止思想──絕不再想。現在，她可真要好好睡一覺，睡個無夢、無底的覺……」然而，歐陽子揭示的是重返倫理秩序前若蘭戀母情結之外內心真實的騷動。

〈魔女〉從倩如的回憶中，揭示出母親再婚的歷程，進行小說倒敘的開展，主角倩如從小崇拜母親，母親為其心中最為美好之形象：「在倩如眼中，媽媽曾是一切美德的化身。」初為寡婦的母親，不顧慮女兒的感受後再婚，在倩如眼中，繼父趙剛卻是與母親毫不相襯的輕浮人物，倩如故意製造室友美玲與繼父認識相戀的機會，使得繼父的移情別戀，是為懲罰母親，文中透過倩如的自述：「她早料到趙剛是個沒有責任感的男人。但直到她看見他給美玲那一摟，她才領悟到自己做得太過分了。她害怕承擔後果。但我勸告過媽的！

她想。……」而當倩如對於自己的計謀深感不安，收到母親懇切的信，回家卻揭露出道出真相的母親，文中拆解對於母親貞潔的形象，也突破父母和諧婚姻的假象：「請你不要恨我太深，也請不要恨他，我沒法確知，可是說不定——說不定他是你真正的爸爸。」小說的結局是對於倩如一往情深的戀母情結的嘲諷，揭發母親的異常行為，呈現出非理性的母親魔女形象：

> 逃命似的，倩如逃開這跪在地上的女怪物，逃出這熟悉的家門……彷彿身後有魔鬼追趕她似的。從她額上，背上，冷汗一滴又一滴沁了出來。

〈牆〉和〈魔女〉都涉及戀母情結與畸戀的議題，前者呈現出戀母情結之外人性的欲望糾葛，回到倫常的框架；後者則是拆解母親高尚美德的形象，透過對於母親婚姻背後真相的揭發，體現出母親魔性般的真實欲望，以曝露過度執著戀母情結的不可依恃。

〈近黃昏時〉與〈秋葉〉則是牽涉到「畸戀」與「母子亂倫之愛」的主題，〈近黃昏時〉從多元敘事觀點來開展小說人物的心理獨白，以顯露出母親麗芬畸形的心態，麗芬對於丈夫一時疏忽造成兒子瑞威的死亡而耿耿於懷，另一個兒子吉威在母親忽視的陰影下成長，和余彬之間產生同性情愫：「我們天生如此乾脆認了，」而吉威為了滿足母親長期匱乏而促使余彬和麗芬產生關係，透過窺視母親與余彬的交往而得到滿足，小說結束於余彬欲結束複雜糾葛的三角關係回到正常生活，而刺激吉威行兇的情節，「余彬是我我是余彬我們是一體」揭示出吉威個人的觀點，以描摹出他對於余彬的愛戀與非理性的幻想。

〈秋葉〉中繼母宜芬和混血兒繼子敏生之間因兩人交換心中的祕密，進而惺惺相惜產生愛戀，敏生夾雜在東西文化，與中國父親及美國母親之間的認同糾葛之中，宜芬則在老夫少妻婚姻的匱乏中，藉由敏生憶起早逝無緣的未婚夫鴻毅，在兩人欲望萌發之際，雖在跨域亂倫的禁忌之前煞然而止，卻在看似處理母子亂倫題材背後，引發更幽微人性欲望層面的探索。

《秋葉》中歐陽子以新的藝術形式和風格，進行《現代文學》雜誌發刊詞所揭示的「破壞的建設工作」，不論是〈網〉中丈夫丁士忠對於妻子余文瑾有超乎一般先生對於妻子的占有慾而進行嘲諷性書寫；〈最後一課〉李浩然對於學生楊健過度關愛而重新喚起自己成長階段的心理創傷，因而造成揭發故事真相時楊健所遭受的崩潰與痛苦；〈牆〉中愛上姊夫若蘭心中戀母情結的變化；〈魔女〉摧毀母職神話；〈近黃昏時〉與〈秋葉〉觸及異常的戀母文本，歐陽子揭示出小說人物真實的欲望，體現出人性複雜糾葛的一面，以突顯現有社會傳統體制下各種反常與悖德，曝露了看似穩固的社會機制底下「破壞的建設工作」，此一工作所揭發的真相與真實，擾亂正統與規範，深入思考人性、道德與善惡的議題，使得此一時期現代主義女性文學蘊含更多不同層次的文學符碼與審美意識，一步步逃逸社會的規範，在小說的世界經營出象徵性的女性空間，為臺灣女性文學開闢新徑，並引起2000年後從新興「成長小說」議題，或女作家比較研究所建構「異常書寫」之譜系，來開展歐陽子小說的研究新境（以石曉楓、陳筱筠研究為例）。

**參考資料 ————**

• 歐陽子，《秋葉》（臺北：爾雅，1980.09）。

• 歐陽子，《移植的櫻花》（臺北：爾雅，1978.04）。

• 歐陽子，《歐陽子集》（臺北：前衛，1993.12）。


**延伸閱讀 ————**

• 石曉楓，〈苦悶年代下的性格書寫——歐陽子成長歷程小說析論〉，《中國學術年刊》
  32期（2010.03），頁257—286。

• 邱貴芬，〈「在地性」的生成：從臺灣現代派談「根」與「路徑」的辯證〉，《中外文學》
  34卷10期（2006.03），頁125－154。

• 范銘如，〈台灣現代主義女性小說〉，《眾裡尋她》（臺北：麥田，2008），頁
  79－109。

• 陳筱筠，〈戰後臺灣女作家的異常書寫：以歐陽子、施叔青、成英姝為例〉（新竹：
  清華大學台灣文學研究所碩士論文，2008.07）。

# 25

# 王禎和作品與美國現代主義

Gwennaël Gaffric（關首奇）

　　1958年，王禎和離開家鄉花蓮前往臺灣大學外文系就讀。1961年他在《現代文學》雜誌上發表第一篇作品〈鬼・北風・人〉。該期刊由白先勇、歐陽子、陳若曦、王文興等臺大外文系的學生成立，目標為「打算分期有系統地翻譯介紹西方近代藝術學派和潮流，批評和思想，並盡可能選擇其代表作品。我們如此做並不表示我們對外國藝術的偏愛，僅為依據『他山之石』之進步原則……我們感於舊有的藝術形式和風格不足以表現我們作為現代人的藝術情感。所以，我們決定試驗、摸索和創造新的藝術形式和風格。」[1]

　　然而，1960年中葉時，他大多數作品都在尉天驄主編的《文學季刊》上發表，與當時其他或多或少參與鄉土文學運動的作家如王拓、陳映真、黃春

---

1. 白先勇、歐陽子、陳若曦等，〈發刊詞〉，《現代文學》創刊號（1960.03）。

王禎和（左2）與《現代文學》雜誌編輯群的合照。圖中其他人物為：白先勇（後排左4）、陳若曦、王文興（後排右3）、歐陽子（後排右1）、楊美惠、杜國清（後排左1）、鄭恆雄（前排左）。（圖片來源／白先勇）

1972年王禎和應邀赴美參加愛荷華大學國際寫作計畫，與各國作家合影。（圖片來源／國立臺灣大學圖書館）

明等人相同。儘管如此，《現代文學》的信念與主張對王禎和寫作風格的影響亦是不可忽略的。在該雜誌上發表的外國作者中，美國作家與劇作家尤金·歐尼爾、田納西·威廉斯與亨利·詹姆斯[2]給年輕的王禎和帶來最多的靈感與啟發。這個影響對王禎和的文學實驗、語法扭曲、多種文體的混用和戲劇性的敘述等方面都很明顯，這種現象在臺灣現代文學幾乎是獨一無二的。

現代主義文學使用許多不同的實驗性寫作技巧來打破傳統的敘述規則，其中一些技巧包含圖像與主題的混合、荒誕、語言多樣、非線性敘述（流動的內心獨白）等。換言之，構成現代主義小說的結構元素是節奏（rythm），而不是故事或人物。英國現代主義女作家維吉尼亞·吳爾芙曾說：「我寫《海浪》（The Waves）時，跟隨的是節奏，而不是故事」。這在王禎和的小說中也能看到明顯的痕跡，如王禎和曾寫：「小說的媒體就是文字。最能表現作者的風格的也是文字。因此個人非常喜歡在文字語言上作實驗。……我企圖在文字中創造出節奏來。」[3]王禎和透過換置主詞、動詞、虛詞的位置和扭曲詞彙等手段創造適當的語調和語感。這樣的文字實驗有時讀起來怪異，甚至會覺得是錯的。例如：「又是好幾聲笑。幽幽。冷冷。」（〈鬼·北風·人〉）、「羅太太開腔了第一句話，自午飯以來。」（〈五月十三節〉）、「漸漸地，

---

2. 王禎和在短篇小說〈嫁妝一牛車〉開頭，還特別引用了亨利·詹姆斯《貴婦畫像》（The Portrait of a Lady）的一句：「生命中，總是會有連舒伯特都無言以對的時候。」多年後王禎和小說的書名可能就是來自這本書名的直譯。
3. 王禎和，〈永恆的尋求〉，《人生歌王》（臺北：聯合文學，1987）。

萬發竟自分和姓簡底已朋友得非常了，雖然仍舊一面都未謀面過地」、「村人底狎笑，尷尬他難過！」（〈嫁妝一牛車〉）、「整個市容，黑荒的多麼！」（〈來春姨悲秋〉）、「我被愉快地累了」（《玫瑰玫瑰我愛你》）。

　　讀者閱讀這些句子時的困擾，部分源自於作者有意的轉變，以及他刻意選擇把其他語言（英語、臺語）的語法與作為主要語言的中文交雜在一起。眾所周知，王禎和創作的一大特色是大量使用不同的語言。他讓這些語言產生摩擦、碰撞，並創造混雜的感受。這種寫作的策略體現了對農村社區和小人物語言的關心，即繼承了鄉土文學傳統的精神與焦點，但我認為不應該只把這個策略看為單純的自然主義式的描述。事實上，多語書寫在歐美現代主義中也是常見的寫作技巧。例如美國作家艾略特也經常混合使用各種語言（英文、拉丁文、古希臘文、德文、義大利文、法文）和語調（高雅的、通俗的，從學術引文、酒吧的民間黑話到流行音樂）。除了這些不拘一格的片段上加上混合、複調和零散的寫作印象外，他似乎也在尋找一種新的語言觀，或者用他自己的話來說是一種「真實的聲音」[4]。現代主義文學所謂的「真實」並不亞於寫實主義文學的真理，以一種不同的方式在語言上下一點文學功夫，以便把語言從抽象的任意性中解放出來，賦予它活潑的動態，也能更靠近只有文學可以表現出來的真實。就像王禎和所寫：「大量運用方言，是不是更接近真實」[5]，或「常常，

---

4. 縱燕玲、李臺芳，〈尋找真實的聲音——訪王禎和〉，《台北評論》1期（1987），頁24—29。
5. 王禎和，〈永恆的尋求——代序〉，《人生歌王》（臺北：聯合文學，1987），頁12。

我寫一篇小說時，為了找適合的語調，找了好幾個月。可是這是沒辦法的事，因為如果沒有找對語調，你即使花了九牛二虎之力，也是很難把作品寫好的。」[6]

王禎和可能想呈現的是絕對標準化的中文語調與語法是不存在且不可能實現的，因此讓中文、臺文、英文、日文等語言的語彙與語法可以並存於同一個句子裡。此外，敘事中使用臺語的元素代表除了中文單一寫作語言之外，還能讓臺語也參與成為另一種富有個別特色與節奏的文學語言。換言之，臺語在王禎和的作品中並不只是更寫實、更自然的語言而已，也成為一個正當的現代主義語言，跟中文一樣能寫出意識流等現代主義的實驗手段。因此有趣的是，王禎和所使用的並非完全是純粹的標準臺語，也就是不屬於中文，亦不屬於臺語的創新文學語言。

同樣的，「地方」的重要性也不僅是鄉土文學的專屬：評論者有時誤以為現代主義文學就是關於現代生活、都市生活的文學，但這種說法是很狹義的。若從臺灣現代主義文學的例子來說，我們會發現像七等生的《沙河悲歌》或王文興的《背海的人》等重要的現代主義經典都有很濃厚的鄉土色彩。王禎和比較偏愛的現代主義小說家如愛爾蘭的詹姆斯‧喬伊斯與美國的威廉‧福克納也是如此。喬伊斯的都柏林、福克納的密西西比河地區（及其虛構的約克納帕陶法縣）還有王禎和的花蓮，這三位作家的共同點就是強調地方無數的可能性，也就是給予地方產出普遍語言的機會。

---

6. 同註5，頁10。

以王禎和、喬伊斯與福克納為例，白先勇很明確地表示「鄉土」與「現代主義」之間的可能調和：「臺灣文學界一直有一個看法，認為『鄉土』與『現代』是對立的，互相排斥，不能相容。王禎和的小說對這種看法恰恰提出了反證。」[7]

然而，王禎和的作品與美國的關係，並沒有停留在風格的使用上。在1970—1980年代最強烈的鄉土文論戰中，批評指責現代主義文學的作家主要的控訴，在於西方的現代主義橫的移植，而非縱的繼承，甚至認為現代主義作家只是美國帝國主義的信徒。王禎和的小說中也充滿臺灣被美國化的色彩，特別是〈小林來台北〉、《美人圖》與《玫瑰玫瑰我愛你》。王禎和曾說「六十二年，從美國愛我華大學作家工作室回來，進到辦公室，又是滿耳聽到談麻將、推牌九的聲音，很覺不舒適。〈小林來台北〉便在這種心境下寫出來的。」[8]在這幾篇小說中，王禎和用怪誕的方式譴責都市居民（美國）的異化和他們對英語的過度使用。在王禎和現代主義經典《玫瑰玫瑰我愛你》中沒有出現任何一個美國角色，但美國卻無處不在。這部小說主要的故事情節集中在花蓮，為了接待前來花蓮渡假的美軍，當地飯店的老闆連忙搭蓋豪華的臨時酒吧，訓練將為美軍「服務」的小姐。最後，美軍沒有來到花蓮，整個妓院的建造過程顯得空虛荒誕。然而，透過董斯文這個知識分子的角色，王禎和塑造了一

7. 白先勇，〈花蓮風土人物志〉，高全之，《王禎和的小說世界》（臺北：三民書局，1997），頁12—13。
8. 王禎和，〈遠景版後記〉，《嫁妝一牛車》（臺北：鴻範，1999年），頁273。

種美國帝國主義的化身。英語老師董斯文從首都來陪妓女說英語並且學習美國衛生規則，全然是個可笑而且粗俗的人物，比喻當時崇洋的臺灣知識分子。董斯文的中文帶著很濃的英語腔，例如「攻讀外國語文系的他，也許過度用功吧！竟連自己講的國語都躲不掉西潮的影響。談話的對象知識水平越高，他的話就越似拙劣翻譯小說的詞句，像：多麼胡說——我很高興你跟我同意——這是我的認為——他不知道他在說什麼——我為你感到很驕傲——我被愉快地累了……經常自他嘴裡冒出來，常常叫對方聽得又吃力又彆扭，有時還真鴨子聽雷，聽莫懂啦！」。

作為一種象徵，王禎和的語言遊戲與實驗反映在《玫瑰玫瑰我愛你》長篇小說的書名中：首先，王禎和引用的是1940年代中華民國流行的國語歌曲《玫瑰玫瑰我愛你》。這首由吳村作詞、陳歌辛作曲的歌，十年後在美國被歌手弗蘭基‧萊恩（Frankie Laine）翻唱，英文歌名是〈Rose, Rose, I Love You〉。這首歌在美國迅速走紅，也一度高居排行榜第三名。「玫瑰」兩個音節的發音像英文歌曲副歌中出現的「make way」（讓路）——Please make way for Rose。另外，所謂的「越南玫瑰」可能指的是越戰時的當地妓女，也指的是一種當時廣泛流傳的性傳染病，淋病。在《玫瑰玫瑰我愛你》的鬧劇中，王禎和一定是淘氣到想到這個矛盾之處。最後，中文的「玫瑰」一詞也與「美國」的發音非常接近。小說中許多角色的中文不標準，經常發錯。一不小心錯念了書名，就會讀為《美國美國我愛你》。這是一個有趣的隱喻，指的可能是小說人物對美國的愛恨情仇，或許也能呈現王禎和自己在文學歷程中既依賴美國文學，同時又譴責美國在臺灣的帝國主義影響。綜合來說，可能正是這個

書名最能表現出王禎和在現代主義上的天才，也就是他如何將語言去單語化，同時也打開了語言的無限可能。

參考資料————

- 王禎和，〈永恆的尋求——代序〉，《人生歌王》（臺北：聯合文學，2013），頁3—12。
- 王禎和，〈遠景版後記〉，《嫁妝一牛車》（臺北：鴻範，1993）。
- 白先勇，〈花蓮風土人物誌〉，高全之，《王禎和的小說世界》（臺北：三民書局，1997年），頁1—21。
- 縱燕玲、李臺芳，〈尋找真實的聲音——訪王禎和〉，《台北評論》1期，（1987），頁24—29。


延伸閱讀————

- 王德威，《從劉鶚到王禎和》（臺北：時報文化，1986）。
- 呂正惠，《戰後臺灣文學經驗》（臺北：新地文化藝術，1992）。
- 李育霖，〈翻譯與地方文學生產：以王禎和小說《玫瑰玫瑰我愛你》為例〉，《中外文學》35卷4期（2006），頁17—36。
- 邱貴芬，〈「發現臺灣」建構臺灣後殖民論述〉，《中外文學》21卷2期（1999），頁151—168。
- 高全之，《王禎和的小說世界》（臺北：三民書局，1997）。
- 陳芳明，〈王禎和小說中的個人與國家〉，《臺灣現當代作家研究資料彙編49：王禎和》（臺南：國立臺灣文學館），頁153—174。
- 游勝冠，《臺灣文學本土論的興起與發展》（臺北：群學，2009年）。

# 26

# 鮮為人知的「現代」記憶？
# 戰後本省籍作家與美國現代主義

王梅香

第二次世界大戰後，隨著美國在國際政治版圖中的占位與崛起，美國的現代科技、自由民主價值、現代主義與新批評思潮，也在全世界開始發揮影響力。美國現代主義輸入臺灣，也為戒嚴時期的臺灣，帶來「現代」的思潮與想像。面對這一股文學現代化風潮，為人熟知的有臺灣大學外文系作家群，透過《文學雜誌》與《現代文學》有系統地介紹西方現代小說，包含海明威、費茲傑羅和福克納等作家；然而，對年紀稍長的臺灣本省籍作家而言，這些戰後「文青」追求的現代主義，對他們來說並不新穎，因為在戰前他們已經透過日文閱讀，接觸美國文學與西方現代主義作品，在本省籍作家作品和回憶文字中，可以看見他們努力「現代」的痕跡。

# 鍾肇政的「現代主義時期」

　　本省籍作家對於現代主義的接受，早於戰後的美國現代主義風潮。到了1960年代，臺灣作家已經熟悉西方現代主義小說的技法，寫作中短篇的作品，鍾肇政也不例外。他回想《台灣文藝》的創刊時提到：「我對《台灣文藝》的創刊滿心期待到了興奮莫名的地步，除了可以有真正屬於『我們自己』的文學雜誌，可解決許多作家發表問題之外，同時也是因為可以寫實驗性作品。好比『現代主義』技巧即其一——其實當時被某些人士所提出來的所謂現代主義，充其量只是類乎意識流手法的技巧，早已落後在西歐現代主義之後不當數十年。而我在『自由中國文壇』開始有了上述的所謂現代主義萌芽以前，即試寫過若干意識流作品，均到處碰壁，未獲發表機會。有了《台灣文藝》，我認為當然可以在這方面試試身手了。故而當吳老要我至少也要隔期交一篇小說稿，我便也欣然應允，並將土俗與現代結合，懸為我這方面作品的實驗目標。」[1]根據這段話，鍾肇政自述早於戰後現代主義風潮，他已經接受所謂的現代主義，在他的認知中，就是意識流的寫作方式；側重現代主義的技法，是「土俗」與「現代」結合的現代主義。

　　關於鍾肇政說的土俗與現代的結合，他在寫給李喬的信件上提到：「我的試驗作品，在土俗中注入『新』意，『中元』、『大機里』等莫不如此。」[2]因

---

1. 鍾肇政，《鍾肇政回憶錄（二）：文壇交遊錄》（臺北：前衛，1998），頁77。
2. 鍾肇政，《鍾肇政全集（二十五）》（桃園：桃園文化局，2002），頁388。

1964年，鍾肇政（第4排右1）於《台灣文藝》青年作家座談會大合照。（圖片來源／國立臺灣文學館）

此，論者葉石濤和陳芳明以〈中元的構圖〉（1966年）和〈大機里潭畔〉（1967年）探討鍾肇政現代主義的實驗作品。相對於葉石濤認為鍾肇政的作品受到海明威的影響，陳芳明認為鍾肇政的文字技巧難以表現現代主義的精神和精確。鍾肇政另一篇小說〈骷髏與沒有數字板的鐘〉（1966年），描述周家因為父親偏愛長子，造成阿義的內心扭曲。這一篇小說是鍾肇政採用意識流的寫法，在時間進展上呈現破碎、非線性。此外，在小說主題上，也回應現代主義中的死亡議題。例如：「我記得你那時說的話：養了你，真是白養了，你為什麼不馬上死掉呢？堂堂一個縣議員，我的面子給你丟盡了。阿爸，我為什麼不馬上死掉呢？我也覺得奇怪的。那一陣，我真地想到死，想死，我覺得我一點兒也

不怕死，祇是怕池塘，怕井，我跳不下去。」[3] 這段文字呈現現代主義的心理描寫，傳達出阿義面對死亡的掙扎。然而，當時的臺灣並沒有像西方現代主義發展的社會背景，當西方經歷戰爭，開始對於自身的存在進行反思，他們感到恐懼和焦慮，在主題選擇上傾向描繪現代化社會的精神張力和心理壓力。

筆者再將時間往前推移，在臺北美新處委託 Heritage Press 出版的作品中，就可以看到鍾肇政現代主義的作品。1962年，曾經任職臺北美新處和任教臺大外文系的吳魯芹編輯 New Chinese Stories: Twelve Short Stories By Contemporary 一書。該書第一篇，就是本省籍作家鍾肇政的作品，不可否認地，根據美新處處長麥加錫的說法，將本省籍作家納入選集中，其實有平衡隱然存在的本省、外省衝突的用意。鍾肇政 "Feet"（〈腳的故事〉）運用意識流的寫作方式，打破線性的時間順序，而採「現在、過去、現在」的敘事模式，透過文中人物的回憶，回想一生的經歷或是創傷。透過該作品，New Chinese Stories 的用意在於呈現「現代中國性」，而現代主義的寫作技法是視為是「新的」、「進步的」和「現代的」中國文學作品，由此可知，鍾肇政對於現代主義的學習更多是技巧層次的模仿和實驗。整體而言，當西方現代主義傳入臺灣，更多臺灣作家著重在「技法」上的模仿與創新，如意識流、超現實主義等，少數作家在主題上具有道德和生命倫理的爭議。但臺灣本省籍作家，例如本文提到的鄭清文、鍾肇政對於現代主義的學習和引用，選擇性地挪用西方現代主義的技法，書寫臺灣社會的議題。

---

3. 鍾肇政，〈骷髏與沒有數字板的鐘〉，《台灣文藝》6期（1965）。

# 冰山底下的「現代」痕跡：鄭清文的小說書寫

戰後傳入臺灣的美國小說作品中，海明威無疑是書籍排行榜的常勝軍，同時也是當時臺灣盜版商的最愛。一方面由於美國在世界的影響力，以及1954年海明威得到諾貝爾文學獎的加持；另一方面，在當時不甚重視智慧財產權的臺灣，各種版本的海明威相繼翻譯和出版，逐漸為臺灣讀者所閱讀和接受。小說家鄭清文曾自述契訶夫和海明威是他最喜愛的作家。一方面，他接受俄國文學的涵養，他的啟蒙書是托爾斯泰的《安娜·卡列尼娜》；但另一方面，他透過日文、英文與中文學習西方文學經典，其中也包含美國文學，如海明威、福克納等。他很認同海明威，遵循「冰山理論」，所謂冰山理論受到心理學家弗洛依德的影響，嘗試挖掘人類潛意識的內在掙扎或是心理過程，因此，冰山理論強調「浮在水面上的只有十分之一，十分之九在水面下給讀者思考。」[4]秉持冰山理論的創作原則，簡略功夫、簡單含蓄成為鄭清文自身寫作的特色。冰山理論認為：「凡是你所知道的東西，都能刪去；刪去的是水底看不見的部分，是足以強化你的冰山，他主張小說應該有『節制』與『含蓄』的特質，就像冰山一樣，講故事實只講露出海平面的八分之一，剩餘的部分，交給讀者品味。」[5]因此，鄭清文在表現手法上採取間接呈現，亦即象徵性與暗示性，深

---

4. 封德屏編，〈鄭清文小傳〉，《最後的紳士：鄭清文紀念會暨文學展特刊》（臺北：文訊雜誌社，2018）。

5. Smith, Paul. "Hemingway's Early Manuscripts: The Theory and Practice of Omission." *Journal of Modern Literature*, Indiana University Press, vol. 10, no. 2, 1983, pp. 271.

入人物內在複雜的心理世界，將最深邃的哲理潛藏在最質樸的文字之中，但有時也給人游移不定、曖昧不明的感覺。

例如〈龐大的影子〉（1971年）這篇小說，作者以第三人稱的敘述角度，描述董事長秘書白玉珊這個角色，透過她勾繪現代化過程中職場不同角色之間爾虞我詐的心理扭曲，在其中有出身農家，一心想依附權勢往上爬的許濟民，也有對白玉珊抱有另類情感的喪偶董事長。不同的角色表面上的互動顯得客套和刻意，但背後其實蘊含作者冰山底下深層的批判。例如「他（按：許濟民）和每一個人都親切的握過手，有時也說一兩句話，都很大方得體，但始終保持著一定的距離，不許貿然跨越中間的界線。」[6] 鄭清文的作品深掘人物內在的心理世界，但是也因為留有許多思考縫隙給予讀者，因此部分讀者可能感到曖昧不明或不易理解。又如在小說〈三腳馬〉（1979年）描述一位名叫曾吉祥的男孩，因為眉間到鼻樑上有一道白色斑，而被戲稱為「白鼻的」或「白鼻狸」，從小在家鄉備受欺凌，後來赴異地發展考取警察，一開始他認為只要自己考取警察，就可以免受欺凌，然而，當他成為大家眼中的「大人」時，他卻從「受壓迫者」而轉變為「壓迫者」。到了戰後，白鼻狸為了逃避當初被他壓迫的人報復，在慌亂中逃亡而讓妻子因傷寒過世。在內心的自責下，他從此獨居在山中，透過雕刻呈現內心深處的自責及懺悔。「那是一個怪人刻的。他喜歡刻一些殘廢的馬，我們去他家收購，有時隻數不夠，他就把殘廢的加了進去，他說

---

6. 鄭清文，〈龐大的影子〉，《純文學》49期（1971）。

不能賣，等他多出來，把殘廢的換回去，就像當做零錢找來找去。」[7] 在小說開頭，鄭清文就在模仿海明威為故事埋下伏筆、勾起懸疑，讓讀者去探問：「為什麼？」他試圖讓讀者去思索冰山底下的深刻意涵。

鄭清文除了從海明威身上汲取暗示性和象徵性的養分，也曾經提到福克納對於他的影響，他說：「我學到的是，大膽使用題材。他在一篇訪談中說過，為了題材，就是強暴母親也在所不惜。……殺人變成次要，愛情浮現出來了。〈給艾蜜莉的玫瑰〉不但呈現非常強烈的題材，也呈現非常不凡的手法。這就是我為什麼喜歡福克納。」[8] 受到福克納的影響，鄭清文也勇於嘗試各種不同類型的題材，例如〈局外人〉書寫媳婦害死婆婆的違背倫理的世界。就像他曾經說過，在我們這個社會裡，什麼事都可能發生。因此，在他的創作題材中，盡量不重覆相同的東西，透過不同題材的嘗試，希望能夠更多層次地展現人生和人性的複雜性。

《三腳馬》書影，本書另收錄李喬〈小說〉、陳映真〈山路〉（臺北：名流出版社，1986）。

---

7. 鄭清文，〈三腳馬〉，《台灣文藝》62期（1979）。
8. 鄭清文，〈〈給艾蜜莉的玫瑰〉中的艾蜜莉〉，《聯合文學》第322期（2011），頁6。

## 「現代」都市人的痛苦：李喬的小說書寫

　　同屬《台灣文藝》陣營的李喬，曾自述作品的傾向「大多偏重在社會大眾生活面的描繪，為無告的小民作微弱的代言」[9]，葉石濤說：「以李喬的觀點而言，這世界是一個廣大的苦勞網；這大苦網是各種痛苦所織成，這些痛苦有的來自內心世界，有的來自外在世界，人一生下來就註定被這大苦網捕獲，不管你用什麼方法也脫離不了這大苦網的桎梏。」[10] 再加上李喬自身對於形式的要求，盡量用新的手法，因此，在其早期創作中，可見其運用現代主義技法，包含西方意識流與內心獨白等，描述主人公對於現代社會的內在痛苦與人生的無奈。例如《恍惚的世界》（1970年）和《痛苦的符號》（1972年）等作品同樣致力於呈現人生的痛楚，以及現實社會中揭示人性的醜陋面。

　　〈人球〉一文收錄於《恍惚的世界》短篇小說集，描述常被妻子斥責為「沒用的東西」的陰性化男性，在強大身心壓力下，得到一種怪病，全身像胎兒一樣蜷曲，彷彿胎兒在母親的子宮內，用來象徵失去自信、逃避現實的現代人。〈人球〉讓人直接聯想到卡夫卡的〈變形記〉，都是描述現代心靈的荒謬、矛盾與扭曲。《痛苦的符號》一書透過主角鄉下小學教師莊時田，原本刻苦自勵、尚稱順遂的人生，因為未婚妻的情感不忠，而開始一連串失序的行為，打死情敵而鋃鐺入獄，出獄之後又遭逢母喪，最後因車禍而失憶，在連續打擊之下，

---

9. 典藏臺灣，（來源：https://catalog.digitalarchives.tw/item/00/32/e3/6f.html，檢索日期：2023.06.07）。
10. 李喬，《李喬短篇小說全集》（苗栗縣：苗縣文化，1999），頁3。

他變成具有雙重人格特質的人，但即便喪失記憶也無法減少人生的痛苦，最後為歹徒所利用販毒和走私人口，反而陷入更加不堪的人生。葉石濤認為：「李喬的《痛苦的符號》同福克納一樣，他描寫的是道德的淪喪和犯罪，繼之而來的是受苦，在受苦的煎熬中人會得到救贖。」[11] 在李喬的小說中，他描述現代社會的生存的本質就是痛苦，更準確地說，生命的本質就是痛苦，透過痛苦而感受生命的存在。前述小說看似是有別於平實生活的「異例」，對於李喬來說，他的取材並非標新立異，反而試圖嘗試呈現生命的另一種寫實。

總此，現代主義在臺灣的接受史其實從日治時期便已開始，而本省籍作家大多透過日文、英文汲取美國現代主義文學。接著，進入戰後，本省籍作家在美式文化的風行下，再次喚起他們過去的閱讀經驗與歷史記憶，透過意識流、心理描寫等手法，體現接受美國現代主義的成果。整體而言，本省籍作家對於美國現代主義的接受，仍是側重在技法的學習，僅有少數作家勇於在題材面向創新與挑戰，也因此，美國現代主義在臺灣，更多的是將技法作為「現代」，從中學習與模仿，而形成今日我們所見的臺灣現代主義面貌。

參考資料 ————

• 封德屏編，〈鄭清文小傳〉，《最後的紳士：鄭清文紀念會暨文學展特刊》（臺北：文訊雜誌社，2018）。

---

11. 葉石濤，〈論李喬小說裡的「佛教意識」〉，《臺灣現當代作家研究資料彙編27：李喬》（臺南：國立臺灣文學館，2012），頁176。

- 李喬，《李喬短篇小說全集》（苗栗：苗縣文化，1999）。
- 典藏臺灣（來源：https://catalog.digitalarchives.tw/item/00/32/e3/6f.html，檢索日期：2023.06.07）。
- 葉石濤，〈論李喬小說裡的「佛教意識」〉，《臺灣現當代作家研究資料彙編27：李喬》（臺南：國立臺灣文學館，2012）。
- 鄭清文，〈三腳馬〉，《台灣文藝》62期（1979）。
- 鄭清文，〈〈給艾蜜莉的玫瑰〉中的艾蜜莉〉，《聯合文學》322期（2011）。
- 鄭清文，〈龐大的影子〉，《純文學》49期（1971）。
- 鍾肇政，《鍾肇政回憶錄（二）：文壇交遊錄》（臺北：前衛，1998），頁77。
- 鍾肇政，〈骷髏與沒有數字板的鐘〉，《台灣文藝》6期（1965）。
- 鍾肇政，《鍾肇政全集（二十五）》（桃園：桃園文化局，2002）。
- Smith, Paul, 1983. "Hemingway's Early Manuscripts: The Theory and Practice of Omission." *Journal of Modern Literature*, Indiana University Press, vol. 10, no. 2, pp. 268-288.

**延伸閱讀**————

- Wu, Lucian. *New Chinese Stories*. Taipei : Heritage Press, 1961.
- Wu, Lucian. *New Chinese Writing*. Taipei : The Heritage Press, 1962.
- 王惠珍，〈翻譯作為一種文化傳播策略──論戰後初期（1945－1949）日譯本的出版與知識生產活動〉，《台灣文學學報》19期（2011.12）。
- 王惠珍，〈譯寫之間：論戰後第二代省籍作家鄭清文的翻譯閱讀與實踐〉，《東華漢學》31期（2020.06）。
- 王梅香，〈冷戰時代的台灣文學外譯──美國新聞處譯書計畫的運作（1952－1962）〉，《台灣文學研究學報》19期（2014.10）。
- 林思甄、許素蘭、鄭清文，〈冰山底下的大水河──從《簸箕谷》到《採桃記》〉，《臺灣文學館通訊》16期（2007.12）。

# 27

# 我們的當代，如何現代：
# 美國現代文學如何影響了臺灣當代小說

蔣亞妮

美國的現代主義小說大旗底下，產生過許多兼容並不僅限於此處的名詞，種種名詞也都曾在世界文學、美國歷史上，留下過濃墨重彩的一筆；像是「垮掉的一代」、「爵士年代」、「美國南方文學」、「意識流文學」等等。在整個二十世紀的上半葉，歐美的現代主義隨著世界大戰的號角響徹各國界與大陸，西風的東漸，一直是臺灣或是亞洲各國不可避免受到歐美影響的進程，現代主義的風理所當然也颳進了臺灣文學，雖晚卻未遲。

在 1956 年 10 月《文學雜誌》的第一卷第二期中，夏濟安就曾發表過一篇〈評彭歌的「落月」兼論現代小說〉文章，將法國的普魯斯特、英國的吳爾芙、愛爾蘭的喬伊斯與美國的福克納奉為典範，落到許多臺灣的現代主義小說中，也可以看到鍾肇政 1967 年發表的作品〈大機里潭畔〉，關於時間與意識流的敘述手法，如何地借鏡了海明威〈吉力馬扎羅的雪〉。其實早在 1962 年末，

白先勇就已與王文興合作編選收入三十四篇作品的《現代小說選》，為臺灣現代小說敲進第一塊基石之磚。從白先勇、王文興、陳映真到黃春明，無一不受現代文學，或者更明確地說——「現代戰爭」影響，進而寫出自己的現代性。

這些臺灣文學史中重要的名字與作品，或多或少地受到美國的現代文學作家影響，其中以同樣誕生在十九世紀尾聲（末五年）的三位巨擘，更為現代小說的樣貌提供了不同風貌卻同樣重量級的定義。他們分別是1896年生的史考特·費茲傑羅、1897年的威廉·福克納與1899年的海明威，他們直白簡潔，或者華麗天才、晦澀深刻，卻都是最一流的世界級小說家。

## 海派、費派與福派？

當我們走過臺灣的文學史，現代主義與現代小說大家們的盛世，成就了光輝的前半段；當後現代也不再是我們的現當代之後，反身探看美國現代小說為我們留下了什麼，遠處還有明燈，即便燈下是一地燭淚，仍有光在暗中閃爍。

從費茲傑羅、福克納到海明威，這三人除了奠定了美國文學的一段輝煌，同樣地也以他們各自的著作，展開了一場漫長卻激烈拉鋸的比拚。差不多年歲、同樣出色的三人，互為談現代小說不可缺失的一角，但在許多有趣的名單上，卻經常會漏上一位。

從當代世界舞臺的各種分類，一路到臺灣的知名小說家們心中，一一點名與召喚過的書單、重讀清單來看，便能發現他們三人的拉扯與互有優勢。有

時，會漏了福克納，比如無數談及海明威與費茲傑羅如何友好欣賞彼此、卻又嚴厲看待彼此人生的花邊史作品；有時少了費茲傑羅，比如臺灣文學家唐諾的書單（《在咖啡館遇見14個作家》）、小說家駱以軍抄書名單的常客中，都少了這位爵士年代的最後一位大亨。但不論何處，基本上不會少了海明威。

　　即使唐諾也批評過海明威晚年所作的《過河入林》失敗，但仍鼓勵大家要讀一個好作家的所有作品，因為：「相反的，一部不那麼成功的作品，卻四處留著縫隙、留著坑坑洞洞和斧鑿痕跡，把書寫者的煩惱和書寫過程給暴露出來。」甚至，即使唐諾也清楚知曉這部小說「就像他（海明威）自己披露的那樣，這部作品最初是作為短篇小說來寫的，後來誤入長篇小說的叢林中。在一位如此博學的技師筆下，會存在那麼多結構上的裂縫和那麼多文化構造上的差錯，是難以理解的。」、「他是文學史上最傑出的，善寫對話的能工巧匠之一，在他的作品中同樣存在若干那麼矯揉造作甚至虛偽的對話，也是不可理解的」，卻仍然心懷偏愛地說出：「《渡河入林》這部最不成功的小說是他最美麗的作品。」為什麼呢？「這裡頭洗去了那個浮誇，賣弄男性肌肉和沙文豬情誼，找尋戰爭卻一彈未發永遠只躲在安全之距離之外、槍枝只用來對付手無寸鐵動物的淺薄海明威，他第一次誠實面對自己，面對他閃了一輩子不敢處理但終須面對的難題。他是在虛耗之後的衰竭時日才來打這最困難的仗，的確已經來不及了，但另一方面，這仍不失為一次深刻且美麗的失敗，有海明威前所未見的深度、情感，以及，質地真實的痛苦和不了解。」（收錄於唐諾《閱讀的故事》，〈為什麼也要讀二流的書？──有關閱讀的專業〉，2005）。

　　關於海明威與費茲傑羅的種種瑜亮情節，在海明威自傳性質濃厚的《巴

黎，不散的饗宴》中，已揭露許多；種種經歷，甚至淪為後世小說外的文學談資。從費茲傑羅如何請海明威幫他評估自己性器官的大小、初次見面後便約了海明威並爽約，再到費茲傑羅的妻子賽爾妲如何耽誤了他的寫作……甚至到他們共同的編輯麥斯威爾・柏金斯的故事，也被寫作了小說《天才：麥斯威爾・柏金斯與他的作家們，聯手撐起文學夢想的時代》，並拍成了電影《天才柏金斯》。

三人的競爭，當然也不限於海明威與費茲傑羅。客觀來看，費茲傑羅甚至是三人之中，唯一沒得到諾貝爾文學獎的。因此，將目光轉向先後獲得諾貝爾文學獎的兩位美國作家，福克納和海明威（先後是1949年與1954年），他們共擁不同的文字美學，晦澀與簡潔、大地與冰山。有段著名的隔空喊話，福克納對海明威小說文字的評語是：「海明威小說的每一個字詞，都沒有需要讀者去查字典的。」海明威對福克納，同樣無法欣賞：「難道福克納真的以為深沉的感情是來自複雜的文字嗎？」不論年代與地區，走到臺灣的六、七年級寫作者中，不論是費茲傑羅、福克納或海明威，也都有著擁護各自寫作觀的代表。

臺灣小說家，入圍過曼布克獎長名單的吳明益，便曾經在接受《報導者》專訪時這樣說道：「我走的比較像海明威的路，不一定是去真正的野地，可能是對一個領域或一類知識的克服或挑戰。」聯合文學採訪吳明益的另一篇專文〈吳明益談山——山在那裡，有新的死亡，也有新的生命〉中，也提到吳明益經常不斷在課堂及演講中強調生命經驗的重要性，在這個前提下，他進一步闡述：「多數人的人生都很貧乏，但我們都知道人生條件對寫作太重要

了，像海明威，他的生平、他的狩獵、他的從軍生涯，如果缺少這些，海明威還會是海明威嗎？當然也有平凡度日寫出好作品的人，我並不是否定這些事情。這是一種人生機率的問題。以廣義的定義來看，文學到底是什麼東西？文學就是用文字把個人經驗、個人情感，把個人理解或不理解的事情傳遞給另一群人。」更曾在2014年，為重版的海明威經典短篇小說集《沒有女人的男人》，作出精彩一序。比如提起海明威著名的「冰山理論」，吳明益如此寫道：「我不只一次看過他人轉述『冰山露在水面上是八分之一，水下是八分之七』的說法，認為冰山理論就是讀者看到了露出水面的部分，底下仍有看不到的，或被刪去的那部分。這說法不能說不對，但卻忽略了更重要的訊息：海明威說刪去的部分必須是『你了解的那些東西』，如果你不了解那些東西，冰山就不會厚實，故事就會有漏洞。……因為唯有刪去的是作者真正深刻了解之事，那部分才堪稱水面下的冰山，才支持得住水面上的那八分之一。這可不是像一些小說的庸手，把自己不懂的事略過不寫的逃避可以比擬的。」

或是小說家陳思宏，也這樣定義海明威對一整個時代的重要性：「討論到二十世紀的美國文學，是無法避開海明威的。無論是他作品的現代性、文學性、對現代社會的衝擊性，輻射出去的效應非常驚人。我去到很多地方都躲不開海明威，譬如我去巴黎會遇到他以前到過的地方、去西西里島也不小心去到他去過的咖啡館、連去賭城拉斯維加斯都可以發現書店裡有海明威親筆簽名的《戰地鐘聲》首刷本，簡直陰魂不散。」海明威的小說，多半來自他的足跡，與其說他的四任妻子是他的文學繆思，不如說是每一座他居住並深愛過的城市。

「海派」作家裡頭，也有創立逗點文創結社的總編陳夏民，在他結合文學與出版事業的觀察下，明確定義：「海明威是一個現象級作者，在他之後也沒有多少個作者像他那樣了，只是那個會創造出明星級作者的年代已經過去了。不一定要讀懂他，但可以試著理解他，他其實是一個很瘋狂的 Drama Queen，知道怎麼秀出『假的真面目』給人看，而且很懂得享受生活，是一個超有趣的人呀！」在 2012 年時，陳夏民所在的「逗點」也與另一家獨立出版社「一人」合作，因為都受到 2011 年電影《午夜巴黎》的影響，決定各自為海明威與費茲傑羅出版一部作品（分別是《一個乾淨明亮的地方》與《冬之夢》），並且分別找了不同文化人來進行二選一，在博客來進行特別企畫「午夜巴黎大師 PK」[1]。

　　當中站在海明威一邊的作家，有小說家黃崇凱，他談自己喜歡的海明威作品是〈殺人者〉、〈白象似的群山〉和〈一個乾淨明亮的地方〉這些短篇小說，並且認為海明威的不可思議性在：「當好些小說家還在遲疑『小說要寫什麼』的時候，他已經在演練『小說可以不寫什麼』了。而他的散文集《流動的饗宴》雕塑了 1920 年代如夢似幻的巴黎時光。讀這本書常有『為何天才成群而來』的感嘆。」

　　在海派的對面，費茲傑羅的支持者，也有著臺灣六年級代表作家之一的伊格言。伊格言除了在自己 2014 年的著作《幻事錄：伊格言的現代小說經典

---

1. 詳見：https://okapi.books.com.tw/tag?k=午夜巴黎大師 PK

16講》中，開卷便談論了費茲傑羅與他的《大亨小傳》，盛讚它為：「我們很難用任何文字去再現《大亨小傳》中那世故與天真、清醒與迷醉的奇異並存。」更在二選一的表白中打趣稱海明威為「海papa」，並直言：「我最喜歡『冰山理論』了，我根本就是冰山理論的鐵桿兒（捲舌）粉絲嘛，比如像我喜歡的其他作家——包括費茲傑羅、瑞蒙卡佛（Raymond Carver）、艾莉絲·孟若（Alice Munro），每一個都是冰山理論的實踐者啊。問題是，我怎麼老覺得海papa自己的短篇小說還常常真的什麼都沒說？那些海面下的冰山都融化了嗎？」

時間往後推幾年，2019年，作為旅美作家也是臺灣四年級世代的代表作家裴在美，出版了長篇小說《尋宅》。她在訪談中，也坦率說起自己的這部長篇小說，受到費茲傑羅的影響，或者更明確地說，真正與費茲傑羅的相同處，是她自己。她試圖在作品裡，以中產階級為核心，寫出幻想、寫出幻滅。「因為我就是中產階級呀。小時候我很著迷於中產階級，就像郭哥對中產階級的幻想，不光是童年的幸福生活，這個階級具有某些理想性，譬如相對好的教育程度，對社會有一定的責任、道德高度，有優渥的生活，生活條件有一定的要求，但後來發現並不如此。當郭哥對中產階級處於理想性的幻想，就導致後來理想破滅，轉為悲劇。就像美國夢，最能代表美國夢的小說，大家公認是費茲傑羅《大亨小傳》，它的結尾訴說美國夢破滅。而破滅也是《尋宅》的主題之一。」

在臺灣一直具有深刻影響力的日本作家村上春樹，也是一個資深的「費派」，不只對費茲傑羅無所不知，更曾七次翻譯他的作品，自《我失落的城市》（1981年）、《費滋傑羅之書》（1986年）、《重返巴比倫》（1996年）、《大

亨小傳》（2006年）、《冬之夢》（2009年）到《一個作家的午後》（2019年）與費茲傑羅的遺作《最後的大亨》（2022年）。村上春樹在《一個作家的午後》的編譯後記裡談費茲傑羅，甚至談起他與海明威的比較、競爭，談得深刻又極具說服性：

> 這些「被捧讀」的費滋傑羅作品，多半寫於1920年代，也就是所謂「爵士年代」，他的寫作全盛時期。他在1930年代，尤其是到了後期所發表的作品中，除了例外的那一篇，似乎不怎麼被關注與閱讀。……不過，由於他在1920年代的活躍程度——無論是在工作上，或私生活上——實在太精彩了，三〇年代以後的費滋傑羅，怎麼樣都感覺自己過了全盛期，正進入衰退中吧（而且世人大概也是這樣看待他）。無論人氣或實力，都已被曾是後輩的作家海明威超過了，而且差距逐漸拉大。這種焦慮，加重了他的「衰退感」。此外，妻子塞爾妲患了精神病，反覆住院、出院也讓他深感挫折。於是他開始酗酒。酒一喝，人也變了，在酒精的侵蝕下，即使提筆也無法捕捉所思所想。費滋傑羅是那種以日常生活經驗為核心，發揮想像，從中創作出小說的作家，一旦實際生活失去重心，消沉下去，作品便相形失色了。」

至於寫出經典作品《給愛蜜莉的玫瑰》、《聲音與憤怒》的另一位美國現代小說名家福克納，他出生在美國南方的密西西比州，這一童年經歷使他後來的許多小說，似乎也都以家鄉為藍圖，描寫了一個虛構之縣「約克納帕陶

法」。福克納作為美國南方文學的代表作家，也有他在臺灣文學中啟蒙遠方寫作者的動人一刻。像是小說名家駱以軍經常提及的抄書名單裡，少不了的除了馬奎斯《百年孤寂》，更有福克納。駱以軍也多次提及，他第一次翻開福克納的《熊》時：「就如同一個小孩子跑到曠野中，仰望著名為『文學』的星空，從此被其深深吸引，無法自拔。」

## 「走過後現代」

現代小說經歷了後現代的重置與扭轉，難免在真正的當代裡，失去了技巧、結構或者語言的影響力優勢。然而，光是這三位現代小說大師的寫作觀與風格，就已足夠所有的文學創作者與愛好者，研究與反覆品味。有時在後現代小說的強襲下，我會無意間想起多年前讀到張耀升小說《縫》封底上的字眼：「後現代的去中心麻藥退了之後，麻木感跟著消失，周圍的建築、紅綠燈也會跟著崩毀，所有的意符都不再穩固，取而代之的是艾略特的《荒原》，那個『四月是最殘酷的季節』的無邊無際現代主義焦慮。」當許多臺灣當代寫作者想重新找尋混亂後的主體，不管是時間、空間或人，或許都可以回到這些前行的寫作者之中，他們總能以自己的作品將舊詞新鑄，復古成為真正的維新。

比如福克納的小說中，最迷人的時間概念。他在名作《聲音與憤怒》中寫下：「個人無非是他所有不幸的總和。某天你覺得不幸會感到厭倦，然而自此以後，時間卻是你的不幸。」幾乎是哲學性的省思，受現代小說尾聲影響的法國文學家沙特，都曾寫下〈論《聲音與憤怒》：福克納作品中的時間〉（"À propos de *Le Bruit* et la fureur: la temporalité chez Faulkner"），引領所有讀者、甚至寫作者，一起思考為何福克納需要將小說的時間打成碎片？

費茲傑羅也有他無可救藥的英雄情懷與浪漫性，雖然英雄式的胸懷也展現在其他兩位寫作者的作品中。但海明威有自成一派的硬漢風格，福克納那較真的嚴肅感，都與費茲傑羅悲劇性強烈、幾乎代言了「美國夢」（的存在與幻滅），以及所有資產階級，穿越時空成為恆常的空虛與需要一體，全然不同。費茲傑羅是浪漫與悲劇的，是像煙花一般地在告別時代、告別真實，這和小說背景與語言完全不同，它將永遠不會過時。

海明威呢？海明威是作家中的作家，如同他的短篇小說〈不敗的人〉（"The Undefeated"）、如同他在自傳性強的故事中，總談及的「饑餓感」相同，寫小說的態度與小說家的風格這件事，對他才是至關重要的。有些小說形式、語言與技巧、劇情與背景，會成為如古詩與古音韻一般，漸漸失去同溫層的存在；但小說家的身影，以及他們的寫作精神，或多或少會在所有讀過的人心中留下影子。


當我們跨越後現代，回頭再看從前的小說們，有時候看到的已不只是明確的小說這件事，而是作者在斷垣殘壁中如何書寫、如何思考，更是思考要成為一個什麼樣的作家。

# 附 錄

## 作者簡介

### 陳榮彬

本次展覽策展顧問。臺灣大學翻譯碩士學位學程副教授,已出版各類翻譯作品超過六十餘種,近年代表譯作包括梅爾維爾《白鯨記》、費茲傑羅《塵世樂園》、海明威《戰地鐘聲》與《戰地春夢》等經典小說,以及美國詩人布考斯基詩集《愛是來自地獄的狗》與《有時你會寂寞但那並非沒有道理》。《戰地春夢》獲得2023年第三十五屆梁實秋文學翻譯大師獎優選獎。

### 王梅香

本次展覽策展顧問。中山大學社會學系副教授、文化研究學會理事和賴和文教基金會董事。專業領域是文化社會學、藝術社會學、東南亞文化冷戰和原住民文化消費。著有《隱蔽權力:美援文藝體制下的台港文學(1950−1962)》、〈打造冷戰兒童:香港友聯《兒童樂園》與自由亞洲協會的文化宣傳(1951−1954)〉(2023)。

## 楊詠翔

譯者、Okapi「鹹水傳書機」專欄作家。臺灣師範大學教育系、臺灣大學翻譯碩士學程筆譯組畢。每天都要睡到自然醒、喝手搖杯、大聲聽重金屬音樂的自由譯者，博客來 OKAPI「鹹水傳書機」專欄特約作者。 譯有多部非虛構著作及小說等。工作邀約：bernie5125@gmail.com。

## 馮卓健

輔仁大學歷史系專案助理教授，美國聖路易大學美國史博士，主要的研究領域為美國革命史、美國早期政治思想史。博士論文以紐約的效忠派為主題，曾獲得羅伯特史密斯國際傑佛遜研究中心及美國哲學學會的獎助擔任訪問學者。會議論文曾在密蘇里歷史協會年會上獲得最佳學生論文獎。論文散見於與美國革命史相關的幾個線上學術期刊。在輔仁大學開設「影劇中的美國史」、「美國革命史」等與美國史相關的課程。

## 謝伊柔

臺灣大學外國語文學研究所博士，現任臺中科技大學應用英語系專案助理教授。曾任國科會人社中心博士級研究員、臺灣師範大學共教外文組、臺灣藝術大學通識中心等單位兼任講師。研究興趣為20世紀美國文學、攝影史與攝影理論、媒介研究。文章散見於《英美文學評論》等期刊。

## 馬欣

知名影評人。同時是音樂迷與電影痴，其實背後動機為嗜讀人性。曾在娛樂線擔任採訪編輯工作，近年從事專欄文字的筆耕。曾任金馬評審、金曲評審、金鐘評審、金音評審，專欄散見於《聯合報》、《書評書目》、《鏡週刊》、《博客來OKAPI》、《釀電影》等，散文專欄可見《非常木蘭》，著有電影相關書籍《反派的力量》、《當代寂寞考》、《長夜之光》；散文集《階級病院》、《邊緣人手記》、《看似很美，其實是壞掉的》，主持Podcast節目《馬欣的療癒暗房》。

## 朱嘉漢

新生代臺灣作家、譯者。著有小說《禮物》、《裡面的裡面》、《醉舟》；Essays集《夜讀巴塔耶》、《在最好的情況下》。

## 陳夏民

譯者、出版人。桃園人，東華大學創作與英語文學研究所畢業；逗點文創結社總編輯，獨立出版聯盟理事長，大愛臺《青春愛讀書》選書顧問，與夏宇童共同主持Podcast節目《閱讀夏LaLa》。著有《失物風景》、《那些乘客教我的事》、《飛踢，醜哭，白鼻毛》、《主婦的午後時光》（與攝影師陳藝堂合著）、《讓你啾啾啾的人生編輯術》；譯有海明威作品若干。

## 劉霽

書迷、影迷、球迷、武迷。一人出版社社長,獨立出版聯盟創辦人之一。出版之外有時翻譯,譯有《影迷》、《柏林故事集》、《冬之夢》、《富家子》、《夜未央》、《一切破碎,一切成灰》。

## 葉佳怡

譯者、作家。臺北木柵人,曾為《聯合文學》雜誌主編,現為專職譯者。已出版小說集《溢出》、《染》;散文集《不安全的欲望》。譯作有長篇小說《聲音與憤怒》、《我彌留之際》、《激情》、《沼澤女孩》、《消失的他們》;短篇小說集《恐怖老年性愛》、《她的身體與其它派對》;人類學作品《卡塔莉娜:關於生命療養院,以及人們如何被遺棄的故事》、《尋找尊嚴:關於販毒、種族、貧窮與暴力的民族誌》;圖像小說《歡樂之家》等。

## 鄭婉伶

〈一千美元在巴黎生活一年〉、〈歐洲夜生活〉譯者。臺灣大學外文系、臺灣大學翻譯碩士學程畢,曾於維也納大學漢學系碩士交換。譯作包含《大貶值:即將到來的全球貨幣動盪與投資風險指南》(合譯)、《好萊塢劇本創作術:地表最強影視工業如何打造全球暢銷故事?》、《我們是永遠的好朋友?:關於女性友誼的真相》。翻譯相關事宜請來信:uan.ling.tenn@gmail.com,譯文以外的藝文生活請見:https://wanlingcheng.tumblr.com。

## 單德興

臺灣大學外文研究所博士，現任中央研究院歐美研究所特聘研究員，著有《翻譯與脈絡》、《翻譯家余光中》、《從文化冷戰到冷戰文化：《今日世界》的文學傳播與文化政治》，譯有《美國夢的挑戰：在美國的華人》、《知識分子論》、《格理弗遊記》，並出版《王文興訪談集》等五本訪談錄，以及《臺灣現當代作家研究資料彙編68：齊邦媛》、《華美的饗宴：臺灣的華美文學研究》、《華美：華美及離散華文文學論文集》等多本編著。研究領域包括比較文學、英美文學、翻譯研究、文化研究。

## 陳允元

政治大學台灣文學研究所博士，現為臺北教育大學臺灣文化研究所助理教授。主要研究領域為日治時期臺灣文學、臺灣現代詩、戰前東亞現代主義文學、臺灣跨語世代文學等。近年也積極參與面向大眾的文史轉譯工作。著有詩集《孔雀獸》（2011），並有合著《百年降生：1900—2000臺灣文學故事》（2018）、《看得見的記憶：二十二部電影裡的百年臺灣電影史》（2020），合編《日曜日式散步者：風車詩社及其時代》（2016）、《文豪曾經來過：佐藤春夫與百年前的臺灣》（2020）、《共時的星叢：風車詩社與新精神的跨界域流動》（2020）。曾獲林榮三文學獎散文首獎、臺北國際書展編輯大獎等。

## 王惠珍

日本關西大學大學院文學研究科中國文學博士，現任國立清華大學台灣文學研究所教授。專長：龍瑛宗文學研究、臺灣殖民地文學、東亞殖民地文學比較研究等。著有專書《譯者再現：台灣作家在東亞跨語越境的翻譯實踐》（2020）、《戰鼓聲中的殖民地書寫：作家龍瑛宗的文學軌跡》（2014）。論文〈記憶所繫之處：戰後初期在臺日僑的文化活動與記憶政治〉、〈一緘書簡藏何事：論戰後龍瑛宗的生活日常與文壇復出〉等。


## 李惠珍

畢業於臺灣師範大學英語系，輔仁大學翻譯學研究所中英筆譯組。目前任職於臺中女中，從事英語教學與臺語教學。著有《美國小說在臺灣的翻譯史：一九四九至一九七九》。


## 張錦忠

祖籍廣東潮安，生於馬來半島彭亨州，1980年代末移居臺灣。臺灣大學外文研究所博士，國立中山大學外文系退休教授，現為該系約聘研究員。近作有小說集《壁虎》詩集《像河那樣他是自己的靜默》，以及隨筆集《查爾斯河畔的雁聲：隨筆馬華文學二集》。

## 向陽

本名林淇瀁，臺灣南投人，政治大學新聞研究所博士。曾任台灣文學學會理事長、國立臺北教育大學臺灣文化研究所教授。現為國家文化藝術基金會董事長、國立臺北教育大學名譽教授。曾獲國家文藝獎、吳濁流新詩獎、美國愛荷華大學榮譽作家、玉山文學獎文學貢獻獎、臺灣文學獎新詩金典獎、傳藝金曲獎最佳作詞獎、教育部「推展本土語言傑出貢獻獎」。著有詩集及學術論著等50餘種。

## 朱和之

本名朱致賢，1975年生，臺北人。專注於以臺灣歷史為題材的創作，著有《南光》、《風神的玩笑——無鄉歌者江文也》、《逐鹿之海——一六六一臺灣之戰》、《樂土》、《鄭森》、《滄海月明——找尋台灣歷史幽光》等書。曾獲羅曼‧羅蘭百萬小說賞、全球華文文學星雲獎歷史小說首獎，入選2022愛荷華國際寫作計畫。

## 黃儀冠

政治大學中文研究所博士，現任彰化師範大學國文系暨臺灣文學研究所副教授，《東亞觀念史》執行編輯、政治大學人文研究中心研究員——數位人文傳播計畫。曾任教於暨南大學中文系、聯合大學語傳系。曾獲「科技部補助大專院校獎勵特殊優秀人才」、彰化師範大學研究著作獎勵、傑出研究獎、傑出教學獎。近年擔任教育部閱讀與書寫計畫主持人、教育部國文科輔導委

員。專長為：電影文學、女性文學、近現代文學與文化。近期發表多篇跨領域文化研究、華語文學與改編電影的相關論述。著有專書《晚明至盛清女性題畫詩——以閱讀社群與自我呈現為主》、《臺灣女性書寫與電影敘事之互文研究》、《從文字書寫到影像傳播——臺灣文學電影之跨媒介改編》。

## 彭明偉

清華大學中文研究所博士，目前任教於陽明交通大學社會與文化研究所，主要研究興趣為魯迅、周作人、中國現當代文學及臺灣文學等領域，著重從文學史視角，探討現代作家之創作與革命、戰爭及殖民地歷史的文化轉型問題。

## 王鈺婷

成功大學臺灣文學系博士，現任清華大學台灣文學研究所教授兼所長，研究領域為臺灣戰後女性文學、散文研究、臺港文藝交流。著有《女聲合唱：戰後臺灣女性作家群的崛起》（2012）、《身體、性別、政治與歷史》（2008）；主編《性別島讀：臺灣性別文學的跨世紀革命暗語》（2021）；並編選《臺灣現當代作家研究資料彙編108：郭良蕙》（2018）、《臺灣現當代作家研究資料彙編31：艾雯》（2013）、《臺灣現當代作家研究資料彙編64：鍾梅音》（2014）。

## Gwennaël Gaffric（關首奇）

法國里昂第三大學中國語言文學系副教授。研究領域包括臺灣、中國與香港當代文學研究、科幻文學、生態批評研究。譯有吳明益、紀大偉、高翊峰、夏宇、陳楸帆、劉慈欣等華文作家的作品。著有《人類世的文學：臺灣作家吳明益的生態批評研究》（許雅雯譯，新經典文化，2023年）。

## 蔣亞妮

新生代臺灣作家、學者。1987年生，臺灣臺中人，摩羯座，目前為成功大學中文博士候選人。曾獲臺北文學獎、教育部文藝創作獎、文化部年度藝術新秀、國藝會創作補助等獎項。2015年出版首部散文《請登入遊戲》（九歌），2017年出版《寫你》（印刻），2020年出版第三號作品，《我跟你說你不要跟別人說》（悅知）。

# 展覽資訊

群星閃耀——美國及臺灣現代主義文學特展

Shining Stars of Modernism——American and Taiwan Literature

地點：國立臺灣文學館 展覽室D

指導單位：文化部

共同主辦：國立臺灣文學館、美國在台協會高雄分處

借展單位：Irvin Department of Rare Books and Special Collections of the University of South Carolina Libraries（南卡羅來納州立大學圖書館）、Hemingway-Pfeiffer Museum and Educational Center（海明威菲佛博物館）、Oak Park Public Library（芝加哥橡園圖書館）、University of Virginia（維吉尼亞大學）

展覽統籌：林巾力

策展顧問：王梅香、陳榮彬

策展執行：羅聿倫

展覽團隊：曾于容、陳秋伶、林宛臻、林巧湄、詹嘉倫、蘇文鳳、張堯翔、許乃仁、郭亭依、陳昱成、程鵬升、黃敦揚、李英愛、廖子皓、羅千茵

外語翻譯：Melanie Leng（冷艾玟）

外語審閱：陳榮彬

展場設計：玩味創研股份有限公司

展品運送：翔輝通運股份有限公司

文物保護：晉陽文化藝術

推廣活動：開物空間文創有限公司

開幕活動：卡芙創意設計行銷股份有限公司

線 上 展 覽

https://www.tlvm.com.tw/zh/Theme/ExhibitionCont1?LLi
d=80&fbclid=IwAR1HtgSQzf3j99Z4NiarprzZhm77LWK7-
mrqU7wZ41KkTQr6OvFSgZPGn1s

# 美國現代主義年表

| 年分 | 與三大小說家有關的事蹟 | 現代主義重要事件 |
|------|----------------------|----------------|
| 1914 | | 英國向德國宣戰,第一次世界大戰爆發;喬伊斯(James Joyce)出版短篇小說集《都柏林人》(*The Dubliners*)。 |
| 1915 | | 美國現代主義意象派(Imagism)詩人龐德(Ezra Pound)的詩集《神州集》(*Cathay*)出版;詩人艾略特(T.S. Eliot)發表《艾弗雷德普魯佛洛克的情歌》("The Love Song of J. Alfred Prufrock");德語作家卡夫卡(Franz Kafka)出版他的短篇小說〈變形記〉("Metamorphosis");愛因斯坦(Einstein)發表「相對論(*General Theory of Relativity*)」。 |
| 1916 | | 喬伊斯出版長篇小說《青年藝術家的畫像》(*A Portrait of the Artist as a Young Man*)。 |
| 1917 | 費茲傑羅(F. Scott Fitzgerald)加入美國陸軍接受軍官訓練。 | 俄國爆發二月革命。 |
| 1918 | 海明威(Ernest Hemingway)加入紅十字會,前往義大利前線擔任救護車駕駛;福克納(William Faulkner)前往多倫多加入加拿大皇家空軍——兩者都是因為體檢未過才未能加入美軍:海明威有眼疾,福克納太矮。 | 俄國爆發十月革命,沙皇遭推翻;第一次世界大戰終結。 |
| 1919 | 知名雜誌《新共和》(*The New Republic*)刊登福克納的詩作〈牧神的午後〉("L'Après-midi d'un Faune"),是他第一次有作品獲得出版。 | 最早期的爵士樂團 The Original Dixieland Jass Band 到倫敦去演出;美國人雪薇兒·畢奇(Sylvia Beach)在巴黎開設了莎士比亞書店(Shakespeare and Company),成為許多英美現代主義作家的聚集地。 |

| 年分 | 與三大小說家有關的事蹟 | 現代主義重要事件 |
|---|---|---|
| 1920 | 費茲傑羅的第一本長篇小說《塵世樂園》（*This Side of Paradise*）由史氏父子出版社出版，同年也出版了他的第一本短篇小說集《飛女郎與哲學家》（*Flappers and Philosophers*）。 | 美國禁酒令時代開始；英國小說家 D.H. 勞倫斯（D. H. Lawrence）的作品《戀愛中的女人》（*Women in Love*）出版。 |
| 1921 | 海明威與第一任妻子海德莉結婚，獲聘為《多倫多星報》（*Toronto Star*）外國特派記者，遷居巴黎。 | 畢卡索（Pablo Picasso）完成立體主義畫作《三個音樂家》（*Three Musicians*）。 |
| 1922 | 費茲傑羅小說《美麗與毀滅》（*The Beautiful and Damned*）出版，短篇小說集《爵士年代的故事》（*Tales of the Jazz Age*）出版，因而成為許多人所謂「爵士年代的代言人」。 | 艾略特的長詩《荒原》（*The Waste Land*）出版；在雪薇兒·畢奇的資助下，喬伊斯的小說《尤利西斯》（*Ulysses*）於巴黎出版。 |
| 1923 | 海明威的《三個故事與十首詩》（*Three Stories and Ten Poems*）問世，他第一次有作品獲出版社出版。 | 曾於一次世界大戰期間於法國擔任救護車駕駛的詩人康明思（e.e. cummings）推出第一本詩集《鬱金香與煙囪》（*Tulips and Chimneys*）；愛爾蘭的現代主義詩人葉慈（William Butler Yeats）獲頒諾貝爾文學獎。 |
| 1924 | 海明威擔任現代主義重要文學雜誌《大西洋兩岸評論》（*The Transatlantic Review*）的編輯，同一年他的《在我們的時代：極短篇》（*in our time*）出版；福克納詩作《大理石牧神雕像》（*The Marble Faun*）出版。 | 安德烈·布賀東（André Breton）的《超現實主義宣言》（*Surrealist Manifesto*）出版。 |

| 年分 | 與三大小說家有關的事蹟 | 現代主義重要事件 |
|---|---|---|
| 1925 | 海明威短篇故事集《在我們的時代》（*In Our Time*）出版；費茲傑羅小說《大亨小傳》（*The Great Gatsby*）出版。 | 非裔美國詩人蘭斯頓·休斯發表爵士詩歌〈厭倦的藍調〉（"The Weary Blues"）；前一年幫海明威出版《在我們的時代：極短篇》的Three Mountains Press幫美國詩人龐德出版了《詩章十六首草稿》（*A Draft of XVI Cantos*）；維吉尼亞·吳爾芙（Virginia Woolf）的《戴洛維夫人》（*Mrs. Dalloway*）出版；蘇俄大導演艾森斯坦（Sergei Eisenstein）的電影作品《波坦金戰艦》（*Battleship Potemkin*）上映。 |
| 1926 | 海明威的第二本長篇小說《太陽依舊升起》（*The Sun Also Rises*）出版；在舍伍德·安德森的介紹之下，福克納的第一本長篇小說《士兵的報酬》（*Soldiers' Pay*）由 Boni & Liveright 出版社出版。 | |
| 1927 | 福克納的第二本長篇小說《蚊群》（Mosquitoes）由 Boni & Liveright 出版社出版。 | 維吉尼亞·吳爾芙的《燈塔行》（*To the Lighthouse*）出版；德國大導演弗里茨·朗（Fritz Lang）的電影作品《大都會》（*Metropolis*）上映。 |
| 1928 | 海明威與第二任妻子寶琳遷居美國佛羅里達州。 | 英國小說家 D.H. 勞倫斯（D. H. Lawrence）的作品《查泰萊夫人的情人》（*Lady Chatterley's Lover*）在義大利出版。 |
| 1929 | 海明威的戰爭小說《戰地春夢》（*A Farewell to Arms*）由史氏出版社出版；福克納以一次大戰為背景的小說《沙多里斯》（*Sartoris*）出版，他的《聲音與憤怒》（*The Sound and the Fury*）也在同一年稍晚問世。 | 紐約股市崩盤，美國與全世界都出現經濟大蕭條；維吉尼亞·吳爾芙的散文《自己的房間》（*A Room of One's Own*）出版。 |

| 年分 | 與三大小說家有關的事蹟 | 現代主義重要事件 |
|---|---|---|
| 1930 | 福克納的小說《我彌留之際》（As I Lay Dying）出版。 | 美國小說家約翰·多斯·帕索斯（John Dos Passos）開始出版「美國三部曲」（U.S.A. trilogy）小說系列，大膽採用「攝影機視角」等各種實驗性的敘事手法。 |
| 1931 | 福克納的小說《聖殿》（Sanctuary）出版。 | 西班牙畫家薩爾瓦多·達利（Salvador Dalí）完成超現實主義畫作《記憶的堅持》（The Persistence of Memory）。 |
| 1932 | 海明威鬥牛散文集《午後之死》（Death in the Afternoon）出版，《戰地春夢》（A Farewell to Arms）在這一年首次被改拍成電影上映；福克納的小說《八月之光》（Light in August）出版，他也在這一年首次前往好萊塢發展。 | |
| 1934 | 費茲傑羅小說《夜未央》（Tender Is the Night）出版。 | |
| 1935 | 海明威非洲狩獵散文集《非洲的青山》（Green Hills of Africa）出版。 | |
| 1936 | 福克納小說《押沙龍，押沙龍！》（Absalom, Absalom!）出版。 | |
| 1937 | 海明威小說《雖有猶無》（To Have and Have Not）出版；費茲傑羅前往好萊塢發展。 | 畢卡索完成以西班牙內戰為主題的油畫《格爾尼卡》（Guernica）。 |
| 1938 | 福克納的短篇小說集《不敗者》（The Unvanquished）出版。 | |

| 年分 | 與三大小說家有關的事蹟 | 現代主義重要事件 |
|------|------------------------|------------------|
| 1939 | 福克納小說《野棕櫚》（*The Wild Palms*）出版。 | 喬伊斯出版長篇小說《芬尼根守靈記》（*Finnegans Wake*）。 |
| 1940 | 海明威小說《戰地鐘聲》（*For Whom the Bell Tolls*）出版；費茲傑羅心臟病發身亡。 | |
| 1941 | 費茲傑羅未完成小說《最後的大亨》（*The Last Tycoon*）於他去世後出版。 | |
| 1942 | | 華萊士・史蒂文斯（Wallace Stevens）創作的現代詩〈論現代詩〉（"Of Modern Poetry"）問世。 |
| 1944 | 劇本由福克納改編而成的海明威小說《雖有猶無》上映；海明威獲聘為《科利爾》雜誌（*Collier's*）的歐洲戰地記者，採訪諾曼地登陸戰。 | |
| 1945 | 費茲傑羅的散文集《崩潰》（*The Crack-Up*）由其文評家老友艾德蒙・威爾遜（Edmund Wilson）編輯集結後出版。 | 第二次世界大戰終結。 |
| 1946 | 劇本由福克納改編而成的錢德勒小說《大眠》（*The Big Sleep*）上映。 | |
| 1948 | | 艾略特獲頒諾貝爾文學獎 |
| 1949 | 福克納獲得諾貝爾文學獎。 | |
| 1950 | 海明威小說《渡河入林》（*Across the River and into the Trees*）出版；福克納《短篇小說集》（*The Collected Stories of William Faulkner*）出版，隔年獲得國家圖書獎。 | |

| 年分 | 與三大小說家有關的事蹟 | 現代主義重要事件 |
|------|------------------------|------------------|
| 1951 | 福克納小說《修女安魂曲》（*Requiem for a Nun*）出版。 | |
| 1952 | 海明威小說《老人與海》（*The Old Man and the Sea*）出版，隔年獲得普立茲小說獎；短篇故事〈吉力馬扎羅的雪〉（"The Snows of Kilimanjaro"）被搬上大銀幕。 | |
| 1954 | 福克納小說《寓言》（*The Fable*）出版，隔年獲得普立茲獎與國家圖書獎。 | |
| 1957 | 海明威小說《戰地春夢》第二度被搬上大銀幕，同一年《太陽依舊升起》首度被搬上大銀幕。 | |
| 1958 | 海明威小說《老人與海》首度被搬上大銀幕，他也參與了拍攝過程。 | |
| 1961 | 海明威用獵槍自殺身亡。 | |
| 1962 | 福克納小說《掠奪者》（*The Reivers*）出版，不久後他就因心臟病發去世，隔年獲得普立茲獎。 | |
| 1964 | 海明威的巴黎文學生涯回憶錄《流動的饗宴》（*A Moveable Feast*）由其第四任妻子瑪莉編輯後出版。 | |

# 臺灣現代主義年表

| 年分 | 作家事蹟 | 重要事件 |
|---|---|---|
| 1926 | 臺北高校師生創辦《翔風》，後另發行《足跡》。中山侑稱土方正己為知性派、上田忠夫為達達主義詩人。 | |
| 1933 | 巫永福發表小說〈首と体〉（首與體）於臺灣藝術研究會雜誌《フォルモサ》（福爾摩沙）創刊號，致敬橫光利一的新感覺派小說〈頭ならびに腹〉（頭與腹）。 | 張文環、吳坤煌、蘇維熊、王白淵等人在東京創立「臺灣藝術研究會」。<br>詩人楊熾昌、李張瑞、林修二、張良典等人，在臺南成立「風車詩社」，發行同人詩誌《Le Moulin》（風車）。 |
| 1934 | 中山侑編輯出版文藝刊物《モダン臺灣》（摩登臺灣）。 | |
| 1937 | 翁鬧發表〈夜明け前の戀物語〉（天亮前的戀愛故事）於《臺灣新文學》2卷2號。 | |
| 1939 | 龍瑛宗發表中篇小說〈趙夫人の戲畫〉（趙夫人的戲畫）連載於《臺灣新民報》，使用前衛的「後設」敘事技巧。 | |
| 1941 | 龍瑛宗發表〈白い山脈〉（白色山脈）於《文藝臺灣》。葉石濤認為：自龍瑛宗以後，臺灣的小說裡才出現了現代人心理的挫折。 | |
| 1943 | 詹冰發表詩作〈五月〉於東京刊物《若草》，受到著名現代詩人崛口大學的推薦。 | |
| 1944 | 臺中一中學生張彥勳、朱商彝、許世清成立銀鈴會，創辦同人刊物《ふちぐさ》（邊緣草）。戰後於1948年以《潮流》復刊，林亨泰、詹冰、錦連等人加入，是連接日治與戰後現代文學發展的重要關鍵。 | |

| 年分 | 作家事蹟 | 重要事件 |
|---|---|---|
| 1946 | | 美國設立駐臺北總領事館，附設新聞處。 |
| 1949 | | 美國領事館新聞處《今日美國》創刊，刊載內容有美國文學專欄。 |
| 1951 | | 中華文藝獎金委員會之《文藝創作》月刊發行，內容有英美作家和作品介紹。 |
| 1952 | 海明威《老人與海》，范思平（張愛玲）翻譯，香港中一出版社。 | 《今日美國》更名為《今日世界》，內有美國文學作品連載。 |
| 1953 | 海明威《戰地鐘聲》，彭思衍翻譯，臺北大中國出版。<br>史坦貝克（John Steinbeck）《滄海珠淚》（*The Pearl*），婉龍翻譯，高雄拾穗出版。<br>馬克・吐溫（Mark Twain）《湯姆歷險記》（*The Adventures of Tom Sawyer*），姚一葦翻譯，臺北正中書局出版。<br>海明威《海上漁翁》，辛原翻譯，高雄拾穗出版。 | 紀弦主編《現代詩》創刊，與葉泥南遊初會林亨泰與錦連。 |
| 1954 | | 「藍星詩社」在臺北創立，《創世紀》在高雄創刊。 |
| 1956 | 夏濟安〈評彭歌《落月》兼論現代小說〉，介紹現代小說的形式與內容。<br>詹姆斯（Henry James）《碧廬冤孽》（*The Turn of the Screw*），秦羽翻譯，香港今日世界出版社。 | 紀弦成立「現代派」，發表「六大信條」。<br>臺大外文系夏濟安主編之《文學雜誌》創刊。 |

| 年分 | 作家事蹟 | 重要事件 |
|---|---|---|
| 1957 | 海明威《老人與大海》，余光中翻譯，臺北重光文藝出版。 | 劉自然事件在臺北引發反美示威遊行。<br>《文星》創刊，引介英美現代思潮。 |
| 1958 | 夏濟安編譯《美國散文選》，張愛玲同譯，香港今日世界出版社。<br>白先勇發表第一篇小說〈金大奶奶〉於《文學雜誌》。<br>王文興發表第一篇小說〈守夜〉於《文學雜誌》。<br>余光中赴美愛荷華作家創作坊詩歌組進修。 | 臺灣大學外文系學生白先勇、陳若曦等人組織「南北社」。<br>臺北美新處遷至南海路。 |
| 1959 | 蘇雪林在《自由青年》發表〈新詩壇象徵派創始者李金髮〉，後引發現代詩論戰。<br>陳映真發表第一篇小說〈麵攤〉於《筆匯》。 | 尉天聰主編《筆匯》革新號。 |
| 1960 | 余光中 New Chinese poetry，臺北 Heritage 出版。 | 臺大外文系白先勇、王文興、歐陽子、陳若曦等人創辦《現代文學》。同年，《文學雜誌》停刊。 |
| 1961 | 王禎和發表第一篇小說〈鬼、北風、人〉於《現代文學》。<br>林以亮主編《美國詩選》，張愛玲、余光中等人翻譯，香港今日世界出版社。<br>殷張蘭熙編輯，New Voices，臺北 Heritage 出版。<br>吳魯芹編輯，New Chinese Stories，臺北 Heritage 出版。 | 尉天聰之《筆匯》革新號停刊。<br>《現代文學》第 8 期刊出「費滋傑羅專輯」。<br>《現代文學》第 11 期刊出「佛克納專輯」。 |

| 年分 | 作家事蹟 | 重要事件 |
|---|---|---|
| 1962 | 七等生發表第一篇小說〈失業・撲克・炸魷魚〉於《聯合報》副刊。<br>吳魯芹編輯，*New Chinese Writing*，臺北Heritage出版。<br>陳若曦，*Spirit Calling*，臺北Heritage出版。<br>聶華苓，*The Purse*，臺北Heritage出版。 | 李敖發表〈播種者胡適〉於《文星》雜誌，後引發中西文化論戰。 |
| 1963 | 殷張蘭熙翻譯，*Green Seaweed and Salted Eggs*，臺北Heritage出版。<br>白先勇、歐陽子、王文興赴美愛荷華作家創作坊小說組進修。<br>葉維廉赴美愛荷華作家創作坊詩歌組進修。 | |
| 1964 | 馬克・吐溫《湯姆歷險記》，蔡洛生翻譯，香港今日世界出版社。<br>聶華苓赴美愛荷華作家創作坊進修。<br>葉珊（楊牧）赴美愛荷華作家創作坊詩歌組進修。 | 紀弦《現代詩》停刊。 |
| 1965 | 夏濟安病逝於美國，《現代文學》推出「夏濟安先生紀念專輯」。 | 邱剛健、崔德林、陳映真、劉大任等人創辦《劇場》雜誌，大量翻譯介紹當代前衛電影與戲劇。<br>《劇場》第2期譯介貝克特（Samuel Beckett）《等待果陀》（*Waiting For Godot*）。 |
| 1966 | | 高雄市文藝界舉行「現代藝術之夜」，以現代詩、現代畫、現代音樂呈現現代藝術的面貌。<br>《現代文學》第29期推出「美國文學專題研究」。<br>尉天聰主編《文學季刊》創刊。 |

| 年分 | 作家事蹟 | 重要事件 |
|---|---|---|
| 1967 | 白先勇小說集《謫仙記》，臺北文星書店。<br>王文興小說集《龍天樓》，臺北文星書店。<br>歐陽子小說集《那長頭髮的女孩》，臺北文星書店。<br>林以亮編譯《美國現代七大小說家》，香港今日世界出版社。<br>瘂弦（王慶麟）赴美愛荷華作家創作坊進修。 | 保羅‧安格爾與聶華苓創辦愛荷華國際寫作計畫（International Writing Program，簡稱IWP）。 |
| 1968 | 白先勇小說集《遊園驚夢》，臺北仙人掌出版社。 | |
| 1969 | 王禎和小說集《嫁妝一牛車》，臺北金字塔出版社。<br>詹姆斯《奉使記》（The Ambassadors），趙銘翻譯，香港今日世界出版社。<br>商禽（羅顯烆）赴美愛荷華國際寫作計畫進修。 | |
| 1970 | 王文興小說集《玩具手槍》，臺北志文出版社。<br>福克納《熊》（The Bear），何欣翻譯，臺北晨鐘出版社。<br>卡夫卡（Franz Kafka）《絕食的藝術家》（Hunger Artist），現代文學雜誌社編譯，臺北晨鐘出版社。<br>林懷民赴美愛荷華國際寫作計畫進修。 | 尉天驄之《文學季刊》停刊。 |
| 1971 | 白先勇小說集《臺北人》，臺北晨鐘出版社。同時開始撰寫同志小說《孽子》。<br>姚一葦赴美愛荷華國際寫作計畫進修。 | 尉天驄主編《文學雙月刊》復刊，出版三期後停刊。 |

| 年分 | 作家事蹟 | 重要事件 |
|------|----------|----------|
| 1972 | 海明威《戰地春夢》，湯新楣翻譯，香港今日世界出版社。<br>王禎和赴美愛荷華國際寫作計畫進修。 | 《現代文學》第46期推出葉珊主編「現代詩回顧專號」。<br>關傑明發表〈中國現代詩人的困境〉於《中國時報》，後引發現代詩論戰。 |
| 1973 | 王文興小說《家變》，臺北環宇出版社，後引發對現代主義小說的批判。<br>尉天驄赴美愛荷華國際寫作計畫進修。 | 尉天驄主編《文學季刊》復刊，出版三期後停刊。<br>白先勇之《現代文學》停刊。 |
| 1974 | 七等生小說集《我愛黑眼珠》，臺北遠行出版社。<br>敻虹（胡梅子）赴美愛荷華國際寫作計畫進修。 | |
| 1975 | 陳映真小說集《第一件差事》，臺北遠景出版社。<br>劉紹銘編輯，*Chinese Stories From Taiwan: 1960-1970*，紐約Columbia University Press。 | |
| 1976 | 陳若曦小說集《尹縣長》，臺北遠景出版社。<br>俄康納（William Van O'Connor）編輯，《美國現代七大小說家》，林以亮等翻譯，香港今日世界出版社。<br>司馬桑敦（王光逖）赴美愛荷華國際寫作計畫進修。 | |
| 1977 | 史坦貝克《人鼠之間》（*Of Mice and Men*），湯新楣翻譯，香港今日世界出版社。 | 王健壯主編《仙人掌》雜誌推出「鄉土與現實」專輯，引發鄉土文學論戰。 |
| 1978 | 秦松、東年赴美愛荷華國際寫作計畫進修。 | |
| 1979 | 王文興小說集《十五篇小說》，臺北洪範書店。 | 臺美斷交。美國大使館改為美國在台協會，協調臺美之間事務。 |

# 文學群星會：從海明威到「今日世界」的現代主義
Shining Stars of Modernism

| | |
|---|---|
| 策　　　　畫 | 國立臺灣文學館 |
| 監　　　　製 | 林巾力 |
| 主　　　　編 | 王梅香、陳榮彬 |
| 計 畫 執 行 | 曾于容、羅聿倫 |
| 作　　　　者 | 楊詠翔、馮卓健、謝伊柔、馬欣、朱嘉漢、陳夏民、劉霽、葉佳怡、單德興、陳允元、王惠珍、李惠珍、張錦忠、向陽、朱和之、黃儀冠、彭明偉、王鈺婷、Gwennaël Gaffric（關首奇）、蔣亞妮（依文章順序排列） |
| 譯　　　　者 | 鄭婉玲、劉霽、葉佳怡（依文章順序排列） |

| | |
|---|---|
| 社　　　　長 | 陳蕙慧 |
| 副　 社　 長 | 陳瀅如 |
| 總　 編　 輯 | 戴偉傑 |
| 責 任 編 輯 | 涂東寧 |
| 行 銷 企 劃 | 陳雅雯、趙鴻祐 |
| 封 面 設 計 | 張巖 |
| 內 頁 排 版 | 簡至成 |

| | |
|---|---|
| 出　　　　版 | 木馬文化事業股份有限公司 |
| 發　　　　行 | 遠足文化事業股份有限公司（讀書共和國出版集團） |
| 地　　　　址 | 231 新北市新店區民權路 108-4 號 8 樓 |
| 電　　　　話 | (02)2218-1417 |
| 傳　　　　真 | (02)2218-0727 |
| E m a i l | service@bookrep.com.tw |
| 郵 撥 帳 號 | 19588272 木馬文化事業股份有限公司 |
| 客 服 專 線 | 0800-221-029 |
| 法 律 顧 問 | 華洋法律事務所　蘇文生律師 |
| 印　　　　刷 | 呈靖彩藝有限公司 |

| | |
|---|---|
| 初　　　　版 | 2023 年 11 月 |
| 定　　　　價 | 450 元 |

ISBN　978-626-314-524-5

國立臺灣文學館
National Museum of Taiwan Literature

國家圖書館出版品預行編目 (CIP) 資料

文學群星會：從海明威到「今日世界」的現代主義 / 楊詠翔，馮卓健，謝伊柔，馬欣，朱嘉漢，陳夏民，劉霽，葉佳怡，單德興，陳允元，王惠珍，李惠珍，張錦忠，向陽，朱和之，黃儀冠，彭明偉，王鈺婷，Gwennaël Gaffric（關首奇），蔣亞妮著；王梅香，陳榮彬主編. -- 初版. -- 新北市：木馬文化事業股份有限公司出版：遠足文化事業股份有限公司發行，2023.11
368 面；18 X 23 公分
ISBN 978-626-314-524-5(平裝)

1.CST: 世界文學 2.CST: 現代主義 3.CST: 文學評論

812　　　　　　　　　　　　　　　　　　　112016458